DØ381934

NO LONGER PROPERTY OF
SEATTLE PUBLIC LIBRARY

RECEIVED

MAR 23 2013

SOUTH PARK

SNAPSHOT

GERARDO GUTIÉRREZ CHAM

Snapshot

© 2012, Gerardo Gutiérrez Cham

Derechos reservados

© 2012, Editorial Planeta Mexicana, S.A. de C.V.
Bajo el sello editorial JOAQUÍN MORTIZ M.R.
Avenida Presidente Masarik núm. 111, 2o. piso
Colonia Chapultepec Morales
C.P. 11570, México, D.F.
www.editorialplaneta.com.mx

Primera edición: noviembre de 2012
ISBN: 978-607-07-1455-9

No se permite la reproducción total o parcial de este libro ni su incorporación
a un sistema informático, ni su transmisión en cualquier forma o por cualquier
medio, sea éste electrónico, mecánico, por fotocopia, por grabación u otros métodos, sin el permiso previo y por escrito de los titulares del *copyright*.
La infracción de los derechos mencionados puede ser constitutiva de delito
contra la propiedad intelectual (Arts. 229 y siguientes de la Ley Federal de
Derechos de Autor y Arts. 424 y siguientes del Código Penal).

Esta obra hace referencia a personas reales, acontecimientos, documentos,
lugares, organizaciones y empresas cuyos nombres han sido utilizados sola-
mente para darle sentido de autenticidad y son usados dentro del mundo de
la ficción. Algunos personajes, situaciones y diálogos han sido creados por la
imaginación del autor y no deben ser interpretados como verdaderos.

Impreso en los talleres de Litográfica Ingramex, S.A. de C.V.
Centeno núm. 162, colonia Granjas Esmeralda, México, D.F.
Impreso y hecho en México - *Printed and made in Mexico*

A Salvador y Alicia, de todo corazón

Las imágenes pasman.
SUSAN SONTAG

I

Corría el verano de 1876 en la ciudad de Rochester. Un joven cetrino de barba cerrada, lentes ovalados y levita hasta las rodillas se aprestaba a escribir, como hacía cada noche al final de la jornada, su relación de gastos personales; para ello se valía de una pequeña libreta desgastada de color marrón. Anotó lo que había gastado ese día: *Ración de verduras con estofado... noventa y cinco centavos. Helado de crema... sesenta y cinco centavos. Un par de zapatos nuevos... un dólar con setenta centavos.* «No está mal», dijo en voz baja. Tenía montones de esas mismas libretas en cajas polvorientas que yacían apiladas en un rincón de su pequeña buhardilla. La costumbre de anotar minuciosamente cada centavo de sus gastos personales la había adquirido desde los catorce años, cuando tuvo que dejar la escuela para conseguir un empleo. Por aquel entonces su madre se había quedado viuda y él se había propuesto sacarla a flote a como diera lugar; ahora tenía veinticuatro y aún recordaba los días de hambre en medio de la nieve. *Fue una época terrible*, se dijo mientras levantaba la mirada hacia la luz de la luna. Desde su ventana alcanzaba a divisar al otro lado de la calle. Un mendigo encorvado hurgaba entre la basura; vio cómo devoraba con desesperación algunos restos de comida. *Hay pobreza en mi ciudad. Tal vez algún día yo pueda hacer algo para remediarla, ¿pero cómo?*

Muchas veces se había hecho la misma pregunta. Era como una sacudida violenta: se le salía por la boca y le quemaba la piel, provocándole sensaciones de frustración debido a que nunca lograba succionarla de vuelta del todo. Pensó en el arte de la paciencia sin dejar de mirar la luz brillante de la luna, colgada en lo más alto del cielo. Un viento ligero y suave le acariciaba las piernas, las mejillas. Siguió anotando minuciosamente el detalle de sus gastos. A veces no se explicaba cómo fue que logró sobrevivir. Su primer sueldo había llegado en 1868, justo a la edad de catorce años; por aquel entonces ganaba tres dólares a la semana como mensajero en la compañía del capitán Cornelius Waydell. No era mucho, con ese dinero difícilmente lograba hacer una comida completa al día; se paseaba entre carruajes tirados por caballos ingleses y rehuía a los lebreles de hocico aguzado que solían agolparse frente a las oficinas del edificio Arcade. Ciertamente su carácter era un tanto apocado, aunque eso no fue obstáculo para que tanto el jefe como los trabajadores reconocieran en él a una persona honesta, tenaz y digna de confianza a toda prueba. Recibía encomiendas menores, pero también algunas de gran importancia como el traslado de los documentos contables a las arcas del banco. Cuando regresaba de un envío reservado sonreía, levantaba su pequeña gorra de tafetán y le decía a su jefe: «¡Listo, señor!» Vaya si era buen mensajero el pequeño George Eastman.

Al año siguiente probó suerte en otra compañía de seguros. Aunque ahí también fue requerido como mensajero, pronto se las ingenió para hacerse cargo del archivo de pólizas, incluso llegó a redactarlas de primera mano. Consciente de sus méritos solicitó un aumento y le fue concedido: su salario se incrementó a cinco dólares por semana. Tampoco era mucho. Con ese dinero no lograba salir de apuros, ya que los gastos familiares eran pesados como una pila de ladrillos sobre la espalda; debía hacer algo y pronto. Comenzó a tomar lecciones nocturnas de contabilidad, en espera de que el descubrimiento fatigoso de la respuesta a los acertijos monetarios le abriera el camino hacia un mundo más promisorio. A su edad, el joven George no se fiaba mucho de la suerte; para él, las cosas ocurrían en la medida en que uno mismo las perseguía, tal y como hacen las pequeñas fieras del campo cuando se lanzan detrás de una presa. Paradójicamente nunca se imaginó que la luz de la esperanza habría de llegar por donde menos lo imaginaba.

Después de terminar sus anotaciones en la libreta de gastos, se dispuso a abrir un sobre que el cartero dejara al pie de la puerta; estaba sellado en Nueva York y en el remitente venía escrito el nombre de un compañero de la infancia. Por alguna razón desconocida, el joven George no guardaba recuerdos muy gratos de aquel amigo lejano. De primera instancia pensó que tal vez contenía una larga perorata de calamidades que seguramente rematarían en la petición chantajista de algunos dólares. Después de todo, ya se había corrido la voz entre sus allegados y para nadie era un secreto que él era un ahorrador de pura cepa, de manera que, antes de pasar un trago amargo, decidió dejar el sobre encima de un cajón atestado con sus libretas de gastos personales. Pero al mismo tiempo lo apremiaba una gran curiosidad: sentía que no podía irse a dormir sin echar un vistazo a su contenido. Después de todo, si aquel impertinente se había atrevido a pedirle dinero, ya tendría tiempo de ponerlo en su lugar. Sin embargo, esta vez se equivocaba; el sobre no tenía dentro peticiones ni chantajes. Al meter los dedos notó algo duro que no parecía ser una hoja de papel. ¿Qué era aquello? Lo sacó del sobre y entonces, de golpe, sus ojos se encontraron con un objeto extraordinario... una fotografía.

La imagen de un nativo ojibwa lo cautivó; era un retrato pequeño montado sobre una base de madera laqueada. Ahí estaba Kish Ka Na, contemplando el horizonte con su pipa de bambú bien sujeta entre las manos. Miraba hacia un punto perdido en el panorama como si pensara en las miserias de la humanidad. Tanta fascinación le causaba aquella imagen que el joven George se olvidó por completo del remitente, incluso no se percató del pequeño mensaje doblado al interior del sobre. Cómo era posible, se preguntaba, que alguien hubiera podido capturar de manera tan espontánea y con tanta nitidez la imagen de un hombre que transmitía todo un universo de experiencias milenarias. Esto no tenía nada que ver con los retratos de señoras acaudaladas que alguna vez viera impresos en la revista *Harper's Weekly*: el hombre que aparecía frente a sus ojos no estaba posando, más bien daba la impresión de mostrar la fuerza de su propia vida. Había tanta dureza y dignidad en aquella mirada transparente. Lo mismo podía decir de los labios apretados hacia abajo, como si estuviera dispuesto a enfrentar el fuego de la artillería. «¡Dios mío, es la imagen viva de un guerrero!», exclamó el joven George.

Efectivamente, adentro del sobre había un pequeño mensaje doblado en cuatro partes:

Querido George:
  Han pasado muchos años desde que nos vimos por última vez. Espero que mi obsequio te encuentre igual de tenaz y disciplinado como eras desde que nuestras familias se conocieron

en Waterville. Yo era un muchacho arrebatado. Todos decían que mi espíritu era impredecible. No se equivocaban. La vida me ha obligado a hacer de todo. He pasado hambres, pero también he viajado por selvas, montañas y desiertos. Ahora trato de ganarme la vida como fotógrafo: un arte tan fascinante como difícil. Tal vez algún día la ciencia logre facilitarnos las cosas. Sé que en Londres y París están haciendo importantes progresos. Por ahora debemos transportarlo todo en carretas; no me extraña que la gente nos confunda con granjeros. Por si fuera poco, en cada toma debemos esperar hasta ocho horas entre la preparación de las placas de cristal y el revelado.

Afectuosamente,

JOHN PICKARD

Esa noche no podía dormir. Abría los ojos desmesuradamente, tratando de descubrir los secretos ocultos en aquel objeto mágico. Sumido en un silencio profundo alzaba la fotografía, le daba vueltas una y otra vez como si contemplara el funcionamiento de un aparato potentísimo, capaz de trastocar el tiempo. Detrás del jefe Kish Ka Na podía sentir las ráfagas de viento resoplando sobre las tiendas de la tribu. Escuchó el trasiego de hombres tallando la corteza del olmo para hacer sus casas y sus canoas. Imaginó a un grupo de mujeres junto al río, cosechando arroz silvestre manomini, así como los movimientos veloces de un hombre luchando contra su caballo encabritado. Pero más allá de resonancias, lo intrigaba sobremanera el hecho de que en el rostro del jefe Kish Ka Na pudiera apreciarse toda la fuerza de una persona en plena agitación mental, así como una transformación gradual del tiempo. «¿Por qué ocurre esto?», se preguntaba intrigado el joven George. «Acaso se deba a las variaciones de luz desplazadas a lo largo de toda la imagen, o tal vez a la profundidad de la mirada, o a la dureza de las facciones.» Todo eso podía ser posible, lo cierto era que en sus manos tenía una composición sumamente compleja y espontánea al mismo tiempo. Con su ojo avizor intuía que al fotógrafo no le había interesado capturar un detalle específico de su objetivo, más bien parecía interesarle una manera de ver que no dependía de su propia voluntad sino de las emociones contenidas en el objeto fotografiado. «Mmm», se dijo, «esto sin duda es el trabajo de todo un profesional.»

En ese momento, sin darse cuenta encendió una pequeña flama de admiración hacia el advenedizo John Pickard. Entonces, temeroso de que la fotografía sufriera algún daño, se levantó de la cama, la metió cuidadosamente en el sobre y la guardó en un cajón debajo de sus ropas como si fuera una reliquia. Regresó a la cama, se cobijó y de un soplido apagó el quinqué. Pero no cerró los ojos de inmediato. En medio de la oscuridad y con toda la determinación de su juventud musitó unas palabras que a la postre habrían de marcar la ruta de su destino: «Voy a aprender», dijo. «Yo también quiero hacer fotografías.»

II

París, 1877

Yo, René Gobert, declaro a los cuatro vientos: ¡la pintura es inmortal! Nada me impide proclamarlo desde este húmedo y pestilente *atelier*. Miro mi caballete, la miro a usted, madame Cortiset, y me doy cuenta de que he vivido dibujando mis propias obsesiones, como este retrato suyo que me tiene carcomido hasta los huesos. Oh, si acaso hay un Dios más allá del firmamento, que me proteja porque nada me tranquiliza; ni el murmullo lejano del Sena ni el canto de las golondrinas que habitan Père-Lachaise, ni siquiera esas pequeñas ráfagas de viento que se cuelan por mi ventana. Hace días que no he comido decentemente; el vino se me amarga y las hogazas de pan se me pican como quesos de navegante. No importa. La miseria de las tripas afina bien los sentidos. Por estos días que corren no hay espíritu que se precie de haber conocido las mieles de lo sublime con la barriga llena. Tal vez un día la casera me eche a patadas de este lugar: si lo hace, no voy a oponer resistencia. Aunque la señora Venteuil ha sido comprensiva; conoce mi espíritu rebelde y de algún modo intuye que si no he metido francos a mi bolsillo es porque no acepto la rigidez de esos académicos de la École. ¿Qué saben ellos del color? Son marionetas de la línea y de todos esos contenidos simbólicos cargados de historias épicas hasta el hartazgo.

Pero ¿sabe?, en el fondo los académicos no hacen más que pontificar sobre sus victorias acomodaticias respecto a siglos pasados. Ahí están esos aprendices que hoy por la mañana vi en las inmediaciones del Louvre, parecían pequeños cuervos, ahogados de toda innovación e inventiva. En cuanto pueden van a Père-Lachaise a rendirle pleitesía al arrogante que fue Dominique Ingres. Toman un pincel y empiezan a copiar a los viejos maestros del Renacimiento, hartándose de mitología griega. Un año más tarde vendrá una pequeña cofradía de ilustres octogenarios a colgarles una medalla azul en el pescuezo por haberse dedicado en cuerpo y alma a la elección de temas «apropiados». Habrán de pasar ciertas penurias, pero luego algunos de ellos serán elegidos por sus majestades académicas, siempre apremiantes de acabados lisos y brillantes, y se les concederá un pedazo de muro en las exposiciones del Salón Anual. Bueno, eso es un decir porque difícilmente se puede encontrar un espacio disponible, ahí las paredes están atestadas de cuadros desde el piso hasta el techo; me han dicho que, en ocasiones, más de un cuadro mal clavado se desprende desde las alturas, provocando accidentes entre los visitantes. No hace falta decir que el Salón tiene aires de mercado. A los nuevos burgueses les gusta dejarse ver en compañía de sus damas: adquieren un cuadro heroico y regresan a sus mansiones, ufanos de haber adquirido la obra de un profesional.

¿Podría moverse un poco? Ah, eso es. Como le iba diciendo, no todo es academia. Afortunadamente empiezan a soplar nuevos vientos contra ese contorno noble y racional pregonado por Ingres, pero que en el fondo no es más que el eco milenario del genio griego. Hace cuatro años asistí al taller de Tournachon, a presenciar la primera exposición de esos disidentes bautizados sarcásticamente como impresionistas. Allí me di cuenta de que los nuevos reflejos de luz, advertidos hace muchos años por los pintores de Barbizon, en verdad anunciaban al mundo la presencia de un aire libre y natural nunca antes visto. Así lo sentí con sinceridad, y lo sigo creyendo. Aún recuerdo la emoción que me invadió casi hasta las lágrimas mientras caminaba por las habitaciones de aquel caserón en el Boulevard des Capucines, contemplando cuadros de Cézanne, Bracquemond, Monet, Pissarro, Degas y Rouart. Me percaté de que algo muy grande se había desatado. No solo me lo demostraban aquellas obras plagadas de luz transfigurada; también me lo hacían saber los rostros descompuestos de algunos curiosos que entraban a la exposición, pasmados por completo. Sus expresiones de desagrado, sus risillas y hasta el tono abiertamente burlesco de sus comentarios no eran sino muestras evidentes de que una nueva ciencia de la luz pictórica empezaba a desfondar los diques de la rigidez académica. Aquel cuadro de Monet titulado *Impression, soleil levant*, se alzaba en el muro como un campo de visibilidad estrictamente luminosa. El puerto de El Havre parece un bosque de humedad brumosa con un sol bajo, del que mana una cauda anaranjada que se funde con los tonos del cielo, diluyéndose sobre un espejo de agua. Eso era verdaderamente nuevo, inaugural. Dos pequeñas barcazas navegando sobre las aguas apacibles, no como objetos reales, sino como sustancias luminosas. ¡Ah, si usted hubiera visto aquello! Toda la plasmación dependía de la urdimbre cromática de colores complementarios que se cruzan como hilos tejidos en un tapiz sin fondo. Lo más asombroso era que no se trataba de simples ocurrencias estéticas: aquellos cuadros eran resultado de innumerables estudios físicos y ópticos sobre los comportamientos de la luz. Esa fue una de las aseveraciones más acaloradas que le oí decir a monsieur Monet cuando lo conocí por primera vez en el Café Guerbois, de donde por cierto me han sacado varias veces completamente ebrio. ¿Le causa risa? No importa. «Para ser un pintor impresionista», decía Monet, sin dejar de dar pequeños sorbos a su tarro de cerveza negra, «hace falta mucho más que empirismo insustancial. Es necesario estudiar a fondo las partículas más elementales que se alejan de la pura visibilidad del mundo real. A mí ya no me interesa percibir la realidad como una suma de estímulos proyectados desde la superficie de los objetos», afirmaba con cierto aire de jefe ante las miradas escrutadoras de los escritores Maupassant y Zola. «Nosotros podemos separar lo estrictamente óptico por medio de impresiones que se reflejan en la tela como valores cromáticos y no como copias del mundo, pero en la vida diaria», decía, «no hacemos esta separación porque nuestro sentido de la vista, forzado durante siglos a ver así, tiende a percibir los colores como realidades integrales en cada objeto. El pintor impresionista desea liberar los colores de sus objetos, desea hacerlos centellear como pequeñas fuerzas ópticas. Cada color puede descomponerse, puede navegar y deambular con libertad sobre las tablas roídas de un dique abandonado, hasta acercarse o incluso fundirse con otro racimo de colores suspendidos, como un velo flotante sobre las aguas.»

¿Se imagina, madame? Las ideas de monsieur Monet se me iban volcando a la cabeza en aquella primera exposición, mientras me acercaba a mirar y a olfatear aquel cuadro como haría un perro hambriento. Las barcazas que miré navegando en el agua no estaban *colocadas*. ¿Cómo era posible tal cosa? Acercándome y alejándome varias veces de la tela, me di cuenta de que en realidad el pintor las había hecho emerger como velos flotantes de luz; eran como espectros casuales de la propia naturaleza. Monet les había dado unidad con el resto de los componentes, gracias a una relación fragmentada y minúscula con los demás colores. Tal vez por eso sentía tanta emoción: mis ojos y mi entendimiento estaban frente a la eclosión de una estética del todo nueva. Y cuando vi a un caballero de guantes y levita hasta los tobillos sonreír con sarcasmo al tiempo que afirmaba que todos esos cuadros eran engañosos y ofensivos porque se habían hecho deprisa, yo le repliqué airado, diciéndole: «¡De ningún modo, señor mío! No es la prisa lo que importa aquí, sino la economía de recursos». El hombre me miró de arriba abajo con desprecio, pensando tal vez que yo era un mendigo impertinente y arrogante, y tenía razón: soy un mendigo arrogante, a veces impertinente e inoportuno, ja, pero también soy un pintor de genio. Mi talento me ha enseñado a reconocer muchas formas de belleza. Aquel individuo se ofendió cuando le dije que su miopía no le permitía ver nada en aquellos cuadros. Ya molesto, me dejó hablando solo y abandonó la exposición. En aquellos momentos me daban ganas de hablar con el fotógrafo Nadar para decirle que no dejara entrar a su casa a petimetres como ese rufián enguantado.

Por cierto, he dicho «fotógrafo». ¿Qué es eso? Últimamente se comentan muchas cosas sobre ese nuevo oficio que empieza a despertar cierta admiración en el mundo científico. He sabido que incluso ya se ha establecido una asociación francesa de fotografía, aunque por estos días la ciencia de nuestro país vive enfrascada en los problemas de aplicación, propios del vapor y la electricidad. Un hecho es cierto: ni las antiguas placas de Daguerre ni los vidrios del propio Nadar serán capaces de reemplazar la profunda belleza que hay en el arte de la pintura. ¿Cómo podrían esos fotógrafos capturar el alma de una persona? ¿Acaso bastan esas placas de plata sobre un cristal? No creo; eso es química pura. La pintura es un arte muy superior a la fotografía, ¿no cree usted, madame? No me responda. He notado que se ha quedado dormida. Mejor. Así me gusta pintarla: recostada sobre ese sillón apestoso. Su torso desnudo es lo único que necesito en este mundo. Debe estar agotada. Duerma cuanto quiera; todo el día si es necesario.

Yo nunca tengo prisa. Deambular a solas por las calles de París no debe ser una tarea grata. Ya he puesto unos cuantos francos debajo de su mantilla, no es mucho pero le servirá para comer unos días. De usted no solo me gusta su espalda, adoro su silencio, su devoción hacia mi arte. A veces quisiera pintar como hacían los antiguos maestros medievales, conscientes de que la verdadera maestría consiste en pintar una maravilla inigualable sin dejar el menor rastro que permita reconocer la identidad del autor. Ellos pensaban que si ponían su nombre en el cuadro, arderían para siempre en el infierno. A veces yo también pienso lo mismo. No sé si soy un pintor o un hereje. No sé si voy a freírme en el infierno o si voy terminar pintando ángeles desnudos en el paraíso. No sé.

III

Manos a la obra. A pesar de que las jornadas de trabajo en el Rochester Savings Bank se habían vuelto cada vez más intensas y absorbentes, el joven George se dio tiempo para conseguir los últimos números de revistas que llegaban de Londres, por aquel entonces centro mundial de la fotografía. Pronto llegaron a sus manos algunos ejemplares de *Street Life in London* y *The Edinburgh Magazine*. Además, un colega del banco le obsequió un par de ediciones empolvadas de la *Daguerreian Society*. Leía por las noches después de tocar un poco la flauta; no hacía muchos progresos con el instrumento pero al menos le servía para calmar un poco su ansiedad. Vaya que lo necesitaba, pues a últimas fechas sus deberes en el banco se multiplicaban: elaboraba recibos, organizaba cuentas, rendía informes sobre préstamos y supervisaba la elaboración de pólizas. Un día el jefe le anunció que su salario aumentaba a quince dólares por semana. Nunca antes había ganado una cantidad como esa: ahora tenía la posibilidad de hacer menos angustiosa la existencia de mamá y ahorrar un poco de dinero, incluso llegó a pensar en tomarse unos días de vacaciones. *Vaya, eso no estaría mal*, se dijo mientras caminaba por la Calle Mayor.

Aquellas lecturas lo plantaron en seco. Lo primero que descubrió fue que los principios técnicos y teóricos que dieran lugar al arte de la fotografía eran mucho más antiguos de lo que imaginaba. Por ejemplo, se enteró de que ya Aristóteles había construido una cámara oscura que básicamente consistía en un cuarto cerrado por todos lados, con un pequeño orificio en una de sus paredes; de ese modo era posible obtener una imagen externa sobre uno de los muros interiores. El problema era que la vista obtenida aparecía invertida, lo cual propició que durante siglos se le atribuyera un cierto aire mágico a un recinto así. Aristóteles sostenía que los rayos luminosos se dirigen de los ojos del observador a los objetos, lo cual fue desmentido en el año 965 por el matemático, físico y astrónomo chií Alhazen, que también construyó una cámara oscura pero de dimensiones más pequeñas. A diferencia del filósofo griego, afirmaba que los rayos luminosos se dirigen de los objetos a los ojos del que observa y no al revés. Ya en pleno siglo XVI, hacia 1515, el gran Leonardo da Vinci realizó una descripción minuciosa de la cámara oscura en un documento que tituló *Demostrar cómo todos los objetos colocados en una posición están todos en todos lados y todos en cada parte.*

Así, poco a poco, el joven George se fue enterando de otras maravillas antecesoras de la fotografía: las primeras lentes, la cámara oscura portátil, el pantógrafo, el fisionotrazo. Fueron días de lecturas trepidantes. Aprovechaba cualquier oportunidad a su alcance para escabullirse a solas con sus revistas bajo el brazo: podía ser en el banco, en el tranvía, en las bancas de los parques, hasta en el retrete. Cualquier sitio era bueno para leer y hacer anotaciones. Pero llegados a este punto, hemos de decir con toda justicia que al joven George no le interesaba conocer exhaustivamente los vericuetos históricos del arte fotográfico; no se planteaba escribir una historia autorizada ni erudita sobre los hombres, los métodos y las técnicas que dieron lugar al surgimiento de la fotografía tal y como se conocía por aquellos días. En realidad sus lecturas tenían un fin mucho más práctico, buscaba responderse un montón de preguntas que lo condujeran a la salida de muchos túneles. Después de todo, a medida que leía más artículos sentía que todo su espíritu era absorbido por un ser voraz, como si accidentalmente le hubiera crecido una solitaria en el vientre, imposible de expulsar y que le exigía cada vez más alimento, dejándolo sin energías; hubo un momento, demasiado pronto, en que el joven George trató de expulsarla, pero al cabo de varios intentos desistió. Todo esfuerzo fue inútil. Entendió que lo mejor sería dejarla vivir dentro de él, aun cuando eso le significaba la pérdida de horas preciosas de sueño y no pocas llamadas de atención en el banco. Varios colegas empezaron a cuchichear: sospechaban que se había enamorado, o peor aún, era posible que estuviera pasando información privilegiada a otros bancos. La cosa no pintaba bien porque si tales rumores llegaban a oídos del jefe, ya podía irse despidiendo de sus quince dólares semanales.

Sin embargo, a pesar de los riesgos, el joven George siguió leyendo obsesivamente todo lo que caía en sus manos sobre el arte de hacer fotografías. Pronto se vio envuelto en una vorágine de datos, dudas, reflexiones, cuestionamientos e ideas nuevas que se colaban por todos los rincones de su pequeña buhardilla. ¿Por qué durante siglos el arte de la fotografía se había desarrollado de manera tan lenta? ¿Por qué la experimentación permaneció confinada a unos cuantos hombres de ciencia? ¿Por qué seguía siendo tan costoso hacer fotografías? ¿Por qué era tanta la escasez de materiales? ¿Qué pasaría si las personas comunes y corrientes hicieran fotografías? ¿Qué ocurriría si el pasado dejara de ser heroico y pudiera recuperarse por medio de la vida cotidiana? Estas y muchas otras interrogantes las empezaba a ver colgadas como decoraciones navideñas en los cables de los tranvías, también las veía deambulando como gusanos intrépidos que intentaban abrirse paso entre la multitud de mendigos, obreros y oficinistas que día con día atestaban las aceras de las avenidas.

Pero si las crónicas más celebradas sobre la historia de la cámara y la fotografía despertaron su interés, nada se comparaba con la terrible curiosidad con que trató de informarse sobre los sucesos más cercanos a su propia época: parecía tener una cierta urgencia por saber todo lo que ocurría en el mundo fotográfico a su alrededor. No tardó en enterarse de que desde 1816 el desarrollo de tal arte se concentró en los éxitos y fracasos de cinco experimentadores de gran prestigio: Joseph Niépce, Louis Daguerre, William Fox Talbot, Hippolyte Bayard y sir John Herschel. De manera particular, el joven George buscó leer todo lo que estuviera a su alcance sobre los primeros trabajos de Joseph Nicéphore Niépce. Había sido un hombre de variados intereses: fue químico, litógrafo y aficionado a la ciencia aplicada. Pero las aportaciones que le valieron mayor reconocimiento llegarían en 1816, cuando se lanza por primera vez a tratar de resolver una idea que lo obsesionaba desde hacía muchos años: cómo hacer para fijar sobre una sustancia química las imágenes proyectadas al interior de una cámara oscura. Niépce se encontraba en un punto muerto, ya que hasta ese momento las cámaras oscuras que tenía en su poder solo habían sido utilizadas como instrumentos auxiliares para el dibujo. Realizó numerosas pruebas, y un día se le ocurrió colocar en el fondo de una de ellas una hoja de papel emulsionada con sales de plata. El efecto fue mágico: la hoja se ennegreció bajo la acción de la luz. Después, en mayo de ese mismo año, logró captar una imagen desde su ventana. Consiguió un negativo que finalmente no se fijó del todo, ya que bajo los efectos de la luz solar el papel terminó por volverse negro; a esas tomas las llamó *rétines*. El problema que se le planteaba en seguida era cómo hacer para volver positivas las imágenes negativas. Entonces se dio a la tarea de indagar y observar cuidadosamente los efectos de la luz sobre diferentes ácidos, de ese modo podía observar los procesos de descomposición química. El siguiente paso consistió en la búsqueda de piedras calcáreas de buena calidad para uso litográfico: las encontró en los alrededores de Chalon-sur-Saône. Extendió sobre piedras diferentes ácidos cuya fuerza de fijación variaba según la intensidad de la luz; el soporte debería quedar fijado a partir de los tonos que se proyectaban. El experimento no resultó, ya que los ácidos no se descomponían bajo los efectos de la luz tal y como esperaba. Pero el fracaso era solo aparente. Descubrió que un compuesto no necesariamente debía mostrar su transformación fotoquímica de inmediato. Era necesario inducir una reacción para revelar las imágenes, incluso con otros componentes. A partir de ese momento Niépce se interesó en todas las sustancias capaces de reaccionar con la luz.

Pero dejemos ahora al gran Niépce y volvamos con el joven George. Por esos días de ávidas lecturas vivió una singular experiencia que de un modo casi accidental habría de proporcionarle una serie de coordenadas decisivas respecto al rumbo de su propio barco. Una mañana encontró bajo la puerta de su buhardilla un pequeño sobre laqueado; era una invitación para asistir a la boda de un pariente lejano.

El día indicado acudió a la iglesia tomado del brazo de su madre. Después de la ceremonia religiosa, los invitados se trasladaron al lugar de la fiesta, una casa elegante con amplios jardines rebosantes de flores coloridas. Los niños correteaban y la gente se divertía junto a sus copas de vino francés. Al fondo del salón se oía un vals de Johann Strauss hijo. El joven George no dejaba de mirar a una chica espigada de rubios cabellos que conversaba alegremente con sus amigas. De pronto vio que se formaba una pequeña multitud alrededor de la novia. «¿Qué sucede ahí?», preguntó George a su madre. «No lo sé. Acércate y sal de dudas tú mismo.» Así lo hizo. Se aproximó y vio que todo aquel revuelo se debía a una fotografía que pasaba de mano en mano: eran los novios retratados de cuerpo entero, una semana antes, en un estudio privado. La imagen estaba enmarcada sobre un fondo azul con un decorado de falsas columnas de estuco adornadas con racimos de violetas. El burbujeo de comentarios no paraba. Todo mundo quería tener en sus manos aquella toma para decir algo sobre la sonrisa de la novia, la pose distinguida del novio, los bucles extendidos por encima del rostro. «Dios mío», comentó una señora, «debieron pagar una fortuna por este maravilloso recuerdo.» «Oh, sí», dijo la novia sonrojándose, «pero lo más difícil no fue cubrir los honorarios del señor fotógrafo, sino aguantar la misma pose durante casi media hora.»

La escena que acababa de presenciar desató un torbellino de pensamientos en la mente del joven George. En vez de regresar a sentarse junto a su madre, prefirió deambular libremente por el jardín de aquella casona. ¿Qué ocurría en realidad? ¿Por qué tanta expectación y deseo detrás de semejante objeto? Se detuvo junto a una mesa con frutas y pastelillos. Al darse media vuelta se dio cuenta de que aún había personas tratando de mirar la fotografía de los novios. Entonces entendió que la gente no solo quería contemplar la imagen congelada de dos personas: tenía que haber algo mucho más intenso en ese hecho, aunque tal vez se trataba de algo tan potente que ni siquiera los propios protagonistas estaban en condiciones de explicarlo. El joven George empezó a sospechar que en realidad todas esas personas estaban ansiosas de entrar en contacto con una dimensión desconocida: la representación viva de la memoria cotidiana. «Eso es», se dijo. «Desean recuperar su propia nostalgia y convertirla en un objeto simbólico.»

Bastaba con mirar alrededor para percatarse de que tan solo en esa fiesta había una buena cantidad de pequeños rituales que tal vez a los congregados les gustaría preservar durante muchos años. Por allá un grupo de personas alzaban sus copas y brindaban por la felicidad de los novios. Un hombre abrazaba efusivamente al novio. Alguien pedía silencio para decir unas palabras memorables. Una pequeña de tres años acababa de manchar sus ropas con helado. Todo el mundo se ponía de pie para bailar; los músicos recuperaban el aliento, secándose el sudor con sus pañuelos blancos de algodón prensado. «¿Qué pasaría si fuera posible capturar de manera espontánea todos estos momentos?» La pregunta salió de sus labios y de inmediato quedó prensada en su mente, como si fuera una de esas imágenes que nunca estamos dispuestos a olvidar. Por primera vez en su vida tuvo la certeza de que en cada uno de aquellos rituales había una efímera belleza que merecía ser conservada. Después de todo, era un hecho que poco a poco se afianzaba una cultura sofisticada de la preservación cotidiana en Estados Unidos. Crecía el número de personas aficionadas al cultivo de cartas, diarios y toda clase de objetos obtenidos en viajes de placer; cada día se volvía más común darse regalos e intercambiar pequeños *souvenirs*. Esa nostalgia, dispuesta siempre a la idealización de lo real, poco a poco encontraba reductos para materializarse en objetos culinarios, adornos, juguetes, prendas de vestir y antigüedades. Todas estas reflexiones lo conducían a estirar la cuerda del arco para soltar una flecha. Si la historia nacional se había ritualizado, ¿por qué no habría de ocurrir lo mismo con la historia de cada persona?, pensó el joven George, intuyendo que todo ese memorial de retórica pomposa, repleto de banderines y gallardetes, y que desde hacía muchos años ya estaba asentado en toda clase de libros, revistas, imágenes, documentos y reseñas periodísticas, bien podía combinarse con los recuerdos individuales de los ciudadanos. Fue entonces, durante un instante efímero, mientras daba un mordisco a una rebanada de pay de manzana, cuando tuvo la certeza de que a la gran mayoría de los allí presentes en esa boda también les habría gustado tener la posibilidad de construir sus propios archivos personales. *Sí, ¿pero cómo?*, se preguntó George a sabiendas de que aún no estaba preparado para responder.

IV

Anoche quise matarla pero no pude. La misma ira que me condujo por las cloacas de París con la firme convicción de estrangular a esa perra, fue la causa de mi propia perdición. Todo empezó a ir mal desde que salí de casa y me vi obligado a ocultarme de una lluvia incesante de mil demonios. Entre carreras o con abierta resignación ante la tormenta, llegué como pude a la rue Marbeuf, abrí la boca y respiré hasta el fondo de mis entrañas. Para mi buena suerte, a esas horas la calle estaba solitaria, aunque de vez en cuando se oían cascos de caballos sobre las piedras pulidas. No dejaba de llover. Una berlina con borladuras de plata pasó a mi costado: pudieron advertirme pues me encontraba temblando, con la camisa empapada y los pantalones enlodados hasta la cintura; demonios, las crines húmedas de aquellos caballos olían mejor que yo. Por la otra acera pasó una mujer con su bebé en brazos, inmediatamente me aparté como hace un perro a punto de ser pateado. Así me fui, sorteando farolas y calesas estacionadas en la penumbra húmeda hasta que llegué al edificio donde vivía madame Cortiset, en un barrio de maleantes y ladrones, solo me faltaban algunos alacranes en alcohol para hacer más lúgubre el paisaje. Al abrir la puerta del edificio, un gato viejo salió maullando. Mis encías temblaban, no por la humedad ni por el frío de mil azotes; era el veneno de los celos carcomiéndome por dentro como un zumbido de moscas verdes.

Mientras iba subiendo las escaleras, acudían a mi cabeza toda clase de recuerdos. Yo le había dado techo, cobijo, comida fresca. No sé cuántas veces la saqué de lupanares miserables, enflaquecida hasta los huesos. Cierta tarde, aún exasperado por el miedo, logré apartarla de los asedios de borrachos merodeantes en las sombras. Les di patadas en los costados, les arrojé aguas agrias y los puse a tragar distancia para que nunca más se acercaran a mi pequeña Cortiset. Después le hice el más grande halago que una mujer puede recibir de un artista: con la humildad de un fantasma solitario, le pedí que posara para mí. Al principio aceptó sin decirme nada, movida más por el hambre y el frío que por cualquier otra cosa. Pero después de varias sesiones se me entregó como una loba en celo y yo la atemperé en el lienzo con todas las fuerzas de mi desbordada imaginación. La transformé en espuma de la noche, dormida, despierta, puesta de hinojos, envuelta muchas veces en bálsamo de flores, sin importarme su apego vicioso al aguardiente y a las canciones obscenas que se ponía a cantar de madrugada.

Por aquellos días nada me importaba tanto como la traslación de su esencia al caballete. Debí pasar noches enteras, iluminadas por un candelabro, a fin de convertir sus formas elementales en vibraciones de color, como si fuera una odalisca bañada en reflejos azules, rojos y violetas. No hubo pigmento de su piel que mis pinceles no escudriñaran en busca de luz, incluso añadía blanco a los colores profundos con tal de aumentar la sensación de luminosidad. Toda la composición del cuadro se parecía a una urdimbre de impresiones cristalizadas de un modo caótico, fugaz, difuso. Porque nunca acepté copiarla, ni siquiera señalar contornos como hace el desquiciado Gauguin, y ella lo sabía de mi propia boca. Preferí interpretarla. Quise captar las sensaciones cromáticas de su cuerpo, y para ello solo había un camino: el color. Un día la desnudé frente a una tela intacta. Unté manchas de colores vivos y poderosos por todo su cuerpo. Fue maravilloso ver cómo germinaba el naranja de su ombligo, expandiéndose a ramalazos verdes y violetas por todas las proyecciones de su bajo vientre. No había ni un solo resquicio libre de colores: en ese momento madame Cortiset era una pantera de la primavera. Mi experimento me permitió plasmarla en el lienzo como nadie lo hubiera hecho jamás, toda ella descompuesta en ráfagas de esplendor, y más aún cuando la coloqué junto a unos jarrones persas. El milagro se hizo realidad. Cada pincelada me conducía a un estado apoteósico de luces. Era como ver el agua transformarse en vino. Todas las formas de su piel empezaron a girar y a encabalgarse unas con otras y yo podía sentir que algo de mi sangre se mezclaba con la suya. Literalmente, mientras la pintaba, estábamos viviendo al mismo ritmo.

Pero, ¿qué sucedió entonces? Un día dejó de ir a posar para mí. Así de simple. Imaginé que había enfermado, pues era de salud quebradiza. Pero no; esa no era la razón verdadera. Simplemente se largó a posar al taller de uno de esos advenedizos que llaman fotógrafos. ¿Cómo lo supe? Ella misma se encargó de decírmelo. Doce días después de haberme abandonado, se presentó en mi estudio con un daguerrotipo que le había hecho un tal Douvigné. No hace falta decir cuánta rabia se agolpó en mis venas. Le solté una serie de tremebundas acusaciones y además, por lo que pudiera pasar, le di cuatro cintarazos con una vaqueta. Ella, enfurecida, arrojó el retrato sobre el sofá y antes de azotar la puerta me gritó a la cara que no era la primera vez que acudía a un taller de fotografía.

Solo y abrumado en la solitaria penumbra de mi buhardilla, me puse a mirar aquella imagen con el pasmo de un idiota. No podía controlarme, daba vueltas de un lado a otro como un animal en su jaula. Tomé agua en un tarro bien frío; hice gárgaras con vino borgoñés. Solo así pude sacar las flemas de rabia que traía atoradas en la papada macilenta. Ahí estaba mi pequeña Cortiset, plasmada como en un espejo. ¿Cómo podía ser?, me pregunté, si todo su rostro, las manos, la complexión ligeramente torneada del cuerpo, incluso los pliegues mismos de su vestido parecían copias exactas. Y sin embargo, aquella composición era sin duda una inconsecuencia, una simple escapatoria del mundo real, como si alguien hubiera tomado a mi pequeña Cortiset y la metiera en una caja fría, más allá del tiempo.

Pasé mis dedos sobre la imagen. Oh, Dios: era sólida y perfecta como una lámina de titanio irisado. Me acerqué y me alejé a fin de captar mejor el conjunto de la fotografía. Era asombroso. Tuve la sensación de que ahí estaba el cuerpo mismo de Cortiset, apretado, encogido y metido como por arte de magia a la caverna oscura de aquella lámina grisácea. Desde cualquier ángulo se producía un efecto de medidas inapelables. No había desproporción alguna ni errores de sombra; hasta el tocado con listones parecía un juego de helechos nuevos. Y sin embargo, por más que miraba detenidamente, me daba cuenta de que esa efigie solo era un espectro bordoneado con festones y faldas de muselina. Ahí no había nada semejante a esos fundamentos del espíritu que solo pueden hacerse visibles por medio del color, de las líneas y de los contrastes que emergen de un pincel y de una mano maestra.

Ese vulgar Douvigné había reducido todo a un simple artificio de plasmación. Yo, en cambio, como artista genuino, representaba a mi adorada putita mediante una serie infinita de minúsculos trazos destinados a componer y descomponer, sin buscar jamás una copia. En cada cuadro, en cada retrato saqué todos mis instintos. La fui dibujando lentamente, paso a paso, como un picapedrero. Trabajaba durante semanas enteras, a veces incluso meses, haciéndola girar cuantas veces fuera necesario sobre el eje de sus hombros y sobre las anclas de su espalda, en busca de los ángulos más inverosímiles; así pude absorber los corpúsculos de luz en cada pliegue de su cuerpo. Ahora recuerdo cuántas lágrimas, sudores y embates de tos seca debí soportar mientras la tenía de bruces en mi sofá, soportando el sahúmo de los candelabros y las marismas pestilentes de los alcoholes para diluir. Solo ella sabía cuántos pensamientos mal habidos me hizo pasar, en busca de nuevas combinaciones que me permitieran regular ese ritmo impredecible de las manos dobladas y esa profundidad en los ojos casi imposible de capturar sin un análisis profundo de lo fugaz y lo perdurable. Nada de eso estaba presente en la fotografía hecha por Douvigné. Claro, no podía ser de otro modo, si ese es un oficio bastardo y arrogante que pretende reproducir a las personas a imagen y semejanza de ellas mismas como si el fotógrafo tuviera poderes divinos, como si fuera un amo del conocimiento. ¿Pero qué clase de conocimiento es ese? Ninguno. Yo lo proclamo. No puede haber conocimiento ahí donde todo es capturado y retenido al tajo, de una sola vez. En las fotografías cualquier objeto de la naturaleza quiere ser transportado a una superficie plana, mas el tiro sale por la culata porque al final solo quedan apariencias de materia dudosa. He ahí un vertedero adonde van a dar los desperdicios del arte.

Mi desprecio, sin embargo, no puede cebarse en la persona de ese charlatán de Douvigné; después de todo, solo es un pobre diablo que en medio de tanta miseria busca echarse unos francos al bolsillo. Ah, pero esa ramera no merece mi perdón. Basta una ojeada a ese retrato: se le ve feliz, concupiscente y satisfecha a más no poder. En la mano izquierda sostiene un jabón de orégano y trae un clavel encajado en el pelo, junto al oído izquierdo. Toda ella está ligeramente inclinada, con el escote insinuado sobre el canto de un brocal. Es increíble, no deja de admirarme cómo ese advenedizo logró capturar en unas cuantas horas lo que yo no he podido en años de arduo trabajo. Ese cuerpo fotografiado parece un instrumento bien arpegiado y sometido a toda clase de placeres mayores. Después, ya sin rabias empolvadas, me fui enterando de que, a cambio de sus buenos servicios, mi pequeña Cortiset recibió un hatillo con higos secos, quesos de cabra y un pomo de aceitunas en salmuera.

Terminé de subir aquellos escalones de un modo estúpido. Fiel a mis artes de pintor, me saqué la llave de un bolsillo sin hacer el menor ruido; ni en el más recóndito desierto escucharían el movimiento de mis dedos, siempre diestros en ablandar toda clase de materiales. Di una vuelta y cedió el cerrojo. Una mosca salió volando. Cuando me deslicé al interior, una de mis muñecas empezó a dejar de obedecerme. Sentía un hormigueo pertinaz y crudo, parecido al de una hemorragia. *¿Por qué me está pasando esto?*, me dije y al mismo tiempo me respondí: *Porque tus manos se están afilando como un machete listo para la amputación.* Fue entonces cuando empecé a dudar. La boca se me llenó de grumos resecos y en el estómago sentí el borboteo de un gas enorme a punto de ser expulsado, debí apretar el culo con todas mis fuerzas a fin de no delatarme del modo más ridículo. Me detuve. *Pero ya no puedes echarte atrás, miserable*, me dije. *Basta de lloriqueos. Entra a esa recámara y aprieta el cuello de esa mujer hasta el fin.* Oh, Dios, la confusión es verde, se llena de hormigas, alcaparras de azufre y minúsculos insectos que muerden la punta de la lengua. Entreabrí la puerta de su recámara. Quise entrar, lo juro por todos los demonios, pero me bastó una simple mirada a su tobillo desnudo para arrepentirme: era como si hubiera visto el centro visible de la Tierra, la frontera del mundo. Salí deprisa. Bajé las escaleras completamente aturdido hasta el arroyo de la calle y empecé a caminar con celeridad. Un monigote me salió al paso, no sabía si era un bulto, una caja, un paquete o una rueda; todo era real y hueco al mismo tiempo. La lluvia había cesado. Esa noche todo París olía a caballo bañado. Cuánto hubiera dado por hundir mi cara en unas crines tibias, pero no fue así. Calles abajo solo me perdí entre la húmeda penumbra sin que me importara ese lánguido trasiego de mendigos, prostitutas y bandoleros a mi alrededor. Casi llegando al Sena miré mis manos y me sentí bien por haber logrado detener la subterránea marcha de la muerte. Sí, ¿pero por cuánto tiempo?

V

George Eastman decidió pedir unas vacaciones en el banco. Un compañero que había sido asistente de la famosa expedición Powell le habló de Santo Domingo haciéndole descripciones muy detalladas del viaje por mar así como de las playas, la gente y la arquitectura colonial de la ciudad. Pero tal vez la parte más sugestiva para el joven George fue cuando le dijo que no estaría nada mal llevar una cámara fotográfica, a fin de tener una visión completa de la excursión. Después de escuchar a su colega tuvo una idea: en vez de hacer ese viaje a Santo Domingo, utilizó sus ahorros en la compra de un equipo para hacer fotografías.

El aparato completo incluía un trípode capaz de sostener la caja de la cámara, una tienda de campaña que hacía las veces de cuarto oscuro, varios tanques de cristal con productos químicos en su interior, un soporte pesado para sostener las placas de vidrio y un recipiente para agua. Años más tarde, el propio Eastman describiría el conjunto completo como «los bultos para un burro de carga».

Pero en esos días no existía aún la noción de *llevar* una cámara: para hacer una sola fotografía se requería de toda una parafernalia bromosa y nada accesible a los bolsillos de un simple aficionado. Era necesario tener a la mano una carreta; tan solo por esta circunstancia, un fotógrafo estaba condenado a llamar la atención. Aún faltaban muchos años para tener la posibilidad de hacerse invisible entre la gente. Pero, como ya hemos dicho, al joven George le fascinaba sumergirse en empresas difíciles. Además, sentía que había llegado el momento de poner en práctica lo aprendido en los artículos de *Street Life in London* y *The Edinburgh Magazine*, en especial le interesaba aplicar el método conocido como colodión húmedo, inventado en

1851 por el artista inglés Frederick Scott Archer, y del cual se hablaba con detalle en un artículo titulado «The Wonders of Photography» («Las maravillas de la fotografía»).

El proceso de colodión húmedo consistía básicamente en un una mezcla de celulosa nítrica disuelta en éter alcoholizado con yoduro de plata, pero llevarlo a la práctica era fatigoso pues había que sensibilizar la placa y mantenerla húmeda durante todo el proceso en que se tomaban y revelaban las imágenes. El nitrato de plata debía estar contenido en recipientes de vidrio bien cerrados, a fin de evitar corrosión y accidentes. Otro inconveniente era la fragilidad de las placas utilizadas como soporte, eran de vidrio y eso las hacía muy delicadas; con mucha frecuencia terminaban rayadas o de plano se rompían. Por si fuera poco, era indispensable hacer las tomas prácticamente junto a la tienda de campaña que hacía las veces de cuarto oscuro, solo de esa manera era posible disponer de las planchas y revelarlas de inmediato. Todos estos inconvenientes, sin embargo, no fueron obstáculo suficiente para contener los ímpetus del joven George. Primero hizo unas cuantas pruebas con objetos cercanos en una calle cualquiera. Algunas imágenes salían borrosas, otras se veían un poco más nítidas a medida que iba calibrando los tiempos de exposición. El problema de aquellas primeras salidas era que se sentía cohibido. Despertaba demasiada curiosidad entre los transeúntes y eso lo ponía de mal humor; algunos importunaban y le hacían toda clase de preguntas. Decidió entonces probar en parajes solitarios a las orillas de Rochester.

Así, a costa de fatigas, escoriaciones en la piel y no pocos tropiezos con los materiales, empezaron a llegar las primeras fotografías producidas por sus propias manos. Por esos días le sucedió algo digno de contarse. Fue a la isla de Mackinac, al norte de Michigan, dispuesto a pasar unos días solariegos y llevar a la práctica todo lo que sabía respecto al arte de hacer fotografías. Allí tomó la decisión de fotografiar el famoso puente de roca natural conocido como Arch Rock, levantado a cuarenta y cuatro metros y medio sobre las aguas del lago Hurón; los geólogos establecían que se formó como resultado de millones de años de viento y agua erosionando suavemente la roca.

Aquella mañana en especial hacía un calor sofocante; las ropas se pegaban a los cuerpos y no era raro ver en cualquier parte gente buscando la sombra. El joven George empezó a preparar minuciosamente la tienda de campaña, el trípode, las placas húmedas y el aparato para capturar imágenes. Poco a poco, un grupo de turistas curiosos empezó a agruparse alrededor de la tienda: sentían que estaban a punto de presenciar algo extraordinario, aunque al mismo tiempo les incomodaba un tanto toda aquella parafernalia. Si bien se trataba solo de un puesto de observación, la cámara generaba la sensación de intervención. Al cabo de un rato la gente comenzó a apretujarse, atisbando al interior de la tienda; cuchicheaban y se preguntaban por qué aquel hombre entraba y salía tantas veces de un modo tan misterioso. Así transcurrió poco más de media hora. Por fin se abrió la cortinilla de la tienda y por última vez emergió el fotógrafo con un gesto triunfal: esta vez había logrado una impresión completa del puente. Tras mostrar la toma como un trofeo, la gente aplaudió. En ese momento, uno de los hombres se acercó y preguntó por el precio, lo cual tomó por sorpresa a George. «Disculpe, caballero, yo soy un simple aficionado que hace fotografías por diversión y no para venderlas.» El turista arrojó su cigarrillo al suelo y visiblemente enfadado le replicó: «¿Entonces por qué nos mantuvo parados bajo los rayos del sol, mirando cómo se hacía el tonto entrando y saliendo de esa tienda? Debería usted poner un letrero bien grande que diga "Soy un aficionado"».

En efecto, era un aficionado tomándose las cosas en serio. Por algunos días maquinó la idea de hacerse fotógrafo profesional, pero unos artículos publicados en sus revistas inglesas lo hicieron cambiar de opinión. Supo que una buena cantidad de fotógrafos londinenses ya se fabricaban sus propias emulsiones de gelatina; ese descubrimiento lo impulsó a buscar afanosamente la manera de hacer él mismo sus propias emulsiones. Dio con un artículo en el *British Journal Photographic Almanac*: allí se explicaba de manera pormenorizada cómo preparar una emulsión que podía permanecer sensible aun después de haberse secado. *Esto es fantástico*, se dijo el joven George. Y lo era, pues de ese modo era posible emulsionar las placas, llevarlas consigo y utilizarlas en cualquier momento.

Empezó a probar. Durante el día trabajaba en el banco y por las noches hacía mezclas en la cocina de su madre. Casi no dormía debido a los cuidados que invertía en la manipulación de alcoholes con bromuro de plata. Al principio las emulsiones se cortaban, pero llegó un momento en que logró obtener una gelatina seca con todas las propiedades fotográficas necesarias; ahora estaba en condiciones de dar un nuevo salto desde aquellas penumbras heladas. Pensó en la posibilidad de producir placas secas en serie, no solo para hacer sus propias impresiones, sino para venderlas. Pero estaba cansado, tenía ojeras y casi siempre traía los ojos enrojecidos; parecía un hombre de semblante funerario. Sin embargo, a pesar de todo, su corazón dio un vuelco de alegría. Había obtenido un pequeño triunfo desde su propio territorio y por extraño que parezca, más allá de la conciencia monetaria, lo invadió un vago sentimiento de fraternidad con la naturaleza. Ahora tenía la posibilidad de volverse árbol, nube, piedra: un fugitivo de sí mismo.

Por primera vez vislumbró la posibilidad de abandonar el banco, a fin de establecer su propio negocio. Escribió a su tío Horace Eastman una carta emotiva proponiéndole una sociedad. Pronto recibió una misiva con la respuesta, fechada el 13 de enero de 1878: el tío declinaba la propuesta. Básicamente le decía que a su edad ya no deseaba involucrarse en proyectos inciertos; no quería depender de un futuro inasible, aclarándole por supuesto que bajo ninguna circunstancia dudaba de la honestidad e integridad de su sobrino. En fin, le deseaba lo mejor en su aventura.

El rechazo tampoco lo desanimó. Podía empezar con sus propios ahorros en una escala modesta. Poco a poco fue haciéndose de más materiales y herramientas fotográficas. Se convirtió en un auténtico autor: elaboraba sus propias emulsiones así como las placas de plata, realizaba sus propias tomas, hacía los negativos y finalmente obtenía impresiones de buena calidad. Sus profundas convicciones disciplinarias lo condujeron a lo largo de rutas cada vez más amplias y sagaces. Viajó al lago Superior, un lugar idílico; ahí probó la eficacia de sus placas, logró imágenes verdaderamente notables de los márgenes otoñales, así como de casas veraniegas y de algunos paseantes que de buena gana se dejaban fotografiar.

Un año después, George Eastman había diseñado y construido un pequeño aparato para producir placas secas en serie; ese invento habría de ser el primer paso hacia la comercialización masiva de sus propios productos fotográficos. Tomó cuatrocientos dólares de sus ahorros y se lanzó en su primer viaje a Londres, ciudad que retenía el título de capital mundial de aquella industria. El viaje no duró mucho, nada más lo suficiente para obtener su primera patente comercial. El día en que recibió el certificado quedó registrado puntualmente en uno de sus numerosos cuadernos de memorias: *22 de julio de 1879*. Dos meses más tarde, ya en Estados Unidos, hacía la misma petición de patente en una oficina de Washington. La descripción del objeto de la solicitud rezaba así: «*an Improved Process of Preparing Gelatine Dry-Plates for Use in Photography and in Apparatus therefor*» («… un proceso mejorado para preparar placas secas de gelatina para su empleo en fotografía y aparatos relativos»). Era el inicio de un negocio en expansión. En poco tiempo hizo preparativos para realizar solicitudes de patente en Francia, Alemania y Bélgica, siempre mediante los oficios de los agentes ubicados en Londres, y estableció un taller para producirlas.

Cada paquete de placas iba acompañado de una hoja explicativa a manera de instructivo. Además de mostrar los pasos a seguir, se hacía énfasis en las virtudes del nuevo método. Se decía que anteriormente era muy difícil distribuir de modo homogéneo la emulsión sobre la placa de vidrio, por tanto los derrames eran inevitables; pero ahora, con el nuevo método, la emulsión de gelatina podía distribuirse a la perfección por toda la superficie, evitando así desperdicios innecesarios.

Las placas se vendían bien, principalmente en Estados Unidos, no así en Europa. Pronto se percató de que tal vez se había precipitado con las patentes en el Viejo Continente, así que tomó la decisión de vender los derechos del registro inglés; de ese modo pudo encauzar su energía en las necesidades más inmediatas, como eran las exigencias de los clientes. Le escribían desde muchos lugares apartados, pidiéndole mejoras al producto: a veces fallaba el montaje de las placas, algo se cortaba, o simplemente hacían alusiones a imágenes borrosas. George asumió el reto. Redujo considerablemente las horas de trabajo en el banco y se dedicó en cuerpo y alma a realizar toda clase de pruebas. Literalmente fue necesario «hervir» y probar cientos de emulsiones. Como parte del aprendizaje que requería, se involucró en un tráfago de cartas bastante técnicas con el fotógrafo aficionado George H. Johnson.

Debemos señalar que el aumento en la venta de las placas era indicativo de una creciente adicción hacia las imágenes. Personas de todas las edades empezaban a experimentar esa atracción ingenua hacia el suministro de nuevas evidencias del mundo. La fotografía se revelaba por primera vez como un instrumento cada vez más sutil y riguroso para almacenar tiempos, espacios y formas de gran impacto emocional. Al mismo tiempo nacía una incipiente conciencia respecto a las amplísimas posibilidades de registro y control que se podían derivar de las fotografías. Ya en mayo de 1871 la policía de París había permitido que se tomaran impresiones de algunos *communards* fusilados, colocados semidesnudos en sus cajas de madera. La fotografía ingresaba a los dominios del registro histórico, el testimonio y la denuncia. Los Estados de diversas regiones del mundo se percataban de que tenía amplias posibilidades de convertirse en una herramienta muy valiosa para vigilar, controlar y castigar a sus poblaciones, las cuales se hacían cada vez más móviles. El mundo demandaba fotografías como pruebas irrefutables de que algo específico había sucedido y valía la pena retenerlo.

En 1880, George Eastman había rentado ya todo el tercer piso de un gran edificio ubicado en el corazón de Rochester; allí fundó la Eastman Dry Plate Company. En un periodo relativamente corto pudo desarrollar una nueva máquina para producir placas, más simple de accionar, económica y fácil de limpiar. Era, en efecto, un aparato mucho más práctico: admitía diferentes medidas de placas, así como emulsión en grandes o pequeñas cantidades.

Todo esto ocurría en un contexto de acelerados avances científicos. Desde 1876, Estados Unidos había ingresado a una dinámica de nuevas fuerzas económicas que iban acompañadas de tecnologías cada vez más sofisticadas, así como una creciente demanda de minerales como carbón, coque y petróleo: en la década de los ochenta, la Standard Oil Company habría de controlar más del noventa por ciento de los negocios vinculados a la refinación. En pocos años, con la producción de metales como el cobre y el acero verían la luz una serie de inventos transformadores, entre los que destacarían el teléfono de Graham Bell así como el fonógrafo y la energía eléctrica de Thomas Edison, y la industria del transporte sufriría un cambio radical.

Las placas mejoradas empezaron a tener gran demanda dentro y fuera de Estados Unidos. Para 1882 Eastman había llegado a ser uno de los principales clientes de lámparas incandescentes fabricadas por la Edison Electric Light Company. En una carta enviada a la empresa,

Eastman se muestra agradecido por los beneficios de la luz artificial, indicando que el trabajo químico en la producción de placas requería cada día de por lo menos doce horas continuas de luz eléctrica: «... necesitamos mantener una iluminación uniforme... normalmente empleamos alrededor de veinticinco lámparas encendidas». La producción ya era considerable y el número de trabajadores que operaban en el tercer piso de la calle State también iba en aumento. Pronto adquirió un motor de dos caballos de fuerza, lo cual le permitió aumentar la producción, aunque también crecieron los problemas. Un día, uno de los trabajadores, Peter, acudió muy temprano en busca de George; estaba muy exaltado. Cuando se asomó por la ventana en casa de su madre, lo oyó gritarle a todo pulmón: «¡Señor, debe venir pronto, todas las placas se han estropeado!» Y así era. Un error en la manipulación y combinación de materiales químicos hizo que las gelatinas de plata se endurecieran y se llenaran de gránulos, como si las hubiera picoteado un ejército de gallinas.

George debió invertir casi hasta el último dólar de sus ahorros para reponer todos los materiales y volver a producir placas de óptima calidad. No solo se trataba de rescatar un mercado creciente: su prestigio estaba en juego. La fotografía dejaba de ser un oficio de mártires para convertirse en una práctica cotidiana, esa era la ruta. Estaba convencido de que los esfuerzos de su compañía debían enfocarse en la búsqueda de un soporte más ligero y flexible que el cristal. En pocos meses obtuvo resultados promisorios. Junto con su equipo de experimentadores consiguió adherir una capa ligera de emulsión a un papel blando que se cargaba con un portarrollos a las cámaras, aún de gran tamaño; este rollo sensibilizado permitía por primera vez prescindir de las placas de cristal y eso era ya un paso muy grande hacia la reducción del proceso fotográfico. Sin embargo, a pesar del éxito no se sentía del todo satisfecho con los resultados, pues en ocasiones los gránulos del papel quedaban impresos en las imágenes finales. Eastman y su equipo hicieron más pruebas y experimentos. Decidieron cubrir el papel con una capa doble: una de gelatina soluble, bastante tersa, y la otra de una gelatina insoluble pero sensible a la luz. Con una capa de colodión y una solución de celulosa lograron una película resistente y flexible; eran los primeros pasos hacia la creación de toda una industria de soportes fotográficos.

Los avances de Eastman se daban en el contexto de una sociedad que empezaba a sentirse fascinada ante la posibilidad de atrapar el mundo en imágenes. ¿Cómo hacer para coleccionar nuestras propias vidas y atraparlas sin que desaparezcan en los recuerdos obtusos de la memoria? ¿Cómo filtrar el mundo en objetos mentales? ¿Cómo suministrar evidencias del pasado inmediato? ¿Cómo reunir los pequeños sucesos que alguien decide volver importantes? Preguntas como estas brotaban por todos lados y desde los lugares más apartados. Mujeres contemplando la gritería de sus hijos en medio de una fiesta, con payasos y adornos coloridos. Un señor de corbata tiesa, tratando de contener un lagrimón nostálgico en la graduación del hijo mayor. Ancianos pescando junto a sus nietos rollizos. Parejas enfrascadas en los últimos preparativos de la boda. Pequeños tropeles de turistas apostados en los bosques. Paseantes veraniegos en busca de maravillas naturales. Mujeres dorándose bajo el sol de las playas. Todos ávidos de capturar, transportar, acumular y volver a recrearse una vez más en la efímera sucesión del tiempo. Muchas familias seguían haciéndose retratos hieráticos bajo las bombillas luminosas de un estudio, pero esa rigidez teatral iba en declive. La sociedad comenzaba a descubrir que una manera de calmar esa ansiedad vital del tiempo extinguido podía atenuarse un poco mediante unos pequeños objetos, frágiles y susceptibles de romperse, desgastarse o incluso extraviarse con facilidad: las fotografías industriales, ni más ni menos, que ya oteaban sobre el horizonte de Norteamérica.

VI

Ayer no soporté más. Desesperado, sudando cansancio y despecho, fui a buscarla entre los callejones cercanos a Montparnasse. Me vi forzado a mezclarme con turbas de borrachos entregados al vino, a las cartas y al manoseo de mujeres cuyos apretados corsés casi les botaban los senos al aire. Nadie me daba razón de mi pequeña Cortiset. Algunos se detenían estupefactos a rascarse la cabeza, me referían vagas noticias con salpicones de humor desafiante y seguían de largo lanzando tufaradas al aire. Un hombre de pelambre erizada me invitó un trago mientras daba mordiscos a una bola de queso, ni siquiera le respondí de tan perdido que me sentía en aquel laberinto de gente embriagada. De pronto, un vaho caliente sobre mi hombro me dijo: «Busque en la Salpêtrière». Me di media vuelta y vi a una negra contoneándose, sin dejar de sonreír señalaba con el dedo hacia un punto perdido en el horizonte. Parecía una esclava del Congo ataviada con mantas de colores vivos. De las faldas le colgaba una bandolera de cuero como para cargar pistolas; toda ella parecía un ave guerrera a punto de salir volando.

El hospital de la Salpêtrière es como una ciudad en sí mismo; se dice que allí viven algo así como cinco mil pacientes, aquejados por toda clase de enfermedades e insanias mentales. En especial resguarda a mujeres de la calle, dementes y epilépticos y a cualquier enfermo sin dinero. Muchas veces he acudido a los pabellones más deprimentes nada más a observar gestos, rostros, manchas, coloraturas de la piel; si uno desea conocer las profundidades más cavernosas del ser humano, es necesario adentrarse con sumo cuidado a las salas de internos, aunque a ratos las visiones de sangre y los hedores se vuelven insoportables. Todas las miserias del hombre, con sus excrecencias y flemas volátiles, van a dar ahí. Un verdadero museo patológico, tal y como lo ha descrito el maestro Charcot.

Pasado el mediodía llegué a la Salpêtrière. Una terrible sensación de impotencia me invadió: nunca antes había percibido el tamaño descomunal de todo aquel conjunto de edificios. ¿Cómo iba a encontrar a mi pequeña Cortiset? Sería como dar con una aguja en un pajar. Para colmo de males, algunas puertas de entrada estaban custodiadas por piquetes de guardias bien armados; me informaron que días atrás habían detectado varios robos de infantes y se temía un motín de enfermeras cansadas de no recibir salario alguno. Así las cosas, ¿por dónde empezar? ¿Adónde acudir? Precisamente una enfermera me indicó cuál era el pabellón de las prostitutas. Me dio indicaciones precisas, advirtiéndome que tuviera cuidado al atravesar el de los perturbados. «A veces padecen raptos de cólera y no hay manera de evitar ataques», me advirtió la practicante.

No me costó demasiado trabajo dar con el pabellón de las prostitutas. Eran bien conocidos los recientes experimentos que allí se hacían, a consecuencia de los estragos causados por la sífilis. Ahora, por todas partes se hacen preguntas, se escudriña, se husmea, se interviene y se llevan muestras de tejido a los nuevos laboratorios. Se dice que unos minúsculos seres llamados microbios deben ser la causa de todos nuestros males, ahí están los famosos trabajos de monsieur Pasteur. Me gustaría verlo trabajar, dicen que viene muchas veces por aquí con sus tubos y pipetas a tomar muestras de líquidos fermentados. Cuánta coincidencia con mi trabajo: la materia orgánica se descompone y se mezcla en millones de partículas voraces, igual que hace la luz. Nuestro organismo seguramente solo puede existir en armonía si logra que esos millones y millones de pequeños moradores se combinen de manera bien modulada hasta el infinito. Eso mismo pienso del arte plasmado en un lienzo; un cuadro, igual que todo nuestro cuerpo, expresa siempre la lucha por la vida.

Cuando me acerqué al pabellón de las prostitutas, mi olfato percibió un tufillo parecido al que despiden las ostras ahumadas. Entré por una puertecita de doble hoja. «¡Dios mío!», exclamé. Nunca en mi vida había visto tantos cuerpos de mujeres miserables apretujados unos junto a otros, con sus ropajes blancos arrugados y marcados con números azules para distinguirlas a cada una, pues allí lo mismo eran enfermas y presidiarias. Unas discutían, otras reían o se gritaban insolencias. Algunas dormían profundamente sin importarles el alboroto endemoniado ni los gemidos de las más nuevas, quienes solían llegar cada noche con las cabezas rotas por botellas de vino con tal brutalidad que a veces los dueños de los lupanares mandaban recados con peticiones para que nunca más volvieran a echarlas a la calle.

Desde donde yo me encontraba, en la parte alta, aquello parecía un gigantesco invernadero repleto de coliflores, aunque a primera vista predominaba un estilo conventual y penitenciario. En una esquina estaban las máquinas portentosas del magnetismo. Cuatro enfermeras hacían lo posible por apaciguar los ánimos de un pequeño grupo de pendencieras dispuestas a cruzar navajas. En las escalerillas me topé con una mujer de cabellos tiesos, me pidió un cigarrillo. «No tengo», le dije. Entonces me soltó una retahíla de feroces injurias; amagó con darme un golpe en la cara, pero no le hice caso. Me alejé y allí siguió farfullando blasfemias. Nadie sabía dónde podía estar mi pequeña Cortiset. Otra enfermera se me acercó. «No pregunte por el nombre», me dijo. «Aquí muchas mujeres se registran con nombres falsos. Busque usted mismo de cama en cama.» Así lo hice.

Por fin la encontré en un rincón, junto a las prostitutas más bárbaras e incendiarias; parecían a punto de amotinarse. Cortiset estaba ovillada en un camastro de tubos oxidados. Tenía las piernas dobladas y los brazos hundidos en las rodillas como hacen los enfermos de garrotillo, jadeaba empapada en sudores de fiebre. Con la punta de mis dedos removí sus cabellos embarrados en el cuello. Varias veces le hablé, pero ella solo entornaba un poco los ojos y me hacía una mueca displicente. «Voy a sacarte de aquí», le dije. «¿Quieres venir conmigo?» Al principio no respondió nada, pero después de varios intentos oí un gemido cavernoso.

—Llévame… por piedad.

—Sí, llévese de aquí a esta ramera. Cuanto antes desocupe la cama, mejor.

Aquella orden provenía de una mujer recargada en un mostrador con frascos medicinales. La situación era convulsiva y yo en esos momentos no estaba de humor para dejarme intimidar. Abracé a mi pequeña Cortiset y me la eché al hombro como fardo de carga; para mi buena fortuna, justo en ese momento otra mujer empezó a retorcerse gritando frases incoherentes como poseída. Las dos enfermeras encargadas del enorme galerón acudieron enseguida, yo aproveché el forcejeo para escabullirme hacia una de las puertas laterales. Caminé deprisa a lo largo de un extenso pasillo bordeado de ventanales enormes; por todos lados había enfermos deambulando como ánimas despavoridas. De reojo contemplaba la ciudad y me pareció descubrir pequeñas columnas de humo hacia la parte oeste del Sena. En ese momento comprendí que, aun si hubiera una guerra desatada por las calles de París y todo el casco de la ciudad estuviera en llamas, igual habría hecho hasta lo imposible por dar con mi pequeña Cortiset. Estaba tan decidido a ponerla a salvo, que ni siquiera un médico de cabellos rojizos y estetoscopio de carnero colgado al cuello pudo impedirme el paso: «¿Adónde va con esa mujer, caballero?» Pero yo, también cansado y desesperado, le solté una arenga tan convincente sobre el derecho de los enfermos a bien morir en su propio lecho, que en seguida se apartó indicándome dónde tomar un coche carreta por doce céntimos.

Ya era de noche cuando llegamos al callejón de mi buhardilla, muy cerca del cementerio. A veces los hedores que llegaban eran insoportables. Un aire de siniestra soledad impregnaba el ambiente, aunque arriba un cielo de constelaciones dibujadas me hizo pensar en días más favorables. «No puede ser este el final para ella», me dije. «No de este modo.» Frente a nosotros, bajo la arcada de un viejo soportal, me pareció ver a un hombre inquieto por nuestra presencia; no dejaba de mirar hacia donde nos encontrábamos estacionados. Pronto lo reconocí: era monsieur Latouche, un comerciante honorable, dueño de una sedería medianamente exitosa por haber ataviado una vez con azules y rojos brillantes a las famosas coristas de la ópera. «Debemos esperar a que se vaya ese hombre», le dije al cochero. «Puede sospechar de nosotros. Tal vez imagine que traemos un cadáver robado.» «Cierto», me respondió el conductor, levantando los hombros con cierta indiferencia. Pasaron dos minutos de espera insoportable, pues los quejidos delgados y entrecortados de Cortiset me indicaban que había llegado al límite de sus fuerzas. Afortunadamente monsieur Latouche decidió seguir su camino. Entonces nos dimos a la tarea de cargar con cuidado a la enferma. Mientras subíamos las escaleras, un reflejo de luna le dio de lleno en la cara, alcancé a vislumbrar una palidez cadavérica y sentí un miedo apenas enrejado por las fauces de mis propios demonios.

«De prisa», le dije al cochero. Abrí la puerta con una mano temblorosa mientras sostenía con la otra el cuerpo desguanzado; la recostamos sobre el mismo sofá donde muchas veces había posado desnuda para mí.

—Tiene mal semblante la señorita —me dijo el carretero después de hacer un chasquido con los dientes—. Debería rociarle todo el cuerpo con agua fresca y hojas de tomillo.

—Sí, lo haré. No se preocupe.

Le extendí dos monedas oxidadas. En cuanto salió, metí la llave a la puerta y eché doble cerrojo. Por fin me quedé a solas con mi amada; ciertamente todo su aspecto era cadavérico. Levanté uno de sus párpados, tenía la pupila vuelta hacia abajo como he visto que hacen los terneros recién degollados. Miraba sin mirar. De su boca salía un aire pestilente que me hizo pensar en los contornos de la muerte ya instalados en sus vísceras. A esas horas era imposible conseguir hojas de tomillo, como me había recomendado el cochero. Busqué en los entresijos de una gaveta. Había trozos de cebolla, pan, un manojo de calabazas, algo de salmuera. Por ahí encontré un pedazo de jengibre, lo puse a hervir. Mientras tanto aflojé las ropas de Cortiset a fin de ventear la temperatura. El torso desnudo me dejó ver un costillar marcado en relieve a cada respiración. Acerqué mi oído y noté que su pecho exhalaba un silbido pedregoso, a veces rematado en pequeñas quejas. Cuando abrí más las costuras del camisón me quedé atónito ante la extrema delgadez de aquel cuerpo, surcado por ramales de venas moradas que se traslucían bajo la piel. *Dios mío, perdóname por haberla abandonado a su suerte.* Me daban ganas de aflojar en lágrimas el nudo de impotencia que traía atorado en la garganta, pues en esos momentos tuve la certeza de que mi pequeña se me iba a morir ahí mismo sin remedio como una presa abatida desde lejos, desangrándose lentamente hasta el último estertor.

Ni siquiera tenía fuerzas para abrir la boca. Fue necesario incorporarla con mi brazo, solo así pude hacer que tragara unos sorbos de la infusión de jengibre. La dejé descansar unos minutos y volví a hacer la misma operación varias veces. Después le puse en la frente un paño mojado en agua fría y noté cómo su respiración se volvía más apaciguada. Pronto las uñas de sus dedos empezaron a perder ese tono azulado para ganar un color más rosado. Eso me tranquilizó, pues era signo evidente de que todo el cuerpo empezaba a respirar de un modo más provechoso. Hasta ese momento sentí los estragos del hambre y el cansancio en mi propio cuerpo, afortunadamente aún guardaba unos buenos trozos de pan y queso fermentado. Tomé la silla que usaba frente al caballete y me dispuse a comer sin dejar de pensar en las miserias de mi niñez: crecí entre guardias de baja ralea, turcos, camareras indolentes y ladronzuelos ensombrecidos por las manchas de la guerra. Vivíamos en las afueras de París, entre lodos y barrizales inmundos, pues ahí se criaban más robustos los cerdos de bellotas que mi padre cuidaba a una familia de jamoneros. Mi única hermana, después de un matrimonio infernal, terminó recluida en una casa de caridad. Toda esa miseria mezclada terminó por encogerme los ánimos. Mamá tenía siempre una expresión sombría y distante. Casi nada tenía valor para mí hasta que vi en una vieja casona la exposición de unos escorzos al carbón de Jacques-Louis David; mi vida cambió entonces. «¡Voy a ser pintor!», le dije a mi padre y volví a repetirlo cientos de veces ante los jueces más encarnizados de mi niñez. Esa decisión me condenó a la miseria, pero jamás me arrepentí porque desde ese día miles de objetos maravillosos han estallado en mis manos. Un demonio se me colgó del pescuezo y delicadamente me ha sugerido toda clase de sucios pensamientos. Lo digo con toda sinceridad, la pintura ha saboteado mi existencia.

Me despertó el crujir batiente de un monótono aguacero. Casi no podía abrir los ojos de tan rendido, pues había mantenido el espinazo doblado durante muchas horas. Para mi sorpresa Cortiset ya estaba despierta, sentada en el rincón de mi buhardilla, mirando a través de la ventana. Parecía una criatura distante, lánguida y limpia de todos sus males. Observaba nada más las gotas de agua escurridas en el vidrio, como si en esos flujos transparentes se deslizara todo el hilo de su vida. Cuando me acerqué dijo, sin volverse a verme, que tenía ganas de conocer el mar; yo, un tanto cohibido, prometí llevarla en cuanto recobrara fuerzas, aunque mis verdaderos deseos eran otros. Me urgía tenerla sana otra vez para volver a pintar su cuerpo en un lienzo. De hecho, mientras mantenía su cabeza recargada sobre el cristal, tuve impulsos irrefrenables de sacar un carboncillo y hacer unos esbozos de su rostro pero ella, aún débil de fuerzas, movió una lámpara de aceite y me dijo con voz de aguas revueltas que si me atrevía a sacar un papel para dibujarla enferma, se encargaría en persona de rebanarme el miembro con un cuchillo; lo dijo con tal énfasis y determinación en la mirada que de veras sentí un frío escozor entre las piernas. «Está bien, está bien», repliqué. «No vamos a enfadarnos por un simple capricho.» Así que la dejé a buen recaudo, salí al mercado a comprar carne, verduras y una buena tarja de especias; cuando regresé, pasado un rato, mi pequeña damisela ya se había lavado los cabellos con agua de menta, se puso gotas de perfume en el cuello y tenía todo listo para la preparación de un magnífico estofado.

Nunca antes la vi comer con tanta desesperación; parecía una loba perdida en el bosque. Tenía los ojos clavados en la comida. Metía la cuchara al plato una y otra vez, llevándose trozos grandes y pequeños a la boca. Durante un rato se hizo entre los dos un silencio horroroso. Después vi cómo le escurría una lágrima de impotencia. «¡No me mires comer!», me dijo con voz agitada. «Tú nunca has tenido hambre de verdad. Vives aquí en tu caverna misteriosa, alejado del mundo. Jamás has tenido que ganarte unos pedazos de fiambre en las calles.»

Entonces me di a la tarea de explicarle cuántos afanes, cuántas angustias, sofocos y no pocos desvelos debí padecer entre calles oscuras, tabernas y prostíbulos de mala muerte antes de encontrarla en la Salpêtrière. Por último, arrojando un pisapapeles, le dije que yo también estaba exhausto. «Vivo preso de melancolía», reclamé. «Toda mi vida es una escenografía de sueños y sin tu presencia los andamios de la cordura se me derrumban, entiéndelo de una buena vez.»

Mis palabras surtieron el efecto de un latigazo. Afuera oímos el aullido de unos perros entre el sonido de vidrios rotos. También se oían escaramuzas de vagos armados con palos y botellas vacías que arrojaban a los muros enlamados: me asomé por la ventana y vi que encendían pequeñas fogatas por toda la calle.

—Deberíamos ir al mar —dijo Cortiset con esa calma de carbones apagados que manaba de todo su cuerpo relamido. Era un deseo frívolo a la vez que una súplica del alma; no tardé en imaginar el bien que le haría respirar un aire más limpio y el contacto con la naturaleza, lejos de la inmundicia citadina.

—Dame un par de días, necesito preparar mis trebejos de artista. Voy a pintarte junto a un carámbano de riscos, aunque tú no quieras —por primera vez en mucho tiempo, ella me sonrió maliciosamente. Abajo seguían oyéndose pequeñas ráfagas de gritos y blasfemias.

VII

Así como Graham Bell impulsaba la telefonía y Edison la iluminación eléctrica, George Eastman desarrollaba la fotografía fílmica. El asentamiento de estas tres industrias influyó de manera decisiva en la generación de nuevos conocimientos, nuevas profesiones, nuevos empleos, en fin, nuevas formas de comunicación. Específicamente, el negocio de las emulsiones de plata iba sin duda a la alza. Para 1882 Eastman había cerrado el año fiscal con una ganancia de catorce mil ochocientos ochenta y nueve dólares con ochenta y ocho centavos, con lo cual podía invertir en nuevas máquinas, productos químicos y salarios a jóvenes investigadores dedicados al servicio de la compañía. Sin embargo, aún no estaba del todo satisfecho con los resultados de sus productos. Por aquellos días los periodistas se quejaban con frecuencia de las dificultades que implicaba el uso de placas de vidrio para fines de soporte, seguía siendo un material pesado, frágil y nada económico. Eastman decidió emprender una nueva serie de pruebas, todas encaminadas a obtener un material mucho más ligero, maleable, funcional y de bajo costo. Su idea era tan sencilla como innovadora: aplicar una capa de emulsión sensible sobre papel y después montarlo en un portarrollos. De ese modo sería posible colocar el rollo en cualquier cámara, sustituyendo así los pesados soportes de vidrio. El sucedáneo de las placas secas de vidrio estaba cerca.

Pero aún había dificultades. Con frecuencia los granos del papel se imprimían en las imágenes finales. Además, en muchas ocasiones no soportaba la tensión de la emulsión y todo el material terminaba estropeado. La solución llegó prácticamente hasta 1884: Eastman cubrió el papel con una capa de gelatina soluble y sumamente lisa, pero además agregó una segunda capa con gelatina insoluble y sensible a la luz. Una vez hecha la exposición y el revelado, la gelatina con la imagen se desprendía del papel. El siguiente paso era transferir la imagen a una lámina cubierta con gelatina, a la cual se le aplicaba una capa muy fina de colodión, más una solución de celulosa. Fue así como surgió el primer rollo fotográfico manufacturado para su venta en marzo de 1885. Eastman levantó un vaso con brandy junto a su pequeño equipo de trabajadores. Por primera vez lograba una película flexible y resistente que podía enrollarse e introducirse en la cámara con un carrete portátil.

Las ventajas del nuevo invento de Eastman saltaban a la vista. Con la película en rollo era posible hacer hasta veinticuatro exposiciones. Al prescindir de las placas de vidrio, el operador eliminaba peso y riesgos de cortaduras. Todo parecía servido para que los fotógrafos empezaran a desprenderse de las pesadas placas de vidrio: sin embargo, eso no ocurrió. Su uso estaba profundamente arraigado en el mundo de la fotografía, de manera que al principio los rollos portátiles tuvieron una aceptación relativa. Eastman se dio cuenta de que el novedoso producto no era suficiente, faltaba mucho más para llegar a un público masivo; la palabra clave era «publicidad». Pronto aparecieron desplegados en periódicos y revistas especializadas, anunciando la introducción de una nueva película sensible. «Presentamos el sustituto de las placas de vidrio; más económico e ideal para hacer fotografías, tanto de exteriores como al interior de estudios. Todo en un rollo de película.» Este golpe de timón propició un aumento considerable en la producción y ventas aunque periféricamente iban surgiendo nuevas dificultades, acrecentadas por la feroz competencia entre productos en un mundo cada vez más ávido de imágenes. Un ejemplo de estos obstáculos se notaba en los problemas para conseguir el mejor papel de impresión fotográfica, había que importarlo de Prusia. Eastman envió muestras a diferentes manufactureros de Nueva York, Boston y Chicago, con la esperanza de que en algún lugar hubiera un fabricante capaz de igualar la calidad del papel prusiano. Tampoco era fácil conseguir todos los insumos de plata requeridos, lo mismo sucedía con la energía eléctrica necesaria para mantener la producción de suministros de manera ininterrumpida.

Por otra parte, a cada rato se veía en la necesidad apremiante de consultar toda clase de urgencias con especialistas en química, ya que él mismo carecía de una formación académica; sus conocimientos eran más bien prácticos, a partir de una gran cantidad de tentativas con emulsiones y papel. Ciertamente trataba de compensar sus carencias escolares mediante la lectura de artículos especializados que conseguía en revistas de Estados Unidos, Inglaterra, Alemania y Bélgica. Subrayaba, recortaba, traducía fórmulas, hacía comparaciones de pesos, medidas y equivalencias, repitiendo varias veces el mismo método probado en algún laboratorio londinense. No había días lo suficientemente largos para administrar y hacer experimentos; muchas veces comía y dormía en algún lugar de la oficina con tal de no cortar la progresión de las pruebas. Aun así no estaba del todo satisfecho con la calidad de sus rollos fotográficos. Llegó un momento en que se sintió rebasado, era necesario solicitar la opinión de un verdadero profesional, así que envió un carrete para que fuera examinado por el eminente profesor Samuel Lattimore, director del departamento de química de la Universidad de Rochester.

Más allá de las recomendaciones técnicas que le hizo, Eastman se benefició profundamente de este contacto pues obtuvo los servicios de Henry Reichenbach, un joven y muy brillante químico que se había desempeñado como asistente del doctor Lattimore. Sin saberlo, acababa de hacer un movimiento maestro en el ajedrez de su carrera tecnológica: por fin pudo dedicarse en mayor medida a la administración de la empresa, sin tener que realizar personalmente la mayoría de las pruebas y experimentos. Al poco tiempo se dio cuenta de que la industria fotográfica estaba siendo apuntalada desde lugares distintos y distantes. Descubrió que un granjero originario de Dakota había patentado un pequeño artefacto que indicaba puntualmente, por medio de perforaciones, la posición correcta de la película frente al lente. No tardó en establecer contacto con el señor David Houston; setecientos dólares pagó por los derechos de su invento. Del mismo modo se dio a la tarea e investigar sobre patentes que podían ser de utilidad para la empresa. Fue así como se dieron pasos decisivos para mejorar el rollo, que empezó a comercializarse bajo el nombre genérico de American Film. Y aunque aún no llegaba la hora del consumo masivo que todos en la empresa deseaban, Eastman comprendió que debía sentar las bases para que los fotógrafos pudieran familiarizarse con el nuevo sistema.

En respuesta a numerosos reclamos, los esfuerzos continuaron en busca de una película de óptima calidad. Reichenbach probó con diferentes soluciones químicas y barnices provenientes de distintas compañías. Los resultados parecían más bien magros: algunas películas quedaban algo arrugadas, con puntos, manchas, imperfecciones, o simplemente eran demasiado grasosas para poder cubrirlas con la emulsión sensible. No sería sino hasta 1888 cuando las cosas empezarían a mejorar. Reichenbach produjo una solución de nitrocelulosa con alcohol de madera que, al ser aplicada sobre una placa de vidrio, se comportaba como una película suave y limpia, aunque aún carecía de suficiente tensión y fácilmente se descarapelaba del vidrio. Pero un día, el joven investigador decidió agregar una pequeña dosis de alcanfor. Asombrado, advirtió que el alcanfor empezaba a cristalizarse, produciendo puntos oscuros en algunas partes de la película; tras varios intentos descubrió que si usaba alcanfor al sesenta por ciento podía obtener una película de gran calidad. Además, se percató de que era necesario secar con calor, siempre empleado de manera uniforme y a una misma temperatura, de lo contrario la emulsión simplemente se echaría a perder al momento de aplicarla. Pero el golpe más esclarecedor llegó cuando agregó una solución de aceite de fusel con acetato de amilo: de manera uniforme, el alcanfor era retenido durante el proceso de secado, sin que se produjeran rugosidades ni resquebrajaduras. Por primera vez se obtenía una película realmente flexible y transparente. El invento traería enormes consecuencias para la industria fotográfica y fílmica en general. El reconocimiento de Eastman al hallazgo de Reichenbach quedó garantizado en una patente fechada en 1889; allí se especificaba el proceso químico desarrollado por el joven investigador, claro, siempre al servicio de la Eastman Dry Plate and Film Company.

Entusiasmado con los resultados, Eastman envió una prueba del nuevo rollo a uno de sus socios en Inglaterra. En el paquete iba una carta escueta detallando las bondades de soporte, resistencia, durabilidad y calidad de imagen obtenida. Además se remarcaba enfáticamente el hecho de que este nuevo rollo podía adaptarse a cualquier tipo de lente. «Estimado Sr. Walker: Nos hemos sobrepuesto a toda clase de dificultades, no imagina usted cuántas. Pero sin duda los esfuerzos bien han valido la pena. Vamos a hacer todo lo posible por enviar unas muestras a la gran exposición de París.» Ahora sí, pasados los agotamientos de un sinnúmero de pruebas, desvelos y esfuerzos anegados, se abría el espectro de una realidad inmediata mucho más promisoria. Los experimentos de Eastman y Reichenbach abrían las esclusas a la producción en escala comercial de rollos fotográficos de nitrocelulosa transparente; era lo que podría llamarse la constatación comercial de una inspiración tenaz.

Durante su viaje de 1889 a Londres y luego a París para la Exposición Universal, al sopesar la recepción y el comportamiento de la nueva película, Eastman comprobaría que el panorama era sumamente alentador. Fotógrafos de todas partes ya se regodeaban ante las posibilidades del nuevo arte. Pequeños talleres florecían al cobijo de un gran movimiento mercantil. Noticias graves, delitos, acontecimientos superfluos, reuniones de gentes, lugares, paisajes. Invariablemente había un hombre osado dispuesto a obtener imágenes testimoniales, se trataba de capturar la condición de los ciudadanos a lo largo y ancho de todo el tejido social. Poco a poco, la cámara lograba abrir el cerrojo de los sarcófagos donde yacían toda clase de seres humanos en espera de ser vistos desde una realidad inmediata, sin falsos corsés ni pasamanerías de gente pudiente. Por ahí alguien mostraba ese aforo de obreros miserables, casi todos niños, agrupados al pie de una fábrica. Dos enamorados besándose bajo la sombra de un abedul. Un organillero con su pequeño mono de la India pidiendo monedas a los curiosos que se arremolinaban sobre las lajas encajadas de la calle. Una niña de trenzas corridas se lleva la mano a la boca, sorprendida por el disparo del fotógrafo. Una mujer desnuda esgrimía su torso desnudo mientras la sombra se deslizaba como enredadera sobre el filo de una escalinata etrusca. Ocho cuerpos jóvenes son acomodados al interior de cajas de madera y colocados a manera de piezas desmontables sobre la superficie de un muro blanco, primero aparecen retratados de frente, después de perfil, luego alguien decide que mejor será ponerlos cara a cara dentro de las cajas, a fin de mostrar al mundo las paradojas de la existencia humana. Otro más incluso decidía que no valía más la pena abocarse a la observación de cuerpos humanos, mejor sería dignificar la figura de una simple botella de vidrio. Todo eso ocurría y estaba por ocurrir bajo la mirada de fotógrafos cada vez más sedientos, doloridos y ávidos de triscar el mundo.

Hasta el mismo Edison utilizó películas de Eastman en la elaboración de su famoso kinetoscopio, una caja de madera con un orificio en la parte superior, por allí era posible ver la película a través de un lente iluminado por una lámpara que proyectaba las imágenes hacia el observador; este debía girar una manija a fin de activar el mecanismo. Adentro del kinetoscopio había una serie de cilindros, desde los cuales corría el rollo con las imágenes.

El círculo de la nostalgia visual empezaba a estrecharse. Un nuevo voyeurismo estaba por asomarse, ahí donde alguien decidiera que al capturar una imagen era posible modificar los espectros volátiles de la realidad. Ese estado inmutable, atrapado en fracciones de segundo, otorgaba otra categoría mítica de tiempo y lugar a cualquier persona, a cualquier objeto por el solo hecho de ser fotografiado. Ya desde hacía tiempo muchos artistas, hombres de ciencia, filósofos y humanistas en general, habían hecho notar que las concepciones clásicas de belleza y fealdad eran solo eso, nociones, ideas, preceptos sometidos al juicio caprichoso de censores, tal y como dijera el mismo Robespierre casi cien años atrás, pocos días antes de ser ejecutado en la Plaza de la Revolución de París. Ahora, sin embargo, todo podía ser fragmentado, cuestionado, sopesado. La mirada confiscada durante siglos por clanes y cofradías de toda índole empezaba a soltar amarras y a dispersarse, como hacen antes de salir al aire los peces diminutos cuando van escapándose de la red que los atrapa. Por todas partes lloviznaba una nueva conseja: *El mundo no pertenece a unos cuantos. Está ahí para ser capturado por cualquiera.* Como un sabueso, Eastman olfateaba esa humedad. Desde hacía tiempo había rumiado la posibilidad de popularizar el proceso fotográfico. Inventó la primera película flexible con nitrocelulosa. Después, el carrete donde podía colocarse un rollo de película. También manufacturó un sistema de rieles que permitía correr una misma película de manera continua, paso decisivo para que Edison diera vida a su famoso kinetoscopio. Eran los cimientos más firmes hacia la simplificación y portabilidad del proceso fotográfico. Sin embargo, aún faltaba la pieza maestra: una cámara portátil.

VIII

Llegamos a Dieppe en medio de una llovizna de vientos cruzados. Aquel viaje me resultaba providencial, pues a toda costa deseaba alejarme de los terribles ajetreos en París con motivo de la Exposición Universal. Nada más sujetar el pescante del coche, se me voló el sombrero. Corrí grotescamente hasta que pude sujetarlo con la punta del pie; detrás oía las risas de Cortiset. Me sentí feliz, como si alardeara de haber enterrado nuestras disputas del pasado bajo un montón de cenizas. Ni siquiera el incesante repiqueteo del agua sobre mi cara lograba exasperar mi ánimo. Tampoco me importaba que el día de nuestra llegada no hubiera un solo destello de sol. Miré alrededor y me di cuenta de que a pesar de la soledad y del ambiente brumoso, aquel puerto era un lugar magnífico para crear y concebir verdaderas obras de arte. «¡René, ven acá!», gritó Cortiset. «¡Vamos a mirar el mar!» Le pedí entonces al cochero que llevara nuestros bártulos a la casa de hospedaje, lo cual aceptó de buen humor con un chasquido entre dientes. «No se alejen demasiado en las dársenas», me dijo. «Estos vientos de pronto saben ser traicioneros.» El sonido de la fusta me sacudió, fue como el latigazo interno que anuncia el inicio de otra vida.

Ahí estaba frente a nosotros. Era un espectáculo imponente, sobrecogedor, todo ese mar picado, solitario, verdoso, pleno de brumas gélidas que brotaban como ráfagas de vapor sobre las explosiones de agua revolcada. Un olor acre y dulce me quemó el olfato, era el aroma del torvisco. Cerré los ojos y aspiré profundamente. Cortiset iba de un lado a otro como niña fastuosa, destemplada, dueña por completo de sí misma, con esa cabellera enredada sobre los hombros y los faldones vueltos arriba para dejarse los pies descalzos y poder así andar sobre la extensión infinita de piedrecillas enlamadas. Nunca antes la había visto tan feliz, como arrastrada por una voluntad superior más allá de sus propios dominios. Sin decir nada nos abrazamos y nos besamos, sintiéndonos maravillosamente solos en el universo. La bruma desvelaba secretos insospechados, a cada palmo se me revelaban nuevos misterios entre los quicios de los guijarros. Lo mismo ocurría si nos acercábamos un poco a la inmensa alfombra de hebras marinas, cuyas formas caprichosas se abrían a cada palmo entre las piedras.

En eso, detrás de nosotros apareció una vaca blanca con grandes manchas negras, traía arrastrada una soga y un cencerro de cobre macizo. Cortiset le hizo cariños en la cabezota empapada; sin decir nada tomó la soga y se la llevó junto al mar. Poco a poco dejó de llover. Los primeros mosquitos empezaron a posarse sobre la superficie de agua filtrada en los pozuelos que iban dejando las patas del animal. Alcancé a Cortiset; la vaca estaba echada sobre la arena de un modo abúlico. Tensó los músculos del cuello y empezó a lamer las piedras cubiertas de moho. Entonces, de un modo absolutamente espontáneo, se me ofreció un cuadro maravilloso: Cortiset se colocó detrás de la vaca y le rodeó el cuello con los brazos. Fue un instante mágico. Hubiera dado cualquier cosa por tener a la mano lápiz y papel a fin de hacer un bosquejo, pero no había necesidad. Aquella imagen era tan intensa que me bastó un simple cerrar de ojos para capturarla de una sola vez en mi memoria. *Ahí está*, me dije. *Serás un eterno falsario si no das vida a esa visión desaforada. No permitas que la impresión se pudra en tu recuerdo.* Instantes después se acercó a nosotros un hombre ya entrado en años, nos saludó con un movimiento leve del sombrero, hizo un chasquido y se llevó a la vaca. Cortiset y yo permanecimos sentados sobre la arena pedregosa. Cuando la vaca y su dueño se perdieron a lo lejos, yo tenía ya terminado el cuadro en los resumideros de mi cabeza.

Esa noche volví a nacer bajo los efectos de un júbilo desconocido. Tenía ganas de soltar amarras; volverme tigre, paloma, zorro, viento, espuma de mar. Por primera vez en casi tres años, Cortiset y yo estábamos bebiendo y cantando completamente abandonados a los caprichos de nuestro gusto, sin tener que soportar esa estrechez opresiva y la pestilencia a retrete viejo de los lupanares en Montparnasse. Tan alegre y desinhibido me sentía, que no pude contener los impulsos de mostrar a todos mi nueva condición. Alcé mi copa y les pedí un aplauso para celebrar a la mujer más bella de París; casi todos correspondieron entre risas y con los ojos retorcidos por el alcohol. Poco después salimos del salón, dando tumbos como dos criaturas cósmicas. Así llegamos hasta la orilla del mar, justo al mismo sitio donde habíamos encontrado a la vaca, o más bien donde ella nos encontró a nosotros. Sin dejar de reírnos, acomodamos unos tablones podridos a manera de asiento y nos tiramos como dos jóvenes a punto de prodigarse los primeros escarceos primaverales. «Ahora sí, René, eres para mí un hombre cabal», me dijo Cortiset entre risas. «Bueno, hace falta una cosa más», dijo mirándome con gesto pícaro. Yo también reí, algo amilanado, pues en esos momentos no tenía fuerzas para un amor que terminaría por derrengarme. Prefería permanecer allí saturándome bajo la llovizna, como un murciélago feliz en las tinieblas.

Aquellos primeros días en las playas de Dieppe los viví sin demoras. La llovizna pertinaz se disipó por completo, haciendo los días cálidos y soleados. Me volví minucioso, lento, absolutamente receptivo al espíritu de las cosas; era como un caimán amaestrado. En una botica, cerca del muelle, mientras compraba un jabón de sésamo con glicerina perfumada, noté que a Cortiset le hacía falta un arete. Me parecía tan bella, tan seductora, y sin embargo el extravío de ese objeto azulado era como haber perdido un gesto suyo, un indicio de su carácter. Sin que ella lo notara hablé con la dependienta de la botica. «No se preocupe, caballero», me dijo discretamente, «voy a buscar la manera de remediar esa carencia.» A esas alturas sentía espanto de malograr el encanto de Cortiset. Sin duda me estaba comportando como un adolescente con el corazón desordenado.

Por la tarde, el asunto estaba arreglado. La señora Branelle tenía ya listo un pendiente casi idéntico al que se le cayera a Cortiset. Cuando se lo mostré con un viejo truco de prestidigitador, ella lo tomó en sus manos como si trajera un nido de pájaros; lo olfateó, casi saboreándolo con la vista, y me brindó una sonrisa tan dulce como el almíbar. Mientras le colocaba el arete en su lóbulo izquierdo tuve la sensación de que todos los nubarrones plagados de moscas negras en mi vida se habían disipado para siempre. En esos momentos, mareado como estaba por el frenesí del amor, no podía darme cuenta del espejismo que yo mismo dibujaba frente a mis propios ojos. También le compré un frasquito con benjuí. Además de pagar el dinero acordado le obsequié a la señora Branelle un dibujo, una escena de pescadores arrojando sus redes bajo el sol ardiente de la costa.

Pero al día siguiente, al remover una cortina con el dedo y mirar los primeros reflejos de sol a través de la ventana, un presagio de amarga borrasca se me coló hasta la boca del estómago. Cortiset no estaba en la cama. Había despertado temprano. En el buró, aún estaba abierto el escandaloso frasco de crema que pudimos conseguir de contrabando con un marinero de Ceilán. Mi primer impulso fue asomarme por la ventana. Dos jóvenes cetrinos se compartían unas redomas de cristal, tal vez estudiantes de liceo entusiasmados con los nuevos descubrimientos químicos de monsieur Pasteur. Uno de ellos tenía el rostro lívido y hacía gestos de premura; ambos muchachos se fueron deprisa. Yo también me vestí precipitadamente. Busqué a Cortiset por toda la casa. El hombre encargado de recibir a los huéspedes me dijo que poco antes había visto salir rumbo a la playa a una mujer con las características que yo le mencionaba, y eso me tranquilizó. *Seguramente desea encontrar el mar en estado de gracia*, pensé. Sin embargo, cuando llegué a la orilla del agua tampoco la encontré, únicamente había un par de ancianos paseando del brazo; traían un pez de gran tamaño encajado en la punta de un alambre. Les hablé de Cortiset. El hombre movía los brazos y se mostraba preocupado, pero no tenía el menor recuerdo de haber visto a una mujer con esas características físicas. Mis temores aumentaron cuando vi a un grupo de soldados realizando movimientos típicos de acampada militar. Estaban de asueto: algunos ataban las correas de los cabestros a los fierros oxidados de un pequeño mirador abandonado, otros daban de beber a los caballos y había quienes aceitaban sus armas. Parecían hombres mundanos y alegres, como si un hecho de guerra fuera para ellos algo remoto y ajeno. Con todo, sentí mucho miedo, pues por aquellos días ya se decían cosas terribles de la tropa. Pasé junto a ellos sin mencionar nada. «¡Buen día, caballeros!», traté de saludarlos como si todos fueran amigos. «Buen día», me respondieron. Uno de ellos preparaba el tabaco de su pipa, fue el que me saludó con más alegría. Sin duda aquellos hombres no sabían nada de Cortiset.

A esas horas, la playa se hallaba desierta. Me costaba trabajo caminar relajado, pues casi toda la arena estaba cubierta por una alfombra infinita de piedrecillas que de buenas a primeras se encajaban como pequeños arpones en las plantas de los pies; debía detenerme a cada rato. Mis zapatos no eran muy cómodos. De vez en cuando bajaban cormoranes a cazar cangrejos entre las piedras. Después de casi media hora llegué hasta una desembocadura entre unos riscos, en la parte alta revoloteaban familias enteras de pájaros. Era un espectáculo formidable mirar aquel revuelo de madres y crías metidas en los nichos de las piedras. También allí permanecí un rato. En el fondo sabía que Cortiset no podía haber desaparecido así nada más, seguramente ya estaría por ahí en la casa de huéspedes, me dije. Antes de regresar decidí quedarme un momento sentado al pie de aquellos riscos. No traía lápiz ni papel, pero hice unos bocetos llenos de color y movimiento en mi cabeza.

No sé cómo decirlo, pero cuando regresé ocurrió algo terrible que me recordó ese miedo innato a la oscuridad. A medida que me acercaba a la parte de la playa más cercana a la casa de huéspedes, vi a lo lejos las figuras de un hombre y una mujer que hacían extraños movimientos a la orilla del mar: iban y venían de un lado a otro. El hombre hacía señales y la mujer se movía a cierta distancia para luego detenerse. Caminé más rápido para llegar a un punto que me permitiera identificar con claridad lo que sucedía allí. Todas mis supersticiones atávicas se me vinieron encima junto con un revoltijo insoportable en la boca del estómago cuando pude distinguir la figura de Cortiset: el hombre, de saco y corbata, traía una extraña caja colgada al cuello de una correa y ella se detenía frente a aquel objeto. Ya se tomaba los cabellos, ya movía el sombrero de florituras; se quitaba un guante de gamuza o bien levantaba en volandas su vestido para no mojarse con la espuma del mar, todo lo hacía con el rostro radiante de placer. En un instante comprendí lo que pasaba: aquel maldito estaba fotografiando descaradamente a Cortiset. Fue como si me arrojaran un caldero de agua hirviente a la cabeza. No sé cómo, pero a grandes zancadas llegué hasta donde se encontraba el hombre y le solté un puñetazo en la cara con todas mis fuerzas. «¡Mi nombre es René Gobert, y si vuelve a tomar una sola fotografía de esta mujer, lo mato, ¿me oye?!» Aquel grito me salió desde lo más profundo de la garganta como un escupitajo. «¡Los odio, fotógrafos inmundos! Todos ustedes son solo una sarta de mercenarios, vividores, sátrapas del arte. Son incapaces de obtener algo profundo de la vida. Solo hacen falsificaciones ridículas de los seres humanos. ¿Qué se creen? ¡Fuera… largo de mi vista!» Cortiset empezó a dar de gritos pero ni siquiera me volví a mirarla. El hombre, en vez de atacarme, se limpió la sangre del rostro con un pañuelo y se metió la cámara debajo del saco, resguardándola como si fuera un objeto sagrado. «¡Es usted un loco!», me dijo. Acto seguido se descubrió el sombrero ante Cortiset y se alejó hacia una de las calles interiores del puerto.

Volvimos a la casa de huéspedes enfrascados en un silencio agobiante. Cuando entramos a la habitación, Cortiset desbordó su cólera arrojándome a la cara el sombrero de florituras y los guantes de gamuza. «Eres un bruto, engreído. Nunca más voy a posar para ti, señorito René. Ni siquiera cuando esté muerta voy a permitir que hagas un dibujo de mi cadáver.» Lloraba de rabia. En esos momentos yo también me sentía tan ofuscado que no era capaz de comprender la magnitud de la desgracia. Me sentía como un niño desnudo recién revolcado entre ratas y lodos de albañal. Lo más terrible de todo era esa extraña sensación de que esa clase de pleitos volverían a repetirse en cualquier momento. Como pude, traté de dar explicaciones, pero Cortiset no dejaba de empacar sus cosas. Por supuesto, sabía que aquel frenesí era parte de su juego manipulador, así que decidí tomarme las cosas con un poco de calma. Desabotoné el chaleco y aflojé las ligas de caucho en las mangas de mi camisa. Le pedí de cualquier manera que me rascara la espalda y lo hizo con ademán de humillante resignación. «Si me muero ahora», expresé, «difícilmente te acordarás de mí cuando tengas mi edad.» No sé por qué demonios dije eso, pero lo hice sin ganas de ofenderla; era tal vez la voz de un ángel emisario colándose entre la penumbra fresca de la habitación. Cerré los ojos y por un instante tuve miedo, porque mientras sentía el movimiento oscilante de las uñas que rascaban mis carnes caí en la cuenta de que por primera vez en mi vida había deseado en verdad acabar con la vida de un hombre, solo por haberse atrevido a fotografiar el cuerpo de mi amada Cortiset.

IX

Debía ser un objeto sintético, diseñado desde una conciencia plenamente liberadora, sin esa pesadez que hacía del fotógrafo un ser notorio en exceso, acostumbrado al recurso de obtener imágenes mediante luchas encarnizadas, como los pescadores cuando se arrojan a la mar con sus pequeñas balsas y de pronto deben sacar del agua un pez que se defiende a coletazos. A veces una sola toma hacía manar bilis de los cueros. El fotógrafo debía mantener los remos de su cámara bien firmes, aun en medio del oleaje, hasta enfrentar a la presa con una lente que muchas veces hacía las veces de pértiga, palo, arpón, barra de hierro. Una vez más, George Eastman se dio a la tarea de trabajar como poseso. Andaba de un lado a otro del edificio con el hermetismo y los arrebatos de ansiedad propios de quien está urgido por sacarse cierta idea colgada durante meses en la cabeza. Por las noches tomaba un cuadernillo celosamente guardado en un cajón del escritorio y se entregaba a la tarea de concluir ajustes a las piezas clave del ensamble con sus vueltas, charnelas, tornillos y pequeños engarces que debían agregarse al dispositivo interior.

Por fin, una mañana soleada de mayo de 1888, tuvo lista la primera cámara portátil: todo se reducía a una caja de baquelita, semejante a un cajón para lustrar zapatos; ligera, fácil de manipular, solo requería una correa cruzada al hombro para ser transportada. La idea era proporcionar a los aficionados un dispositivo que redujera notablemente los nueve o diez pasos necesarios para obtener una fotografía, sin demeritar la calidad. Gran avance, si tenemos en cuenta que por aquellos días casi todas las cámaras requerían de una mesa de madera o un trípode capaz de soportar un peso considerable. Este solo hecho hacía del diseño de Eastman un artilugio novedoso en extremo, cualquiera podía comprar una cámara y llevarla a todos lados sin necesidad de trabarse con una parafernalia complicada. La portabilidad otorgaba de golpe un sentido lúdico a la experiencia de obtener imágenes; pronto dejaría de ser inevitable el empleo de energías y las fatigas excesivas a cambio.

La producción y comercialización de la primera cámara portátil facilitó las cosas para que el hecho de tomar fotografías comenzara a separarse definitivamente de las manipulaciones químicas. Fue como romper una gigantesca cerca de púas; se abrían las compuertas para que todo mundo pudiera entrar al palacete de los expertos. Ya no era necesario tener paciencia de elefante ni poseer todo un surtido de redomas, trípodes, garrafones y tiendas de campaña. El acto fotográfico se transformó, de buenas a primeras, en una operación instantánea capaz de repetirse una y otra vez; no como el antecedente de un proceso experimental, sino como la salida puntual y efímera de múltiples deseos espontáneos. Por primera vez en la historia, las personas comunes y corrientes podían adscribirse a la circunstancia de *tomar* fotografías. Esta fue una de las primeras consecuencias de la gran simplificación tecnológica emprendida por Eastman y sus socios: *You press the button. We do the rest.* («Oprima el botón. Nosotros nos encargamos del resto.») Con este eslogan publicitario se hacía énfasis en dos aspectos esenciales; primero, apretar un botón como metáfora de sencillez y especificidad en la acción de tomar fotografías. Segundo, ese «nosotros» como referente de separación entre la labor personal y el proceso químico de revelado asumido por la compañía. Y si hablamos de compañía, será necesario hacer un poco de historia para relatar el nacimiento del famoso nombre que pronto sería identificado con lo que Susan Sontag habría de denominar «una nueva cultura de *image junkies*».

A esas alturas, Eastman advertía que la generación de una nueva cultura fotográfica también implicaba la creación de una marca distintiva, novedosa pero fácil de recordar, de pronunciar, y sobre todo que no pudiera ser copiada por nadie. ¿Cuál sería esa palabra mágica? Empezó a probar en su cuaderno de notas. «C», «L», «W», «K». Sí, eso era. La letra «K» resultaba atractiva: era fuerte, sonora, explosiva. K era además la inicial del apellido de su madre, Maria Kilbourn. «Difícilmente alguien puede olvidar una palabra que inicie con la letra K», se dijo Eastman mientras daba vueltas a un lápiz y miraba a través de la ventana. Después se le ocurrió estirar el proceso hasta el otro extremo: «¿Y si también colocamos una k al final? Puede ser». Vino entonces una cauda de combinaciones, «K-L-K», «K-F-K», «K-H-K», etcétera. Al caer la tarde estaba exhausto. Dejó el cuaderno con el ánimo de tomarlo más tarde. En ocasiones una gran idea necesita decantarse sola, como una gota de agua destilada. Ya en la noche, antes de meterse a la cama, abrió desmesuradamente los ojos. Se levantó, fue al escritorio, abrió el cuaderno de notas y de un solo golpe, como si alguien le estuviera dictando, escribió la palabra *Kodak*.

El 4 de septiembre de 1888 George Eastman registró la nueva marca. Fue como dar el banderazo de salida para que miles de personas se lanzaran a las calles en busca de *momentos*. Por todas partes empezaron a proliferar cazadores de imágenes. La noción de tiempo libre se fue trastocando; muchas personas ya no se conformaban con ir a un lugar, querían atraparlo, recuperar instantes y traerlos de vuelta a casa para darles otro sentido. Con la Kodak número uno colgada al hombro, pequeños ejércitos de fotógrafos aficionados empezaron a construir una nueva narrativa fragmentada del mundo. Ese deseo erótico de apreciar la belleza en la superficie, poco a poco empezó a filtrarse hasta los quicios más recónditos del ocio, del mundo infantil, las fiestas, los deportes, la moda, las reuniones juveniles, bodas, graduaciones. De manera muy particular, las Kodak tuvieron un enorme impacto en el turismo: ahora los viajeros no solo deseaban llegar a un sitio y divertirse, también albergaban la esperanza de *fotografiarlo*. Deseaban autentificar el hecho de haber estado allí. Uno de los primeros eslóganes publicitarios que utilizó Eastman para sus cámaras aseguraba que la fotografía saldría «sin errores». Cualquier punto o acontecimiento podía ser capturado en docenas o cientos de impresiones veraces, susceptibles de ser comentadas, explicadas e intercambiadas como si fueran piezas desmontables de una gigantesca maquinaria del tiempo. La realidad perdía ese peso unitario preservado con tanto celo; ahora todas esas minucias, reproducidas por miles a lo largo y ancho de Estados Unidos, generaban la sensación colectiva de que lo existente podía descomponerse en detalles que durante siglos habían pasado desapercibidos.

Una sonrisa enredada en el aire. Los cabellos hirsutos de una novia. Niños embadurnados de lodo en la cara. Un calcetín colgado de un alambre. Nubes cargadas de electricidad, al acecho sobre un campo de beisbol. Nacía una ritualización de la cultura. Cualquier cosa podía ser transfigurada en símbolo: rostros, cuerpos, objetos, movimientos. De pronto, ya no importaba tanto si algunas nociones tan abstractas como pasión, dolor, amor, tristeza o nostalgia eran verdaderas, lo sustancial era que esas cosas podían traducirse a un sistema codificado de imágenes espontáneas. El público empezó a reclamar representaciones de la pasión, no la pasión misma. Ya no era necesario elaborar complicados discursos para explicarla: bastaba un acercamiento fotográfico que mostrara la tersura y brillantez de unos labios femeninos, para exponer los principios sensuales del arrebato. Cualquiera podía entender ese vaciamiento, esa conexión inmediata entre objeto y símbolo. La fotografía moderna contribuyó notablemente a la escenificación de conceptos que antes requerían de palabras a fin de ser presentados. Una nueva concepción del mundo emergía por medio de miles de fotografías.

Pero el ejercicio masivo de tomar fotos fue mucho más allá del ocio familiar. Ese *cameraman* de aspecto desaliñado comenzó a merodear por todos lados. Ya sin el ostentoso trípode que lo delataba como un invasor, podía inmiscuirse a espacios ajenos en busca de una cierta apropiación. Este aspecto predatorio de la fotografía se hizo evidente con el desarrollo de los transportes. Toda vez que se concluyeron los trabajos del ferrocarril transcontinental, dio inicio una nueva colonización de cazadores armados con la cámara terciada al hombro, aunque en realidad se trataba de la continuación de un impulso ya desatado desde finales de la guerra civil. Legiones de fotógrafos aficionados se lanzaron en busca de una instantánea original de las regiones desconocidas. El caso de los pieles rojas fue, tal vez, uno de los más brutales: arribaban turistas de todas partes a invadir su vida privada; tomaban fotografías de objetos religiosos, ceremonias, danzas y lugares sagrados. En ocasiones insistían para que una ceremonia se repitiera, a fin de mejorar una toma. Deseaban registros de lo exótico, creyendo que así se volvían observadores desde una ventana exterior, pero lo que anhelaban de fondo era esa efímera sensación de constatar que ellos eran ciudadanos afortunados porque vivían en tiempos y espacios alejados de lo arcaico. Eran las primeras avanzadas de vulgarizadores: llegaban con cierta prisa, deseosos de acumular *impre-*

siones más que de intentar comprender a los otros, quienes podían ser vistos como seres curiosos y diversos, nunca iguales. Al mismo tiempo esos otros, al ser fotografiados con sus rituales, otorgaban un placer por lo diverso nunca antes experimentado; el peligro era que ese placer derivó en prácticas rutinarias de alteración. De hecho, fotografiar algo se convirtió en un procedimiento habitual para acomodar cualquier cosa al propio arbitrio: el que reproduce preserva y al mismo tiempo saquea. De hecho, a la entrada de muchos poblados, la empresa de Eastman instaló letreros con listados para que los turistas supieran qué fotografiar; había desde entonces una cierta urgencia por registrar cualquier cosa susceptible de desaparecer. Nacía la creencia de que, al consignar una gran cantidad de momentos fragmentados en escenas, paisajes, personas, objetos y lugares, una sociedad podía ser sintetizada como una entidad comprensible. Por si fuera poco, esa pequeña caja predatoria era increíblemente fácil de utilizar, bastaba un disparo con el dedo para empezar a producir fantasías y adicción. Para muchos viajeros ya no era concebible trasladarse sin una cámara portátil, se hacía necesario documentar las minucias de la experiencia: secuencias, gestos, posiciones, movimientos. Todo ello otorgaba pequeños trofeos capaces de justificar cualquier incomodidad provocada por estropicios como el mareo en las bordas de los barcos, el calor sofocante, los piquetes de mosquito, las diarreas, los vómitos y las fiebres repentinas propias de los trópicos. Lo mismo sucedía cuando se averiaba el ferrocarril, o con los mil contratiempos que podían suscitarse en los caminos de terracería. Una cámara a la mano podía dar otro sentido a la desventura.

Por otra parte, el gran éxito de los primeros equipos Kodak se debió a que las impresiones poseían un poder mitificador nunca antes percibido. Un retrato de los abuelos desaparecidos, sentados bajo la arcada de un soportal vespertino, era ya desde entonces un objeto singular de testimonio, culto, nostalgia, identidad. Una fotografía como esa, colgada en la pared de un salón doméstico, podía llegar a ser una piedra angular en su referencia a la familia. Desde ahí se podían hacer elisiones del tiempo. Desde ahí podían marcarse las coordenadas del origen propio. Desde ahí alguien podía decir: «Yo no soy el que es, sino el que ha sido». Literalmente, a través de miles de fotografías empezaba a construirse otra historia de la memoria, un museo liviano. Aunque no solo se trataba de conservar el pasado en incontables impresiones, también era necesario inventarlo, hacer de cada cosa una reliquia efímera capaz de materializar una mirada siempre al filo de lo intencional y lo fortuito. Eastman se daba cuenta de que en pocos años su producto podía transformarse en un objeto omnipresente al interior de la vida íntima de las personas. Esto significaba, ni más ni menos, que cualquiera en posesión de unos cuantos dólares podía eventualmente estar interesado en adquirir una Kodak. Por primera vez visualizaba la oportunidad de generar una adicción colectiva por las imágenes; el dilema era hacer que toda esa urgencia fluyera hacia el consumo de sus productos. Una buena manera de lograrlo sería por conducto de la publicidad: durante los meses de noviembre y diciembre llenó páginas enteras con anuncios y desplegados en revistas y semanarios de gran circulación como *Scribner, Century, Harper's Weekly, Puck, Life, Time* y *Truth*. El éxito se le vino encima como una bola de nieve.

Publicidad, distribución, producción y servicio dieron resultados. La venta de cámaras Kodak se volvió en verdad masiva. La demanda fue tal que pronto se hizo necesario pensar en la construcción de una nueva planta; debía ser un lugar bien provisto con redes hidráulicas, ya que el agua era una de las materias primas indispensables para dar vida a la industria fotográfica. Después de inspeccionar varios lugares, al final Eastman se decidió por unos terrenos agrícolas en el pueblo de Greece, muy cerca de Rochester, donde surgiría el Kodak Park, centro neurálgico de la empresa y en su momento uno de los principales complejos industriales del mundo previo a la producción en serie. Por supuesto, aumentaba de modo incontenible la lluvia de órdenes para comprar cámaras y rollos de película. En medio del triunfo hubo ataques como el de un editorialista del *New York Evening Post*, quien acusaba a la compañía de ser demasiado lenta en todo el proceso de recepción, revelado y devolución de los materiales fotográficos desde Rochester. Eastman respondió personalmente: como buen sabueso, aprendió a sacar provecho de las críticas, a fin de mejorar el servicio de revelado y la calidad de las cámaras. Estaba claro que algunas etapas en la operación del equipo podían simplificarse: para 1891 dejó de ser necesario enviar las cámaras Kodak a Rochester, los rollos podían ser instalados y descargados en cualquier parte. Historias de hombres con sus Kodak al hombro empezaron a formar parte del ambiente social en las grandes ciudades. «Es la locura», escribió un columnista del *Chicago Tribune*. Revistas y periódicos daban cuenta de las hazañas fotográficas de científicos, artistas, hombres de negocios y líderes sociales. Un caso notable fue el del profesor Burnham, quien obtuvo un premio de gran resonancia en la Exposición de París con una fotografía de un animal en movimiento. También fueron notables las impresiones de la doctora Shears: sus tomas de tumores cancerosos ayudaron al conocimiento visual de la enfermedad. En una ocasión realizó una serie inmediatamente antes, durante y después de un ataque epiléptico, la cual tuvo un gran valor para la investigación médica. Viajeros y artistas se entregaron con fruición a fotografiar toda clase de caminos, puentes, paisajes, bosques y llanuras. La nación era descubierta mediante imágenes. Lo mismo ocurría en Inglaterra; aun el propio Rudyard Kipling se mostraba sorprendido con el potencial testimonial de la pequeña Kodak.

El sistema fotográfico de Eastman era reconocido en Canadá, Rusia, Alemania, Austria y Bélgica. Vendedores ávidos se dieron a la tarea de colocar productos Kodak incluso en países de Oriente y América Latina. Para 1889, la compañía tenía un excedente de capital estimado en ciento dieciséis mil setecientos treinta y cinco dólares, lo cual era ya una considerable fortuna. Soplaban vientos de grandeza; el horizonte se desplegaba más allá del mar. Eastman sondeaba las posibilidades de abrir nuevas plantas en Francia, Austria y Alemania. Para entonces había pasado casi una década desde que decidió tomar sus primeras lecciones de fotografía; aquel hombre cetrino, acostumbrado a los trajes de anticuario, se había transformado en un señor de maneras impecables que se codeaba con lo más selecto de Rochester y Nueva York, aunque seguía siendo una persona afable, sencilla y sobre todo bastante accesible. De vez en cuando se daba tiempo para charlar con sus viejos amigos del banco, pero solo de vez en cuando, pues su vida había entrado de lleno a la vorágine del ámbito industrial, con desafíos, proyectos y envidias que lo pondrían en el camino de los enfrentamientos y las traiciones. Aún le esperaba descubrir, el día de Año Nuevo de 1892, que el joven Henry Reichenbach, aquel químico asistente del doctor Lattimore y quien fuera su principal guía en la investigación química que lo condujo al éxito, conspiraba para formar una compañía rival con las fórmulas secretas de Kodak. Al ser interrogado se descubriría que había echado a perder mil cuatrocientos diecisiete galones de emulsión y también hizo lo necesario para que unos treinta y nueve mil cuatrocientos pies de película resultaran defectuosos. Reichenbach sería despedido, aunque más tarde Eastman retiraría su demanda a condición de que el antiguo socio remediara los desperfectos.

Antes del incidente, Eastman hubiera dejado de ser el que era de no tener presente que la labor de los químicos era la base del desarrollo de su empresa. Ante el potencial incremento en su actividad, había enviado cartas a los laboratorios de universidades prestigiosas como el Massachusetts Institute of Technology, Columbia y Cornell, y lo volvería a hacer para un nuevo ayudante. De nuevo, la solicitud era puntual: «Necesito un joven químico, recién graduado, que sea trabajador, meticuloso y sobre todo muy confiable». Varios graduados muy talentosos fueron incorporados al equipo de experimentación de la firma, cuyo crecimiento era ya tan expansivo como sostenido, y a la larga no solo sería un generador de empleos y un promotor de la excelencia en su campo, sino que su filantropía y generosidad lo llevarían a ser un benefactor de la educación, las ciencias y las artes, un impulsor de la investigación en tecnología, y en atención a sus humildes prendas de origen, y aun después de su trágica muerte en 1932, no dejaría de aportar recursos a escuelas de medicina y clínicas de Europa y América para que atendieran a pacientes de escasos recursos.

Pero antes de todo eso, de vuelta en 1889, le ocurrió algo que a la postre habría de constituir el episodio más extraño de sus días. Una mañana entró a su oficina, dispuesto a revisar la correspondencia pendiente. Había un sobre grande encima de su escritorio; no traía remitente. Adentro encontró un racimo de fotografías de diferentes tamaños. «¿Qué es esto?», exclamó. Se tiró en un viejo sillón de cuero y comenzó a ver las imágenes detenidamente, una por una. Con sorpresa descubrió que en todas estaba retratado él mismo. Eran tomas obtenidas años atrás, en distintas situaciones de su vida personal. Algunas habían sido hechas dentro de la planta, cuando apenas se montaban los primeros rieles de ensamble; se le podía ver caminando entre las máquinas de corte, junto a los cuartos de revelado, señalando un objeto a distancia, o bien levantando unas tiras de filme para revisarlo a contraluz. En otras se hallaba de pie con los brazos alzados en medio de una reunión con trabajadores; en una, muy curiosa, se reía bajo un ciprés enorme en un jardín. Sí, lo recordaba muy bien, era un día soleado; tuvo ganas de tomar helado junto a un pequeño grupo de escolares. A la primera probada, la bola de nieve cayó al suelo. Eso le provocó una risa incontrolable porque también a los niños les pareció algo muy simpático. ¿Pero quién era el autor de esas fotografías? No tenía memoria de haber posado para alguien en especial. A medida que pasaba de una impresión a otra experimentó de golpe una sensación absolutamente novedosa: un golpe de tiempo. Aquella colección era un recordatorio de la muerte. Al verse más delgado, más joven, alegre, tenso, embrujado por miles de emociones concentradas en diferentes lugares de su propia existencia, tuvo la certeza de que esos retratos constituían una narración fragmentaria del pasado. Era como si él mismo viera con antelación su propio final, narrado por entero con fotografías; por primera vez se dio cuenta de que todo eso nunca más volvería a ocurrir. Le parecieron objetos extraños, conmovedores y premonitorios. Las dejó sobre el escritorio, se puso de pie y salió a tomar aire fresco. Una torcaz se posó sobre un árbol, George le arrojó unas migajas de pan. El ave descendió hasta encontrarlas en el piso. «El tiempo corre deprisa, se me va de las manos», dijo. «Debo hacer de mi vida algo mucho más que producir y vender artículos fotográficos. No sé cómo, pero lo voy a lograr. ¡Prometido, querida torcaz!»

X

He decidido acabar con ese hombre. No sé cómo ni cuándo será, pero voy a convertirme en un homicida. Ayer tomé esa decisión mientras apuraba un vaso de vino en el cabaret de la *czarda*. Todavía tiemblo, balbuceo nada más de imaginar las afrentas que han de hacerme. No importa. Debo eliminar al causante de toda esta hecatombe, aunque viva al otro lado del Atlántico. Hasta allá voy a ir a buscarlo. Ese tal Eastman ha construido un instrumento diabólico. París empieza a ser un hervidero de gente afanada en apropiarse del mundo con esas cámaras portátiles llegadas desde América. Se les ve por todas partes; dicen que son fotógrafos aficionados. Vaya estupidez. Andan de un lugar a otro como pájaros, apoderándose del tiempo y de los espacios sin ninguna clase de escrúpulos. Para colmo de males, se suman a ellos personas venidas desde los rincones de la Tierra con motivo de la Exposición Universal. A estos viajeros los extasía todo este remozamiento de jardines, fuentes y lámparas de colores en las esquinas de las calles, nunca se habían visto tantos restaurantes y cafés abiertos hasta altas horas de la madrugada. Claro, cómo olvidar el día de la inauguración, cuando los cielos de la ciudad se cubrieron de luces pirotécnicas, recordándonos a todos que ya han pasado cien años desde que dio inicio esa terrible revolución que mandó miles de vidas inocentes a las hogueras del infierno. ¿Su símbolo? Un ominoso esqueleto metálico construido a las volandas. Por estos días se idolatra cualquier novedad mecánica como si el mundo fuera a redimirse mediante artilugios de hierro. Nada menos, al interior del Salón de las Máquinas hay hombres de toda condición empeñados en atrapar un solo vistazo de alguno de esos artificios. Claro, esta maldita exposición les ofrece motivos de sobra para meter imágenes robadas a sus cajas de sortilegio. Allí tienen la exhibición militar, que ha sido montada bajo una cúpula inmensa; les ofrece a esos mercachifles la oportunidad de regodearse con toda clase de artefactos de guerra. Lo mismo ocurre con otros espectáculos, tan exóticos como esos danzantes de Sumatra que se lanzan en cuerdas de un lado a otro del Sena cual si estuvieran en plena selva. Pero esos miserables solo cumplen su cometido, lo aberrante viene de estos hombrecitos con sus cajas colgadas al hombro, aunque no faltan los que aún corren de un lado a otro con sus pesados trípodes. Ese es para mí el verdadero espectáculo grotesco: ¿acaso atrapar contorsiones de danzantes desconocidos puede llamarse arte? Los llamados fotógrafos perturban la realidad porque en cosa de minutos hacen creer que una persona, un paisaje o un edificio pueden ser metidos a un papel de modo irrefutable. ¿Qué pretenden? ¿Modificar el curso de la historia? Tal es la codicia de esos pervertidos. Sé que la situación se ha vuelto aún más terrible en Londres y Berlín. Es como si nos hubiera caído una plaga, el ambiente se está infestando de imágenes desechables. Increíble, pero incluso se ve a jovencitos por las calles haciendo fotografías como si fuera cosa de juego. En poco tiempo eso será devastador para el verdadero arte de la pintura y aquí nadie hace nada al respecto, hay mucha cobardía en esta ciudad. Ni siquiera monsieur Monet y sus amigos de salón han sido capaces de pronunciarse con firmeza. Un día, en el Café de la Nouvelle Athènes, me puse de pie y con arrojo expuse mis preocupaciones respecto a la invasión destructora de las fotografías de bolsillo. «¡Debemos lanzar un manifiesto de grupo!», les dije con un puñetazo en la mesa. Nadie esperaba mis reclamos en medio de las bromas que hacía monsieur Signac; todos dejaron de reír y de fumar sus puros. Allí estaban Matisse, Pissarro, Cézanne y Sisley, incluso la mismísima Berthe Morisot también se reía con sus ojos grandes como dos ciruelas flotando en medio del humo. Después de escucharme, algunos parecían compartir mi enfado. Hubo silencio en la mesa hasta que monsieur Renoir movió la mano haciendo un gesto displicente. Dijo que sí había motivos para estar disgustado, pero que no le parecía necesario meter las manos al fuego por una causa perdida. «El asentamiento de la fotografía en nuestra sociedad es inminente y no podemos hacer nada para evitarlo», dijo atizando sus bigotillos canosos.

Vaya, para eso abrió la boca nuestro patriarca impresionista. Por supuesto, les reclamé airadamente. «Lo que pasa es que tienen miedo, aún no se liberan del brazo protector de fotógrafos como Nadar. Es cierto que un día les abrió las puertas para que montaran sus exposiciones, como aquella del 74 en el Boulevard des Capucines, pero eso ya pasó. Ahora estoy hablando de cientos, miles de arribistas haciendo caricaturas del mundo. Se roban cualquier cosa mediante truquitos groseros y hacen alarde de ello, ¿no se dan cuenta? Cada objeto, cada persona retratada por uno de esos artefactos se transforma en *objet trouvé*, fuera de los juicios históricos; un simple tráfico de fantasía e ilusión barata. ¿Acaso van a permitir que esos fantasmillas de papel ultrajen de un modo tan abusivo el arte más maravilloso de todos los tiempos?» De nuevo guardaron silencio, pero yo no esperé más titubeos. Me levanté enojado y salí del café.

Tengo motivos bien fundados para odiar al creador de esas terribles maquinillas. Por su culpa he perdido a Cortiset. Primero fue un fotógrafo de poca monta en Dieppe; incluso le solté un puñetazo en la cara cuando vi que la retrataba. Después me enteré del misterioso daguerrotipista del Boulevard Bonne Nouvelle; un tal monsieur Dumet. Ese pelmazo le hizo catorce fotografías de cuerpo entero a mi amada. Cuando lo supe de boca de una casera, fue como cargar fuego en las entrañas. Nunca antes me había sentido revuelto en tales inmundicias. Por supuesto le reclamé airadamente a Cortiset. Le dije que estaba cayendo en las garras de una fascinación abyecta, vacía, ruin y sin beneficio alguno para el temple de su espíritu. ¿Y ella qué hizo? Me soltó una bofetada. Me increpó diciéndome que ya estaba harta de mis celos, de mis cóleras y otras cosas parecidas. «Monsieur Dumet es todo un caballero», me dijo con una sonrisa burlona como una mariposa nocturna que se alzara y diera vueltas alrededor de un candelabro.

Después de esa humillación me sumí en un estado frágil, escabroso y melancólico. Dejé de pintar, dejé de probar alimento. No tenía ganas de hacer nada. Mi cuerpo solo deseaba estar tirado en el sofá de la buhardilla, cual un animal viejo. A veces los grumos de sopa se apelmazaban en los mechones de mi barba crecida hasta el pecho y ni siquiera reunía fuerzas para espantarme las moscas. Un día salí a caminar por la rue Servan. A mi paso notaba que la gente se apartaba de mí, no crean que para abrirme paso como si fuera un hombre importante ni mucho menos: la simple razón era la peste inmunda que manaba de mi cuerpo. En una tienda de fiambres estaba yo palpando unos chorizos cuando de pronto advertí la voz de una mujer que me hablaba al oído: «Por favor, señor, vaya a la Salpêtrière. Ahí pueden lavarle el culo con aguas emolientes, pues va dejando usted una estela insoportable a mierda seca».

Por supuesto no le hice caso y salí de la tienda como si nada hubiera ocurrido. Por esos días bebí licores pestilentes en tabernas de mala muerte. Al azar me entregué a cuerpos de mujeres abúlicas e indiferentes que por unos cuantos francos se alzaban los faldones y me abrían las piernas mientras mascaban una de esas gomas que para rabia mía también llegaban de Estados Unidos.

Ya en mi buhardilla descubro la tela del cuadro. Doy unos retoques a la sonrisa imperceptible del hombre que cae por un precipicio; no deja de mirarme con esos ojos impávidos de estupor. Contrariado, vuelvo a echar la manta sobre el lienzo. Nadie más debe mirar esta metáfora de mi propia vida. No sé hasta dónde voy a caer.

Tengo la cara pegada en el cristal de la ventana. Oigo el sonido hueco de las gotas de agua sobre una lámina tirada en el patio: *plas... plas... plas...* Deja de llover. Una ventisca repentina mueve las ramas de un árbol viejo, y desde acá veo cómo el piso de piedra recibe una lluvia espesa de gotas brillantes. Voy al escusado, allí puedo sentarme a pensar. No es fácil hacerse a la idea de atravesar el Atlántico para matar a un hombre. Todo mi ser está infestado de dudas. Me arde el bajo vientre, siento inflamado el estómago; no puedo expulsar estos malditos gases. Tal vez debo hundirme unas horas en agua caliente, me han dicho en la Salpêtrière que solo de ese modo se dilatan los intestinos. Además, toda mi piel huele a pelambre incendiada. Pero no poseo ánimos para preparar la tinaja, y me hacen falta hojas de romero.

A la mañana siguiente no puedo postergar más mis planes, recurro al agua y a mínimos afeites y voy a la tienda de cuchillos Dormat. Para mi buena suerte el establecimiento está enclavado en un callejón solitario; no quiero ser visto por nadie. Detesto ser blanco de preguntas y murmuraciones estúpidas. Dicen que fabricaron espadas para la guerra de Crimea, eso es buena señal. Si de allí salieron armas contra los rusos, no veo impedimento en obtener una simple navaja que me ayude a saldar cuentas con un solo hombre de Estados Unidos. Ahora es el momento. No veo a nadie en el portal. Allí voy.

—Pase, caballero. ¿En qué puedo servirlo?

—Necesito una navaja plegable, algo elegante y a la vez discreto. Quiero viajar, ¿sabe?

—Vamos a ver. Tengo aquí esta Laguiole, es muy útil para fines diversos. La hoja de la cuchilla es ondulada, y como ve, tiene un tirabuzón, excelente para sacar los tapones de corcho en la campiña. No hay deleite sin la compañía de un vino generoso. Se lleva usted una novedad de nuestros tiempos: vea los detalles de las cachas, son de cuerno de toro. Esta navaja puede durarle toda la vida y aun ayudarle a defenderse contra los enemigos del otro mundo; así se hacen las cosas en Aubrac, mi tierra, ¿sabe? Tenemos estas otras en forma de mariposa, los salteadores les temen porque saben que la herida es fulminante: un solo tajo bien hundido hace aflorar las vísceras desde adentro, lo cual no es bueno para los flujos vitales. No se asuste, amigo, seguramente sus intenciones son del todo nobles. Permítame mostrarle esta maravilla, el modelo se llama Roqueta. Lleva una hoja plegable de Santa Cruz de Mudela, es infalible. Voy a tomar uno de sus dedos; no piense mal, es solo para hacer una prueba. ¿Puede percibir el temple del acero? Ah, es maravilloso. Las cachas son de marfil labrado con flores de los cuatro caminos, señal de fuerza, vigor, valentía y libertad. Justo lo que necesita nuestro pueblo en estos tiempos.

Ese hombre es un charlatán. No importa, aquí traigo mi arma, metida en el bolsillo interior del saco. «Buena elección», me dijo el tipo. «Se lleva usted una Beauvoir de Thiers.» Ahora necesito conseguir dinero para el viaje; no será nada fácil en estos tiempos de miseria. Si hace falta, venderé todas mis pertenencias, cuadros, muebles, enseres, mis perlas de bucanero. Hasta con los barnices líquidos puedo ganarme unos francos. Demonios, otra vez este dolor de cabeza. No veo muy bien, debo apresurar las cosas. Los días corren deprisa.

XI

Destino: Europa (julio de 1889)

No debía perder más tiempo, era necesario zarpar de inmediato. Ese mismo día giró instrucciones para que le reservaran un camarote en el próximo vapor. Sobre el escritorio había un mapa extendido; el dedo índice de George Eastman descendió como un dardo en el aire hasta posarse sobre los márgenes serpenteantes del Sena. Ahí estaba París, luminosa y esplendente con su gran torre de hierro recién inaugurada. Por supuesto, antes debía viajar primero a Londres, donde las noticias eran alarmantes, se hablaba de pérdidas por miles y la instalación de una planta fabril parecía no tener fecha próxima. Una sola demanda del fotógrafo Nadar le costó dos mil libras a la compañía en Francia. Tenía la certeza de que él mismo debía supervisar las medidas correctivas. Semanas antes recibió varios cables con informes del desastre: en cada uno de ellos William Walker, encargado de la filial europea, le hacía notar los infinitos problemas que engendraba la falta de liquidez. En tono poco diplomático, le sugería que a la mayor brevedad debía mandar fuertes sumas de dinero, o de lo contrario se procedería a declarar en bancarrota a la compañía. Para colmo de males había un cúmulo de pagos atrasados por la construcción de un nuevo edificio en Rochester, y según le informaban en otro cable, las innovaciones de Kodak mostradas en la Exposición Universal perdían terreno frente a otras cámaras portátiles llamadas *detectives* en alusión a los nuevos usos que ya les daba la policía secreta de Francia. Eastman tenía grandes deseos de conocer personalmente las famosas cajas de Laverne, así como el invento de Molteni; el aparato plegable de Fallez y la mencionadísima cámara foto-carnet de Le Roy.

Pero incluso esos buenos propósitos pasaban a segundo plano porque los cables urgentes de Londres seguían llegando: a ratos la presión se hacía insoportable. Pocas veces se le había visto de tan mal humor como por aquellos días, consumía grandes cantidades de tabaco y por todas partes iba dejando tazas de café a medio beber. En una acalorada discusión con el supervisor de planta se le llegó a ver un tanto descompuesto; decían que solo pudo tranquilizarse cuando se humedeció los labios con coñac.

Ese día hacía un calor insoportable. Eastman abrió la ventana, por fin había dejado de llover. Las calles estaban enlodadas; nadie sabía de dónde habían llegado esas ventiscas huracanadas cargadas de agua y polvo negro. En ese momento se abrió la puerta y entró el joven Lewis Jones, uno de sus colaboradores más cercanos en la publicidad.

Tenía informes de que la nueva campaña estaba siendo exitosa. Diferentes imágenes de una mujer joven, portadora de un equipo Kodak, habían sido colocadas en vitrinas de tiendas, revistas y periódicos. Eran carteles y anuncios coloridos y sensuales que integraban a la perfección las ideas de moda, paseos, placer, autonomía y belleza femenina.

—Estamos consolidando bastante bien la idea de la fotografía *amateur*, señor.

—Tienes razón, Lewis. Además, esta chica encarna maravillosamente algo que hemos venido percibiendo: hay una estrecha relación entre lo femenino y la simplicidad tecnológica. Parte de nuestro éxito se debe a que muchas mujeres saben que nuestras cámaras son ligeras y fáciles de accionar; es poco probable que llegara a interesarles algo que resultara complicado en su manejo o difícil de transportar. Vamos a mostrar al mundo que en nuestro país está naciendo una nueva mujer llena de libertad, encanto y espontaneidad. Pero no puedo seguir hablando más de estas cosas porque estoy a punto de reunirme con una comitiva de contratistas. Cierra la puerta cuando salgas.

Muy pronto empezaron los ajetreos de viaje en la residencia de los Eastman. Su madre giró instrucciones de remozamiento a los criados. Mandó podar los jardines, rogando especiales cuidados con el abono y el despunte de los pétalos. También ordenó limpiar el surtidor central de la fuente. Cambió cortinas, enceró los pisos y aun se dio tiempo para poner música de Brahms: adoraba dar vueltas a la manivela del fonógrafo, aquel aparato que les había obsequiado personalmente el señor Edison. En todo ello había una suerte de superstición premonitoria: estaba convencida de que un viaje largo solo podía salir bien si la casa propia se dejaba limpia y ordenada como un ejemplo de dignidad. Además, ella siempre había soñado con viajar a París. El propio George había conseguido ir a Londres por asuntos de negocios, pero ahora que percibía en su hijo los ajetreos de un nuevo viaje no podía disimular su emoción cuando imaginaba que su sueño de viajar a la Ciudad Luz estaba a punto de hacerse realidad y, además, en plena Exposición Universal. «Será maravilloso», suspiró Maria Kilbourn en voz alta mientras recortaba unos tallos de magnolia. Por esos días leyó toda clase de artículos en revistas y periódicos que hablaban de la Exposición Universal de 1889 como el lugar donde todos los milagros de nuestra civilización se hicieran posibles. Un comerciante aventurero hablaba en un diario local de prodigios que movían al asombro desde el primer vistazo, como por ejemplo los juegos de luces multicolores combinados con chorros de agua brillantes como cristales de zafiro en las inmediaciones de los jardines de Trocadéro. También narraba noticias fabulosas de la torre de hierro que recientemente terminara el arquitecto Gustave Eiffel: aseguraba que desde lo más alto la vista era tan hermosa y el aire tan puro que además de contemplar los cuatro puntos cardinales de la ciudad, un viajero podía levantar la nariz y percibir desde allí el aroma dulzón de los viñedos de Argenteuil. «Ah, pero de noche, de noche aquello es bellísimo», decía el comerciante. «De pronto, a una señal, toda la torre se ilumina con miles de bombillas eléctricas y fuegos de Bengala. Revientan aplausos por todo lo alto sin que nadie pueda disimular su emoción. *Vive la France!*, grita la multitud y el cielo vuelve a estremecerse.»

En otra crónica semanal, una dama de abolengo sostenía que las cascadas iluminadas con electricidad y flamas de Bengala que contemplara junto al Domo Central habían logrado espantar para siempre todos los pesares de su espíritu atormentado. Afirmaba que nunca antes sintió tal arrebato de fascinación como le ocurrió durante la representación de los cuentos de Perrault en el teatro del Palacio de los Infantes. «Además, los ballets son bellísimos», decía. «Cuando se contemplan movimientos tan gráciles acompañados por música majestuosa y tan bien interpretada, no es posible contener lágrimas de emoción.» Otros paseantes también prodigaban elogios a la Exposición. Referían con asombro todo ese derroche de habilidad e ingenio en las reconstrucciones de la vida oriental que se podían contemplar en el Museo Japonés. Ya entrados en detalles, uno de los turistas describía con gran asombro sus impresiones en la exhibición de la habitación: contaba cómo era posible admirar todo tipo de objetos y curiosidades traídas desde países poblados por toda clase de primitivos aborígenes cuyas extrañas costumbres, incluida por supuesto la inmoral desnudez, podían presenciarse sin riesgo alguno a unos cuantos metros de distancia. «Incluso», decía el acucioso viajero, «uno puede encontrarse a un amo con su hato de esclavos encadenados por los cuellos como si fueran bestias sacadas del redil. Y si eso les genera gran curiosidad respecto a la miseria humana», seguía contando, «no dejen de admirar las increíbles exposiciones de cuerpos vivos al interior del Pabellón Antropológico. Ahí tienen ustedes un verdadero almacén de gente exótica como nunca antes se viera en algún lugar del mundo. De pronto aparece un varón senegalés cubierto nada más con un pedazo de cuero en la cintura, fumando apaciblemente su pipa de cáñamo. Más adelante vemos a una pequeña princesa de la tribu ashanti sentada entre hojas de palmera mientras va dibujando puntos y rayas en el rostro de su cría. Enseguida viene un anciano árabe, explicando pacientemente a los curiosos todos y cada uno de los significados ocultos en los pliegues de su turbante. Pero sin duda, caballeros, lo más impresionante que vimos fueron las carnes rebosantes de las mujeres hotentotas: aquellas caderas bien hubieran podido salirse de los cuerpos y derramarse hasta los márgenes del Sena. En todos estos casos, el público visitante está autorizado a tocar las carnes de estas criaturas, pues solo de ese modo es posible experimentar en todo su esplendor la rara experiencia de la vida salvaje.»

Como era de esperarse, todas esas impresiones habían provocado un efecto alucinante en la imaginación de Maria Kilbourn. París había dejado de ser una ciudad real para convertirse en el espacio donde podía depositar toda clase de imágenes fantásticas y misterios aún por resolver. Además de arreglar la casa, la buena señora se compró un abrigo de visón para las noches de concierto. Empezó a sacar maletas y a guardar ropas y enseres de viaje. Uno de los baúles de George conservaba una leyenda escrita con su dirección desde su regreso: ella tomó un lápiz tinta, escribió «*Back to London*» («De vuelta a Londres») y lo colocó junto a los demás. Su fe ciega en los augurios astrales le hacía creer que su compañía propiciaría el éxito de George en sus tratos financieros, aunque en realidad ese viaje sería la única vez que la llevaría a la vieja Europa. Mientras su hijo se dedicaba a los negocios, pasaría días felices comprando guantes, sombreros y vajillas.

Sin embargo, ya en Londres advirtió que George andaba esquivo, víctima de una aparente premura. De pronto dejó de hacer sus paseos nocturnos. Ella no podía saberlo pero le costaba trabajo conciliar el sueño, y es que la imagen de una mujer se le había enredado en la imaginación. Todo se desencadenó unos días antes: él y Maria fueron invitados a cenar en casa de William Walker, ese hombre controvertido, de excéntricas manías, propenso a protagonizar exabruptos incontrolables que en ocasiones sacaban a Eastman de sus cabales aunque, hay que decirlo, muchas veces esas mismas erupciones volcánicas terminaban en propuestas comerciales de grandes vuelos. No sabía qué hacer con él en cuanto a la futura dirección de la compañía en Inglaterra, pero todo cambió cuando la puerta de la residencia de los Walker se abrió y de pronto él se encontró con la mirada perturbadora de una mujer que desde el primer instante le provocó un temblor incontrolable en la parte baja de las corvas. Aquello fue fulminante. Mientras saludaba efusivamente a George Dickman, alcanzó a estremecerse con el perfume que manaba desde el cuello de Josephine; cuando ella se volvió para saludarlo, quedó petrificado. Las puertaventanas fueron testigos del revuelo que provocó Josephine Dickman cuando se quitó el sombrero de plumas y el abrigo para colocarlos sobre el brazo de George Eastman, como si un perchero le hubiera salido al paso.

—Señor Eastman, ¿por qué se queda usted como atolondrado? ¿Acaso no le gusta la casa de nuestro amigo Walker? —cuestionó Josephine antes de, con toda naturalidad, pasear por el gran salón comedor contemplando los enormes retratos pintados de familia, pero sobre todo le llamó la atención una vitrina con varios modelos de flautas transversales colocadas sobre un paño de lino—. Mira, cariño, al señor Walker le gusta la música —sentenció.

Nunca antes vio tal aplomo en una mujer casada; ya en la mesa la observó con el mayor sigilo. Eastman hablaba de negocios con Dickman y Walker, pero en realidad toda su atención estaba puesta en los movimientos de la dama que tenía enfrente. Ni siquiera podría decirse que fuera hermosa, sin embargo, había algo cautivador en todos y cada uno de los pequeños desplantes que trataba de exhibir a la menor provocación. Eran detalles, destellos palpitantes, como brasas atrapadas a pleno vuelo desde un caballo al galope. No podía olvidar esos movimientos desgarbados y ligeramente engreídos de Josephine cuando empezó a hacer cosas extrañas: por ejemplo, antes de probar la crema de espárragos, como si nada se quitó los aretes de oro, los puso sobre la mesa, después tomó un candelabro encendido y trazó dos círculos en el aire sin dejar de mirar descaradamente a Eastman:

—Es de mala suerte empezar una cena con los aretes puestos en presencia de alguien tan importante.

Luego alzó su copa de vino y propuso un brindis por los grandes éxitos de la compañía. La madre de George batió tres veces las palmas; era una muy antigua señal de gratitud y aprobación. Además, la usaba para dejar en claro que, ante cualquier cosa de gran interés para su hijo, según fuera el caso, ella daba los primeros aplausos o también las primeras señales de negación. A partir de ese momento el invitado se olvidó de perfilar la conversación hacia la propuesta de un nuevo representante en Londres, pues lo único que le importaba era encontrar de vez en cuando la mirada de Josephine. Pero el colmo del arrebato llegó después de cenar, cuando William Walker le pidió a Josephine que cantara algo en honor del señor Eastman y su madre.

—Está bien —dijo Josephine, sin dejar de sonreír—. Voy a cantarles un fragmento de la ópera *Edgar*, del señor Puccini, recién estrenada en Milán. Escojo para ustedes una parte muy emotiva en la que una mujer se arrodilla, llorando y clamando justicia frente al ataúd de su amado.

Cuando la voz de Josephine se alzó por todos los rincones de la casa, George Eastman tuvo la certeza de que había desperdiciado muchos años de su vida en cosas ajenas al amor. En el último fraseo progresivo de Josephine, el creador de la Kodak ya tenía los ojos arrasados; después de eso no había manera de hablar de negocios. Una ensoñación irresistible se le coló por todas las rendijas del cuerpo y no podía librarse del embrujo. Era una fuerza abarcadora más allá de su propia voluntad, pues a partir de esa noche comenzó a tener ensoñaciones melódicas por cualquier motivo, incluso cuando vislumbraba entre los magníficos sauces llorones de Hyde Park los fulgores nocturnos de las luciérnagas.

Ahora, mientras estaba acostado en su cama sin poder dormir, se daba cuenta de que la Exposición Universal de París era solo un pretexto para encontrarse con Josephine, pues ambos se decían indirectamente, como tratando de tocarse por debajo del mar, que en realidad, aunque varias veces fueron de compras y visitaron museos y teatros en Londres, necesitaban estar juntos a solas, pues invariablemente iban acompañados de Maria o de George Dickman; por eso se le cortaba la respiración cuando se daba cuenta de que estaba cerca de encontrarse con ella sin barreras de por medio.

Se imaginaba que ya tendrían ocasión de encontrar intimidad, aunque eso dependía de la pericia que tuviera la propia Josephine para dejar a Maria, con quien desarrolló una excelente relación al punto de ofrecerse a acompañarla en París mientras George se ocupaba en sus negocios. Su astucia le sorprendió, y no podía esperar a ver hasta dónde podía llegar. En su obsesión oía rumores de aire fresco por todas partes; pensaba que un secreto de amor puede plantarse como un islote en cualquier rincón. Además, estaba seguro de que ella sentía algo parecido: lo había notado durante un instante, en el foso profundo que se abrió en sus ojos cuando ambos se despidieron después de aquella cena, como si fueran dos insectos que se reconocen tocándose con la punta de las antenas entre una multitud de ellos, con un recuerdo o un designio que los involucrara para siempre.

XII

En mi destino siempre hay detalles irresistibles de luz. He visto pájaros fosforescentes volando entre las penumbras de mi último sueño. Había una franja negra moviéndose ondulatoriamente sobre las gárgolas de Notre Dame; yo estaba parado a la orilla del río, extasiado ante aquella nube de aves cuyos colores eran capaces de producir destellos intolerables. Sentí que iban a pasar sobre mi cabeza, pero no era un presentimiento: aquello *estaba sucediendo*. Al principio no quise moverme. «Solo son pájaros», me dije en el sueño. Sin embargo, uno de ellos se apartó de los demás y descendió hacia donde me encontraba, quise esquivarlo pero no podía moverme. Todo mi cuerpo se hallaba rígido, como si alguien me hubiera atado con una soga invisible. En el último instante, el pájaro no se estrelló en mi cara, nada más rozó mi frente con una garra. Lo vi alzarse de nuevo y perderse en el infinito de aquella enorme parvada.

No podía despertar. Me sentía cansado, viejo; el revuelo de pájaros seguía retumbando en mi cabeza. Por fin me levanté y pude lavarme la cara en la palangana de bronce. Cuando me vi en el espejo noté una pequeña incisión en mi frente: era tan delgada como un cabello de sangre. No le di mayor importancia. Entonces, casi sin querer hacerlo, levanté la tela que cubría mi último cuadro. De inmediato percibí algo extraño: me pareció que el hombre que caía al precipicio se había movido un poco aunque no estaba seguro de ello, era más bien como una sensación de inseguridad perceptiva. Me alejé unos pasos del cuadro, volví a acercarme y en eso recordé algo. Antes de dar las primeras pinceladas, tracé un bosquejo muy rudimentario en una hoja de papel; me puse a hurgar desesperadamente entre un altero de hojas polvorientas apiladas sobre mi escritorio. Por fin lo encontré. Todavía conservaba las marcas de alfileres de cuando lo colgué sobre el lienzo a manera de guía, pero esta vez, cuando coloqué el papel sobre la tela, me invadió el horror. Por más que trataba de negarlo, me saltaba la evidencia. Ese hombre que descendía al abismo se encontraba un poco más abajo, incluso me pareció que ahora tenía los ojos más abiertos y las manos encrespadas como si estuviera a punto de atrapar una cuerda. Asombrado, lleno de estupor y de miedo, me tumbé en mi viejo sillón. ¿Qué estaba ocurriendo?

Al principio yo pretendía pintar una simple alegoría, pero ahora *eso* se había transformado en la prefiguración real de mi propio destino. Semejante prodigio solo podía significar una cosa: mi muerte estaba cerca. Si aquello cobraba vida era porque el demonio movía sus hilos. Todo intento por matar a un hombre no es más que un esfuerzo desesperado por resolver el enigma del tiempo. Volví a cubrir el cuadro; abrí un baúl oxidado, saqué un reloj de arena que compré a un hombre del Indostán que se paseaba junto al obelisco en la Place de la Concorde y lo coloqué al pie del caballete. No sé exactamente por qué lo hice, tal vez necesitaba percibir el extraño rumor de mi propia caída. Fue entonces cuando tuve fuertes impulsos de acudir al Café de la Nouvelle Athènes. A veces un presentimiento puede asumir la forma de un mandato interior; eso me ocurría. Una idea irresistible me ordenaba acudir al mismo sitio donde lanzara mis últimos reclamos a los señores impresionistas.

Cuando llegué al café, apenas acomodaban las sillas de la terraza. Un mesero solitario con aspecto de turco silbaba una melodía mientras iba limpiando cada una de las mesas; le pedí una infusión de menta bien cargada, asintió con una leve caravana y se retiró. A esas horas la gente empezaba a deambular por las calles, también los coches de capota descubierta comenzaban sus rondines por la rue de Rivoli en busca de paseantes que salieran del Jardín de las Tullerías. Desde que se inaugurara la Exposición Universal, una gran cantidad de turistas buscaba los servicios de carruajes, eran pequeñas multitudes alegres que se echaban a las calles sin otro propósito que el de vivir algunos días bajo el monstruo de hierro en Champ de Mars. No sé cómo hemos llegado a semejante degradación, hasta hace poco París era una ciudad despejada, limpia, transparente, pero en *Le Figaro* y otros periódicos se empezó a hablar de miles de turistas congregados. Ese tal

Antonin Proust y su compinche, el herrero Eiffel, han sido los encargados de hacernos creer que toda esa invasión de gente tan diversa y extraña es un éxito del progreso que nos está colocando en el centro del mundo ante la inminencia del nuevo siglo. ¡Patrañas! Yo conozco esos teatros demagógicos al derecho y al revés. ¿Cómo se puede llamar progreso a la alteración abrupta de una ciudad como París? Que alguien me responda. Pero sobre todo, ¿cómo diablos se puede llamar progreso a la destrucción de un arte milenario como la pintura? ¿Acaso no se dan cuenta? Toda esta gente, venida desde los confines más recónditos del mundo, ya se está contagiando del veneno fotográfico; incluso tengo noticias de que los comisarios de la Exposición han permitido la venta de cámaras portátiles. Es un descaro total: si por mí fuera, mandaría quemar ese local hoy mismo. Para no ir lejos, el día de ayer fui testigo de un espectáculo detestable. En la Esplanade des Invalides, donde han montado una exposición de animales vivos, un grupo numeroso de personas hacían fila para ser fotografiadas junto a un orangután de Borneo. El pobre animal daba tirones impetuosos a la jaula y de vez en cuando sacaba la mano en busca de comida, pero ahí estaba también un guardia bien plantado con órdenes estrictas de impedir tal ignominia; además de reprimir con un silbato a los curiosos más atrevidos, su labor consistía en recordarles que en un lugar tan civilizado no era posible dejar que los visitantes alimentaran a una bestia salvaje de la que se cuentan toda clase de historias terribles. Y claro, para despertar aún más la morbosidad y la ignorancia de los curiosos, se puso a referir las terribles circunstancias en las que un orangután como ese mismo que tenía al lado degolló a madame L'Espanaye con una hoja de afeitar, y a su hija Camille la estranguló y metió cabeza abajo por el orificio de la chimenea. Todo eso, decía el enjundioso policía, había sucedido aquí mismo en París, en la famosa —e inexistente— rue Morgue, inmortalizada por un tal Pau o Poe, natural de Boston, al otro lado del mar.

Cuando vino el mesero con la menta hirviendo, me dispuse a pasar un rato de abandono. «Pruebe. Es de Ceilán», me dijo con una sonrisa vulgar. En esos momentos no tenía ganas de hacer nada en particular, solo deseaba transformarme en un fluido ligero a punto de evaporarse; sin embargo, mis deseos pronto se vieron atropellados por la fuerza de un torbellino que estaba a punto de sacudirme. Cerca de donde me encontraba, un caballero fumaba su pipa mientras hojeaba un ejemplar del *Bulletin Officiel de l'Exposition Universelle de 1889*. No hubiera prestado mayor atención a un hecho tan cotidiano de no ser porque aquel hombre dio vuelta a la página y en ese momento, casi como si fuera una flama que pasara frente a mis ojos, creí reconocer el apellido impreso de una persona que me era familiar; sí, demasiado familiar como para no prestar atención al asunto. Me levanté del asiento y pregunté al señor si podía prestarme un momento su periódico. «Adentro hay otro ejemplar», me dijo quitándose la pipa de la boca con cierto enfado. No tardé en dar con él; lo abrí deprisa. En efecto, no me equivocaba, en la página tres pude leer el siguiente encabezado: «George Eastman, inventor de la Kodak, confirma su visita a la Exposición Universal». *No puede ser*, me dije, estremecido por el vuelco de los acontecimientos. *Esta noticia es una señal de justicia. Dios está de mi lado. Ya no será necesario actuar como un miserable cazador que debe soportar toda clase de penurias con tal de llegar al territorio de su presa. El destino ha trastocado la dirección de mi propósito. Ahora debo permanecer quieto y aguardar como hace un lobo al acecho.* «Bienvenido a París, monsieur Eastman», dije en voz alta sin darme cuenta de que mi saludo irónico había distraído la atención de mi vecino, quien no dejaba de leer plácidamente su ejemplar del *Bulletin*. Por supuesto, en esos momentos no tenía la menor idea de que a la postre ese descuido iba a ser parte de mi ruina.

Pagué sin terminar mi vaso de menta y salí del café, preso de una agitación incontrolable. Con mi ejemplar de periódico bajo el brazo caminé aprisa con el firme propósito de llegar a mi buhardilla, donde podría encerrarme y examinar con cuidado la nota sin despertar sospechas. La precipitación de mis pasos y el bullicio de mercaderes y viajeros excitaban mi ánimo, por mi cabeza desfilaban toda clase de fantasías reconfortantes. Iban y venían a gran velocidad como iluminaciones fugaces; en todas ellas había destellos de un placer esclarecedor y embriagante, pues en el fondo estaba seguro de que una vez desaparecido el inventor de las cámaras portátiles, la pintura volvería a renacer en el orbe y esas detestables maquinillas quedarían reducidas a simples juguetes excéntricos. Además, presentí que la conclusión de mi empresa catapultaría de inmediato mi obra artística hacia la cima del reconocimiento absoluto. De pronto me vi deambulando por los rincones de una enorme galería donde una multitud contemplara con asombro cada uno de mis cuadros; en especial imaginé que se apretujaban alrededor de mi obra maestra: un retrato de Cortiset completamente desnuda, recostada sobre un diván con los brazos vueltos hacia atrás y la mirada fija en los ojos de su creador. Ese cuadro era una goyesca impresionista de colores texturizados por enigmas de luz. El cuerpo de mi amada transformado en un paisaje de sí mismo, por donde fluyen en libertad matices y reflejos cromáticos hasta el infinito; será la imagen misma de la sensualidad navegando en el tiempo. Todo París habrá de proclamar el acontecimiento y sin duda hasta el mismo Monet y sus amigos tendrán que quitarse los sombreros y colocarlos sobre una silla antes de admirar un cuadro tan superior a todo cuanto ellos han pintado con sus manos nudosas.

Así llegué hasta el callejón maloliente de mi buhardilla, sin poder librarme de aquel mareo embriagador. Al buscarme la llave entre las ropas noté que me temblaban las manos, tal era mi ansiedad, pero no fue necesario meterla en la cerradura porque el picaporte giró y la puerta se abrió de golpe. Ante mí vi la imagen de una aparición sobrecogedora que me dejó sin aliento: Cortiset, envuelta en una bata de seda, me esperaba con sus ojos de color uva y una sonrisa esplendorosa.

—Pero… ¿qué haces aquí? —fue lo primero que atiné a decir.

—Oh, mi querido René, vine a posar para ti. Y no me hagas esperar, porque soy capaz de arrepentirme.

Mientras hablaba, me mostró una llave que yo le había entregado hacía tiempo. Un olor dulce y nauseabundo inundaba la casa: aquello parecía el colmo de los milagros. Cuando cerré la puerta tras de mí, allí mismo, entre tubos de pintura, pinceles y frascos de disolventes la tumbé y nos amamos como poseídos por el demonio. Fue un acto desesperado; no quería perderla nunca más y sin embargo, cuando nos recostamos uno al lado del otro en la cama y ella encendió un cigarrillo, al instante sentí un golpe de vacío en el estómago.

—Sigues posando para ellos, ¿verdad?

Le tapé la boca con mi mano para que no me respondiera. Era mejor así. Sabía lo que estaba ocurriendo en la vida de Cortiset, pero en ese momento recordé algo. Me puse el camisón y con el candelabro encendido me acerqué al caballete cubierto con una tela. Cuando lo descubrí ya no sentí tanto miedo como la última vez aunque no dejaban de asaltarme ciertos pálpitos de ansiedad, de algún modo extraño me hacía a la idea de que mi cuerpo, representado en el cuadro, se hundía en el precipicio *porque así debía suceder*, como algo consustancial a mi propio destino. Y en efecto, el hombre parecía irremediablemente un poco más pequeño, lo cual, como ya he dicho, no era un simple efecto de perspectiva sino la evidencia de que mi vida descendía hacia las tinieblas. En esos momentos se me hizo mucho más evidente que debía terminar lo más pronto posible con la vida de George Eastman. Tal vez ya no quedaba mucho tiempo; era cuestión de semanas, o días tal vez, para que la figura desapareciera en el fondo negro del cuadro. Esa evidencia contundente y redonda como un círculo no alcanzaba a mortificarme. Al contrario, sentí que muchas cosas empezaban a cobrar sentido. Era una sensación muy agradable y placentera, como si al ir navegando sobre un velero en las aguas del Sena, de pronto las tórridas vistas del paisaje se transformaran en signos completamente legibles, dignos de toda mi atención. Como fuera, estaba claro que mi vida había sido un fracaso en muchos sentidos, pero si ahora los signos del espacio y el tiempo me prodigaban nuevas resonancias, eso era maravilloso y justificaba todo lo demás. Se me hizo claro que la sorpresiva presencia de Cortiset en mi casa era una de las últimas piezas que faltaba acomodar en el atropellado rompecabezas de mi existencia: si estaba allí era para que mi mano la inmortalizara en una obra maestra. Mi último desafío antes de dar muerte al gran devastador.

Así las cosas, me apresuré a disponer mis aparejos de pintar. Desnudé completamente a Cortiset, la recosté sobre el sofá con los brazos echados atrás; un pie ligeramente volado, el mentón suelto y los cabellos libres de cualquier atadura. Por si acaso, acerqué con la punta del pie un orinal.

—Vamos a empezar. Será una jornada larga, tal vez imposible de lograr. Si mantienes digna tu postura, sin movimientos bruscos, te daré lo que me pidas, incluidas mis pertenencias. No lo digo en broma: ahora me ves aquí parado frente a ti con estos pinceles en mano, pero en realidad estoy librando una de mis últimas batallas. Solo tú puedes ayudarme a vencer al enemigo.

XIII

De un pequeño salto abordó el tranvía que hacía la ruta Trocadéro-Villette. Aún no se reponía del primer asombro provocado por la majestuosidad de monumentos, edificios y jardines. Su madre había decidido ir de compras en compañía de Josephine Dickman y eso le daba libertad para moverse a su gusto. La ciudad lucía esplendorosa. Por las calles había saltimbanquis, tragafuegos, músicos y arlequines coloridos. Los bulevares estaban adornados con festones, aristoloquias y bustos de guerreros franceses. George Eastman pensó en lo atinado que fue Victor Hugo al decir que París era una ciudad luminosa. «Cierto. Ahora, todos los caminos llevan a París», dijo en voz baja al momento de meter su boleto entre los dientes de un pequeño torniquete. Fue difícil escapar de la delegación diplomática que lo recibió con pequeños honores. Su fama de inventor se hizo notar desde el primer momento; incluso, en una ceremonia singular, uno de los trabajadores que pusieron los últimos remaches en la Torre Eiffel tuvo la gentileza de obsequiarle una reproducción en miniatura de perfecta exactitud; con cierta timidez se adelantó hasta el pequeño estrado cilíndrico adornado con gallardetes y listones con los colores de Francia.

—Los trabajadores que participamos en esta obra monumental reconocemos sus valiosas contribuciones al desarrollo de la industria fotográfica. Acepte por favor este recuerdo.

Inmediatamente se oyeron aplausos; el ritual de la ceremonia quedó sellado con un abrazo. Salvo el tamaño de la pequeña Torre Eiffel, todos los detalles en hierro eran idénticos. Al pie de la base estaba escrito *Centenaire de 1789*. A Eastman no le hizo mucha gracia esa inscripción, desde niño cargaba con la idea de que la Revolución Francesa había sido un torbellino de infamias atroces cometidas por

Maximilien Robespierre. Nunca pudo librarse de esos recuerdos pantanosos, en buena medida soflamados por la enjundia narrativa de un profesor de la escuela primaria. Lo recordaba perfectamente, era un hombre contrahecho por una renguera que le hacía dar pasos discontinuos de un modo tambaleante; casi desde niño, una esquirla de bala se le había incrustado en el borde vertebral de un omóplato. Cuando recreaba escenas de la Revolución Francesa echaba fuego por los ojos, tensaba los músculos del cuello y crispaba las manos mientras iba narrando poco a poco el proceder del verdugo en la guillotina. Les contaba cómo un encapuchado tiraba de una cuerda, accionando el mecanismo que haría descender, veloz, la navaja; entonces volvía a encrespar las manos y a expandir las órbitas de sus enormes ojos para explicarles a todos los asustados niños del salón la manera en que la cabeza separada del cuello caía sobre un canasto común y corriente, dejando escapar un borbotón espeso de sangre. «¡Como odres de vino derramados!», les decía entonces. Aquellas impresiones permanecieron guardadas en la memoria de George Eastman con tal fuerza emotiva que durante años lo asedió una misma pesadilla: el dedo flamígero del incorruptible se alzaba contra él, y después una multitud enardecida lo llevaba prisionero al centro del patíbulo donde lo aguardaba una guillotina con la hoja alzada en las alturas.

Le pidieron que asistiera como juez honorario al «Primer Concurso Fotográfico de Estatuas y Monumentos Arquitectónicos de la Villa de París, tal y como era al inicio de la Revolución». Para ello fue necesario desplazarse a la Escuela Médica de la Sorbona. Allí comprendió, de un modo más preciso, hasta dónde había llegado la inventiva y el genio de la sociedad parisina: tenían montada una exposición con dibujos, planos, instrumentos y maquetas alusivas a la vida cotidiana en la ciudad en 1789. «Es asombroso», exclamó mientras se acercaba a una enorme vitrina de grueso cristal. Adentro podían apreciarse los planos técnicos de un laboratorio destinado al análisis de materias alimenticias. También observó las maquetas del sistema completo de defensa contra incendios, el cual incluía cuadrillas de carretas cisterna, trajes de tela recubiertos con barniz repelente al fuego, poleas, motores de bombeo a mano, mangueras flexibles de cuero y todo un sistema progresivo de altavoces que reducía significativamente los tiempos de auxilio. En otra maqueta se podía apreciar el esfuerzo por completo innovador del controvertido marqués de Sade, quien durante la época del Terror procuró que hubiera camas individuales en los hospitales a fin de otorgar un espacio delimitador y amortiguante contra las auras infecciosas de otros enfermos.

—Esto sí fue revolucionario —le dijo a un juez del concurso fotográfico. No aventuró más comentarios, debido a su inseguridad en un idioma que había masticado a pedazos.

—Sígame por este lado, monsieur Eastman. Voy a mostrarle una exposición de fotografías recientes que seguro serán de mucho interés para usted.

Inmediatamente, un aliento de fiambres echados a perder golpeó el olfato de George Eastman. Con un poco más de confianza le hubiera recomendado la dentorina de Rigaud, un elixir bien conocido en París, diciéndole que bastaba un trago para refrescar el aliento además de ser un paliativo muy recomendable en dolores de muelas. Pero no se lo dijo porque estaba seguro de que, a ciertas horas del día, él mismo despedía olores fétidos por la boca. *Bah*, se dijo. *Eso no será suficiente para perturbar nuestra conversación.* Buscaba un buen guía y ya lo había encontrado.

Caminaron por una sucesión de pasillos. Después enfilaron hacia un patio de grandes arcos ojivales y entraron a un salón de muros medievales con pequeños rosetones colgados en las alturas, el techo altísimo semejaba las alas de una mariposa gigantesca. Allí se hallaba montada una exposición de fotografías que mostraban algunos usos estratégicos que el gobierno francés estaba dando al nuevo arte de capturar imágenes en papel. La instalación era muy sencilla: no había cristales ni cordones para demarcar límites a los visitantes. Los organizadores estaban convencidos de que las fotografías más realistas debían admirarse a un palmo de nariz. Incluso colgaron un pequeño letrero que invitaba a oler y tocar: «Las fotografías aquí expuestas son de tal calidad, que pueden ser apreciadas con la vista, el oído y el olfato». En efecto, algunas personas, entre ellas el propio Eastman, se acercaban hasta un punto en que podían acariciar y olfatear las tomas expuestas. En varias de ellas se mostraba el mundo interior de las prisiones. Reos macilentos con los tobillos encadenados. Picapedreros agrupados en pequeñas cuadrillas al centro de patios polvorientos, vigilados todos ellos por un policía expectante como una estatua de piedra colocada en lo más alto de una torre cercada con alambres de púas. Eastman tuvo que levantarse los anteojos para mirar con detalle la textura de una reproducción que mostraba un enorme comedor repleto de convictos peligrosos sentados frente a frente en tablas larguísimas; podía apreciarse la extensa cadena medianera que sujetaba los cuerpos a la altura de las cinturas. Alcanzó a notar por ahí, en un rincón de la impresión, el detalle de dos hombres a punto de iniciar una reyerta. El juez de aliento fétido se acomodó las gafas.

—Si observa usted con atención, advertirá que la mano derecha del agresor busca algo entre sus ropas. Era un verduguillo de partir melones: lo sacó y se lo clavó justo en el estómago al preso de enfrente. Como podrá imaginarse, al momento se desató un motín, pero por fortuna la policía intervino a tiempo. Hubo redadas con perros y cadenas. Al homicida lo detuvieron y al día siguiente fue guillotinado como en tiempos de la Revolución. Ahí paró el cuento.

Había también una serie que exponía la vida interior en el hospital de la Salpêtrière. Se veían galeras enormes atestadas de enfermos tuberculosos. Algunos yacían postrados en cuclillas, con las espaldas arqueadas de tanto toser. Una enfermera aparecía inclinada con la cuchara extendida, como a punto de introducir algún medicamento en la boca de uno de los muchos internos tendidos en las camas. Detrás de ella, un anciano en puros huesos mostraba un espanto de muerte frente a la cámara. Casi podían escucharse los lamentos de aquellos moribundos, aunque por extraño que parezca, detrás de esa miseria se percibía el aliento vital de una comunidad.

—Observe estas imágenes, monsieur Eastman. Corresponden a los pabellones de aislamiento destinados a prostitutas y enfermos del placer venéreo.

—¿Cuánto tiempo permanecen ahí?

—Uff, monsieur. Esa pregunta es difícil porque sé de enfermos que duran hasta siete años con tratamientos de mercurio y calomel antes de volver a pisar una calle de París. Aunque a decir verdad, muchos de esos pobres no salen nunca de la Salpêtrière, se van carcomiendo a causa de fiebres mercuriales, a muchos se les echan a perder los riñones y claro, nunca más vuelven a orinar sin dolores agudos. Otros quedan ciegos, pasmados o de plano idiotas. Un buen día amanecen fríos y con los ojos fijos en la nada; entonces los envuelven en una sábana y los avientan a una fosa común. Triste imagen, monsieur Eastman. Bueno, tampoco piense usted que la sífilis en la Salpêtrière es un campo de la muerte, algunos logran sobrevivir. Lo lamentable del asunto es que afuera los siguen viendo como apestados; se dan casos de enfermos que ya no quieren volver a la ciudad porque no hay nadie que pueda ver por ellos.

—Y pensar que todas estas calamidades son provocadas por seres diminutos. Dicen que son mucho más pequeños que la punta de un cabello cualquiera.

—Sí, así parece.

Mientras iba mirando cada una de las fotografías, George Eastman consideró la posibilidad de producir equipos de observación médica; se preguntó si un juego de lentes podría magnificar a esos seres hasta hacerlos visibles para capturarlos en una toma.

—Si ya sabemos que muchas enfermedades son provocadas por bichos microscópicos, entonces debemos mejorar las técnicas para encontrarlos y cazarlos. Me han hablado de un famoso químico francés, un tal Paster o algo parecido.

—Pasteur, monsieur Eastman. Monsieur Pasteur.

—Ah, sí, cómo puedo ser tan ignorante. Estamos hablando del mismo hombre que ha encontrado la cura contra el mal de la rabia.

—El mismo.

—Tengo entendido que también ha logrado notabilísimos avances contra enfermedades como el cólera, el carbunco y la erisipela del cerdo.

—Así es.

—¿Dónde puedo encontrarlo?

—En la rue Dutot. Pregunte por el Instituto Pasteur; cualquier vecino sabrá llevarlo en coche. No espere muchas palabras del hombre, aunque es el director del Instituto tiene ciertas dificultades para hablar. Pero sin duda quedará usted muy complacido de conocerlo. Es una persona muy gentil. Aquí en Francia lo respetamos muchísimo.

Tan embebido estaba con la posibilidad de entablar alguna clase de acuerdo con el señor Pasteur que de pronto olvidó el motivo por el cual estaba allí. Claro, solo fue necesaria una simple mención del guía para recordarle que debían decidir quién sería el ganador del Primer Concurso Fotográfico de Estatuas y Monumentos Arquitectónicos de París.

—Lléveme enseguida a terminar con ese asunto. Me siento muy cansado.

—Sígame, por favor.

Se dirigieron a una pequeña sala oval donde ya se encontraban reunidos los otros miembros del jurado. No hubo necesidad de mayores protocolos, solo le mostraron las fotografías participantes. En realidad le daba lo mismo elegir una u otra: después de todo, nunca se consideró un experto en el arte de enjuiciar atributos artísticos en las imágenes. Tenía la sensación de que sus criterios invariablemente estaban impregnados de tópicos comunes, sin poder discernir de manera precisa entre lo digno, lo perturbador o lo doloroso; cualquier intento por establecer un juicio de valor acertado y brillante le parecía una trampa. «Es como caminar al borde de terrenos pantanosos», decía. «Cuando menos lo esperamos, ya hemos metido el pie en el lodo.» Tal era su ofuscación al respecto, que por ejemplo le costaba un terrible trabajo discernir fronteras entre arte y moralidad. Tampoco era capaz de afirmar con certeza cuáles elementos de una fotografía debían considerarse sustanciales y cuáles irrelevantes. Sus prejuicios moralinos le provocaban ciertos temores ante la posibilidad de encontrarse frente al tabú, así que una forma de aliviar su frustración era dictaminar de manera precipitada; de ese modo creía dar la impresión de violentar su propia inocencia, al tiempo que exorcizaba todas esas pequeñas adversidades psicológicas contenidas en los arrebatos de la belleza visual.

Cuando terminó la votación buscó la manera de regresar deprisa al hotel Saint James, donde estaba hospedado. No fue fácil escabullirse, pues al calor de los vinos algunos miembros del jurado proponían seguir la juerga en una taberna entre callejones oscuros. Al principio accedió, aunque solo era un ardid para no verse obligado a dar explicaciones, pero en cuanto pudo escapó del recinto y se perdió entre una hilera de columnatas jónicas. Una vez afuera, escuchó el pregón de una gitana vendiendo sus flores; iba de un lado a otro con los mocasines cubiertos de lodo: «Son crisantemos, mira. Curan males de amor». George se acercó y compró un ramo. Por unas cuantas monedas más se dejó hacer una lectura de los días venideros y además adquirió un paño con talco alcanforado. «Tu bonita se va a poner feliz.»

Quiso subir a un carruaje de servicio, pero a esas horas del día era muy difícil encontrar algo desocupado; finalmente logró abordar un ómnibus tirado por tres caballos que hacía el recorrido Trocadéro-Gare de l'Est.

A mitad del trayecto decidió bajarse del ómnibus. Estaba ansioso, como si hubiera terminado una jornada de trabajo agobiante en la planta fotográfica; también las ganas de orinar se le habían vuelto incontrolables. Para su buena suerte, sobre la rue Pasquier advirtió un jardín. Ya no podía más: buscó refugio en las sombras y orinó un chorro pesado y amarillo. A su alrededor revoloteaban unas libélulas, una de ellas se posó en su hombro. Mientras observaba las pequeñas burbujas absorbiéndose en la tierra, recordó a Josephine Dickman. No podía dejar de pensar en ella, pues más allá de negocios, exposiciones y congresos de fotografía, había cruzado el canal de la Mancha solo para estar con él.

Por fin dio con la rue Rivoli. Cuando llegó al hotel encontró un sobre deslizado bajo la puerta de su habitación; lo abrió deprisa. Adentro había un papel muy pequeño doblado en cuatro partes y un pendiente en forma de nota musical.

Búsqueme a las nueve en el Café Organdie. Estaré sola.

Enseguida le brillaron los ojos, pero en vez de enloquecer de amor, como era previsible, sufrió un espasmo de parálisis. Nunca se lo había planteado así, de un modo tan crudo, pero el hecho es que si bien fue capaz de revolucionar el sistema de hacer fotografías, nunca antes conquistó el amor de una mujer. En el techo artesonado del hotel descubrió una pequeña nube de pájaros fosforescentes que volaban enloquecidos en busca de nuevos nidos. Por un instante mantuvo la mirada en vilo, pero estaba demasiado cansado como para darse cuenta de que los estragos del tiempo y del amor no le permitirían entender jamás cómo era que los pájaros anidaban allí.

XIV

Cuando plasmé los últimos retoques al cuadro sentí un escalofrío helado en la nuca. Después me limpié el sudor en la frente y di tres pasos atrás. Me sentía exhausto, viejo, molido a palos. El hombro se me había entumido como si hubiera cargado varias fanegas de harina. Tenía despierto casi cuatro días; si acaso, ya de madrugada me consolaba con una ligera duermevela que me hacía despertar con los párpados hinchados y una baba reseca en la comisura de la boca. Y todo porque en mis afanes de perfección anduve día y noche sin despegarme de mi obra maestra: la llevé conmigo a todas partes, como si fuera una extensión viva y caliente de mi propio cuerpo. Un paño rojizo y un cordón me sirvieron de envoltura, no quería miradas impertinentes. Así anduve, con mi cuadro bajo el brazo entre callejones oscuros, a la vera de cloacas, en tabernas pestilentes, en mercadillos atestados de gente y sobre todo, trasladé mi pintura a la campiña. Ahí la contemplé muchas veces, a cielo abierto, bajo los rayos del sol, o bien a la sombra de un enorme flamboyán.

Es increíble cómo cambian las tonalidades sobre el lienzo cuando la superficie es sometida a diferentes cambios de luz, pero debo decir que nunca permanecí más de unos cuantos minutos en un mismo lugar. Como ya mencioné, detesto las miradas de los curiosos, una obra maestra jamás debe ser perturbada por fisgones vulgares antes de estar concluida del todo. En una ocasión se me acercó un hombre de chistera y bastón plateado, no sé cómo lo hizo, pero logró aproximarse al cuadro; después de unas cuantas miradas se atrevió a decirme que la postura de esa mujer era absolutamente obscena. Estuve a punto de soltarle un bofetón, pero me contuve porque al calor de la refriega podríamos dañar la tela. «¡Váyase de aquí!», le grité de un modo furibundo. El hombre se echó atrás como si hubiera percibido el hedor de un animal podrido, por poco se le cae el sombrero del susto. Tras unos tropiezos siguió su camino sin volver la vista atrás ni una sola vez.

Esa gente me saca de mis cabales. Idiotas. Cómo hacerles entender que por fin he logrado el retrato definitivo de mi amada Cortiset. Porque indudablemente no puede haber aparato fotográfico en este mundo capaz de registrar todos los matices del amor, la belleza y el erotismo, tal prodigio está reservado en exclusiva a la magia de mis pinceles. Ni siquiera ese arrogante Delacroix habría sido capaz de igualar el vigor y la bellísima carnosidad de mi obra. Y si alguien prefiere verlo como un acto de amargura mal encarada, pues allá él. A mí ya no me importan las conclusiones ambiguas y banales de los demás, después de todo he logrado trascender las leyes más complejas de la representación física y eso en sí es un triunfo colosal. Nunca antes conseguí impregnar tanta vida secreta en el cuerpo de una mujer.

Este cuadro es una prolongación mía. Voy a morir, lo sé, pero Cortiset seguirá viva en esta imagen, por eso la he pintado como mujer y ornato al mismo tiempo. Si la vida es el conjunto de fuerzas que se oponen a la muerte, entonces el ornato es una fuerza vital. Nunca en el pasado había logrado un volumen femenino tan perfecto y al mismo tiempo tan libre, sensual y luminoso mediante simples vibraturas de color. Aquí todo es vitalidad y exuberancia. Es como si hubiera colocado sobre la superficie del lienzo un dispositivo invisible capaz de absorber y refractar al mismo tiempo cualquier rayo de luz. ¡Soy un maestro! Nadie consiguió jamás un efecto semejante, pues sin habérmelo propuesto como una meta en el horizonte, descubrí que la luz se dispersa en diferentes ángulos y solo algunos de ellos pueden ser captados por nuestros ojos. Mis descubrimientos tendrán que ser apreciados no solo por monsieur Monet y sus amigos impresionistas, sino por estos hombres de ciencia que llaman ópticos.

¿Pero hasta dónde he llegado? Tal vez Cortiset no vuelva a posar nunca más para mí. No importa. He capturado su esencia de mujer. Puedo hacer el amor sobre este cuadro cuantas veces me plazca, seré como uno de esos trasnochados registrados por Vasari en sus famosas *Vidas*. Podré incluso dormir abrazado a mi propia Afrodita. Después de todo, es un hecho que el desnudo de una cortesana posee atributos divinos. ¿Por qué si no la Venus de Cnido eligió ser representada por Friné, la famosa ramera, amante de Praxíteles? Nadie me responde, ¿eh?…

Mas no se piense que he querido plasmar el retrato de un mito, lo que hay en mi cuadro es la recreación de una mujer real, de carne y nervios a flor de piel. Quien la contemple deberá soportar toda clase de lascivos deseos; yo mismo estoy condenado a padecer ese infinito placer. Me he representado a mí mismo al pie del sofá en forma de una perdiz que busca con su mirada los senos de Cortiset: esta ave es símbolo de tentación y perdición, algunos poetas y teólogos han pretendido ver en ella una encarnación del propio demonio. Bah, eso tampoco me importa. Si algo bueno dejaron los años de revolución fue la extirpación de fábulas religiosas, no en vano los templos se han convertido en sitios lúgubres y abandonados. Pero volvamos a la perdiz del cuadro. Un espectador atento advertirá que del cuello de este pájaro cuelga un pequeño listón con mi nombre grabado en letras de fuego. Es mi firma y mi sentencia, mi condena y mi placer, mi delirio y mi obcecación. Por ella vivo y tal vez por ella voy a morir como un perro.

Hablando de muerte: ya va siendo hora de llevar a cabo mi plan maestro contra ese inventor de cámaras portátiles. Cuanto antes acabe con él, más pronto seré redimido como gran benefactor de la pintura. Tratarán de condenarme, sin duda, pero si hay algo de sensatez en el mundo, acabarán por agradecer mi servicio, aun otorgándome algunas condecoraciones de plata. Yo podré robar la vida de un hombre, pero él ha destruido la esencia de miles de almas. A todas ellas les ha devorado esa vitalidad sagrada del espíritu mediante un artilugio de pacotilla que abre y cierra sus fauces durante unos cuantos segundos; así de simple y ridícula es esta tragedia. Y todavía ese tal Eastman tiene el cinismo de anunciar que basta un simple apretón del dedo índice para obtener imágenes de gran calidad. No puede ser. Me resisto a concebir ese asalto de la simplicidad; una engañifa bien montada. ¿Cuántos ingenuos habrán caído en el truco? ¿Cuántas almas se habrán perdido, subyugadas por el encanto efímero de una ilusión? No lo sé. Tal vez nadie lo sabe porque ahora está de moda captar imágenes de cualquier cosa. Yo mismo he sido víctima directa de ello, me duele admitirlo, pero así es. Y tal vez jamás logre reparar los estragos que me ha provocado el abandono de Cortiset. Porque ella me engaña desde hace tiempo, no le demos más vueltas al asunto. Sé que aún anda por ahí posando para varios fotógrafos y eso no lo puedo soportar. Desde un principio acordamos que podía fornicar con cualquier hombre que se le antojase, después de todo, así lo dictan los deberes de su oficio. Pero atreverse a posar para otros sin mi consentimiento expreso, eso sí es una canallada. Seguramente más de alguno la habrá desnudado. Le habrán ofrecido una buena cantidad de francos. Una vez me dijo que algunos muros de tabernas estaban siendo adornados con fotografías de mujeres desnudas y que eso aumentaba la clientela. No lo dudo. Hasta en el arte de calentar braguetas es más veloz el aparato fotográfico. ¿Pero adónde iremos a parar? Muy pronto París será una cueva de viciosos. Las imágenes dejarán de ser mágicas. Hace siglos, un emperador chino podía ordenar a un ayudante de cámara que sacara de su habitación un cuadro con el paisaje de una cascada porque el sonido del agua no lo dejaba dormir. En las pinturas de pasajes bíblicos hay fuegos que arden y cuerpos que sangran de verdad. Todo eso morirá con las fotografías porque son capaces de transformar cualquier cosa en objetos planos, anodinos, inertes.

Ahora, bien justificado lo tengo. Desde hace varios días he vuelto a contemplar la navaja que me vendió aquel charlatán de Aubrac. He olfateado ese aroma de hierros milenarios bajo la luz de la luna. He afilado la cuchilla con tanto esmero que al tocarla por el filo con la punta de mis dedos llegué a palpar ese tacto de muerte fulminante. Seguramente bastará un pequeño empujón de fuerza con la empuñadura bien apretada. La cuchilla se hundirá entre la carne como si se tratara de mantequilla. Oh, diablos, tal vez eso mismo debió pensar el asesino de Whitechapel en Londres. Aquí en París la gente ha seguido con gran expectación los hechos del año pasado. Todavía hace poco leí una nota en la *Gazette des Tribunaux* donde se afirma que la quinta víctima tenía un corte limpio desde la garganta hasta la columna vertebral y que el asesino le había extraído el corazón. Carajo, yo jamás haría algo semejante. Si voy a matar a alguien será de un modo discreto. Detesto la sangre. Incluso los cortes de carne cruda me provocan náuseas. Tampoco quiero vísceras expuestas, ni voy a mandar cartas desde el infierno.

Pero no debo precipitarme. Todo habrá de llegar a su debido tiempo. El buen cazador sabe aguardar a su presa con infinita paciencia. A partir de estos momentos voy a ser cauteloso en extremo. Esa gente famosa vive resguardada todo el tiempo entre parvadas de cuervos que revolotean a su alrededor. Así que no será fácil evadir tanta vigilancia, aunque mis instintos me indican que nada es imposible de conseguir si el propósito es firme y se alimenta de certeras convicciones. Después de todo, mi propia vida también ha sido una batalla feroz contra la extinción. ¿Qué otra cosa hace el pintor cuando plasma algo en la tela, sino tratar desesperadamente de exorcizar su propio fin? ¿Acaso todo el arte de la pintura no está marcado por el aguijón de la muerte? No es casualidad que los antiguos muralistas atenienses hayan marcado el nacimiento de la imagen con un guerrero en miniatura que sale de su tumba, visión que abandona el mundo de ultratumba ya estabilizada y amansada; se alza desde las más oscuras penumbras hasta dar con la luz de nuestras miradas como testimonio abstracto de la vida.

Pero basta de reflexiones. No voy a negarlo: tengo miedo. Las manos me tiemblan, el estómago se me retuerce de aires pútridos y a ratos ni yo mismo soporto la fetidez de mi aliento. Cuando aprieto los ojos y veo mi mano clavando la navaja en la carne de mi víctima, experimento pasmos de terrible ansiedad. Las manos se me ponen frías. Me corren gotas de sudor en la espalda y tengo severas dificultades para respirar continuadamente. ¿Será que ya, desde ahora, estoy pagando el precio de mi novatez? Nunca he matado a ningún hombre. Si acaso una vez empuñé un mosquete en el bosque, pero nada más, y eso fue porque mi padre quería enseñarme a cazar conejos. Ahora, cada vez que salgo a la calle y miro de reojo a esos turistas desocupados que han venido a divertirse, me dan ganas de preguntarles directo a la cara si tienen idea de lo que significa matar a un hombre. No, claro que no lo saben, estoy seguro. Son quietistas. Ni siquiera esos farsantes espiritistas que se dicen capaces de invocar seres de otro mundo saben lo que significa vivir obsesionado con un cadáver que todos los días trata de hacerte una fotografía detrás de tu ventana. Para colmo de males, esta miserable buhardilla se ha convertido en nido de palomas. Traté de echarlas pero en cuanto abro la ventila regresan y se meten debajo de mi cama. Malditas, no me dejan dormir con su cucú madrugador; además tienen el piso infestado de cagarrutas. Solo espero que no les dé por picotear uno de mis cuadros. ¿Serán simples palomas o aves de mal agüero?

Por supuesto que muchas veces he intentado desistir, pero no puedo, es imposible. Hay algo superior a mis fuerzas que me corroe por dentro, quemándome las entrañas como si tragara un chorro de ácido. Sería más fácil abrir una alcantarilla y arrojar mi plan a las cloacas de esta ciudad inmunda. O tal vez yo mismo debería lanzarme al Sena con un racimo de piedras atado al cuello, así me perdería para siempre en la oscuridad abyecta. Pero eso sería el culmen de mi cobardía. Sería como dar vuelo a mi propia farsa. Sería, no sé, el fin más ridículo de todos. Mi propia fatalidad me ordena seguir hasta el final. No quiero amoscarme, porque las emociones desmedidas estorban a la hora de tramar un propósito de compleja concepción, y si los dejo permanecer mucho tiempo adentro pueden hervir hasta desbordarse como un puchero en olla mal tapada.

Mañana mismo salgo a los pabellones de la feria. Necesito recabar toda la información que me sea posible. Sé de buenas fuentes que habrá un congreso internacional de fotografía. De seguro Eastman andará por ahí, pavoneándose con su pequeño séquito de mercaderes. Monsieur Previn escribió en *Le Petit Parisien* que actualmente la compañía Kodak vive tiempos de expansión, así que ese hombre aparecerá en cualquier momento como sabueso hambriento en busca de nuevos socios, nuevas máquinas, procedimientos, artilugios, dispositivos, qué sé yo. Tampoco debo extrañarme si descubro que lo tratan como a una joya del imperio: en todos lados abundan lamebotas. No serán pocos los hombres de negocios que se estén frotando las manos con la presencia del magnate americano. Por si fuera poco dicen que es un hombre bastante accesible, recatado, adusto, amante de los buenos modales. Eso me favorece. Tal vez no sea tan difícil acercarse. Puede resultar un castillo de flaca mampostería. Por lo pronto, aquí tengo lista mi navaja Beauvoir de Thiers. La he limpiado y pulido con maestría de cirujano. Ayer corté una naranja de un solo tajo. Yo mismo permanecí estupefacto ante el espectáculo, pues en el acto reconocí la danza macabra de la muerte.

Por cierto, esta mañana volví a mirar detenidamente el cuadro oscuro, donde me represento cayendo desnudo al vacío. A estas alturas ya no es tan fácil determinar si la figura en verdad va hundiéndose en el precipicio, o si todo es un truco de mi propia fantasía. Para salir de dudas me puse a mirar, atento, con una lupa: tal vez, sin darme cuenta estaba ocurriendo un notable accidente en la pigmentación del tono rojizo que impregna la figura central. Ahora recuerdo que al pintar mi propia representación quise lograr una silueta que se volviera un tanto irreconocible a media distancia; así obligo al espectador a mirar de cerca. Pero lo que vi ayer por la noche a la luz de una vela no puede ser resultado de un simple sueño, ni siquiera una jugarreta del destino. Los pliegues del rostro, de las manos y de la figura doblada por el torso empiezan a volverse más borrosos. No hay duda, ese cuerpo va cayendo al fondo del abismo. Debo apurar mi cometido. Ya no hay más tiempo que perder.

XV

Aquella mañana era espléndida. El sol empezaba a levantarse sobre los cielos despejados de París. Poco a poco iban llegando grupos de visitantes, vecinos y toda clase de curiosos a Champ de Mars. En todos ellos aparecía semblanteado un aire de altanería mezclado con los pequeños estragos de placeres inconfesables. A cada paso brotaban jardines bordoneados con rododendros púrpuras, rosas rojas de Lancaster y corolas olorosas de lilas traídas especialmente de Sajonia. Parecía que ahí estaban todas las flores del planeta, junto a las alfombras de nenúfares blancos, amarillos y verdes que flotaban sobre la superficie de los estanques. Imposible sustraerse al espectáculo. Junto a la vida del mundo moderno, los paseantes podían sentir que una parte de París los recibía con triunfales ramilletes de flores.

A cierta distancia era fácil advertir en las vestimentas una marcada predilección por los colores oscuros. Tal vez de ese modo destacaban más los collares de turquesas, los anillos damasquinados y las cadenas de oro. Entre las mujeres abundaban sombreros de sol, vestidos encorsetados de grandes escotes y anchurosas faldas en seda labrada con motivos florales. Igualmente se veían miriñaques almidonados, sombrillas, abanicos y plumas voladas. También pululaban los vestidos negros armados con ballenas, tiras de encaje y adornos de lazada. Muchos caballeros vestidos de traje negro llevaban ese famoso sombrero alto en forma de cilindro, mejor conocido como *tuyau de poêle*; lucían chaquetas con faltriqueras, relojes de leontina y pantalones negros con listado rojo en honor a la Francia republicana, cuyas banderas parecían tremolar al mismo ritmo que la algarabía del viento en aquella mañana limpia y soleada.

No era extraño que, a diferencia de otros meses menos cálidos, desde muy temprano se percibiera gran ajetreo de carruajes y tranvías. Algunos vendedores mezclados con mendigos se sacaban de los bolsillos toda clase de baratijas con el ánimo de venderlas a cualquier precio: dulces, cajitas de rapé, sellos de correo, puros caribeños, cualquier cosa podía ser cambiada por unos cuantos francos. La policía trataba de echarlos, no debían ser demasiado notorios: gente pobre, vulgar, sin aires de progreso. No era fácil deshacerse de ellos, de cualquier manera volvían. Eran tozudos como el hambre y la necesidad de llevarse lo que fuera a la boca. Ahí, al pie de un jardín poblado de fuentes de cupidos y cisnes, se veía a la repartidora de pan con su canastilla rodante, la vendedora de flores, el limpiador de ventanas con el niño ayudante, el vendedor italiano de estatuillas, un vendedor de cestos y una alquiladora de barquitos veleros. En conjunto formaban parte de un mundo soterrado por el espanto de tantas guerras y persecuciones; estaban ahí a nombre de la vieja Europa que seguía devorando a sus hijos como Saturno.

El Palais des Arts Libéraux se alzaba majestuoso justo frente a la arcada de la Torre Eiffel. Pocos sabían ciertamente que aquel edificio había sido construido en particular con motivo de la Exposición Universal. Tres años antes, el arquitecto Camille Formigé ganó un concurso que le permitió concebir una construcción enorme, sofisticada, funcional y por supuesto influida hasta en el más mínimo detalle por ese idealismo preciosista, como bien correspondía a una Francia que trataba de reimpulsar los ideales de la Revolución y los destellos imperiales del Gran Corso. De ese propósito anclado con firmeza en las convicciones estéticas del siglo XIX y al mismo tiempo impregnado por una fascinación omnipotente hacia el mundo de las máquinas y la tecnología, nacieron una serie de espacios simétricos donde era posible albergar toda clase de exposiciones novedosas. El edificio forma un enorme galerón de estructuras metálicas y domos de cristal, coronado por una cúpula central de cincuenta y ocho metros de altura. Cuando los visitantes se colocan bajo ella, al punto se dejan oír expresiones de asombro ante los fastos estructurales de herrería y la decoración policromada con sus frisos en terracota y los fondos de ángeles guardianes bañados en oro. Bajo esa cúpula se abren dos grandes escalinatas curvadas que conducen a galerías, cafés y restaurantes.

Así era el lugar donde se inauguró el Primer Congreso Internacional de Fotografía. Gran cantidad de gente prominente, relacionada directa o indirectamente con el mundo fotográfico, se había dado cita para acudir a la ceremonia de inauguración. Lo mismo se veían fotógrafos profesionales que aficionados; geógrafos, astrónomos, directores de museos, galeristas, editores, altos funcionarios de reclusorios y hospitales; maestros de fotografía, constructores de instrumentos de precisión, fabricantes de productos y aparatos fotográficos. Muchos eran franceses, pero había otros tantos que provenían de otros países, todos ellos ávidos por enterarse de las últimas novedades del arte que estaba cambiando al mundo.

Por ahí andaba, lamiéndose el mostacho y fumando sus pitillos de la India, el excéntrico Nadar, famoso entre varias cosas porque en 1856 se montó en un globo aerostático para obtener las primeras tomas aéreas de la historia, y también porque quince años más tarde subió a otro globo, pero esa vez al frente de una compañía destinada a tomar fotografías de las posiciones de los prusianos que cercaban el París de la Comuna. Sin duda ese hombre bajito de cabellos volados, acostumbrado a dormir envuelto en el mismo chaquetón negro de todos los días, fue decisivo para encender la mecha del nuevo arte que habría de trastocar los cánones estéticos de la burguesía francesa. Había dispuesto ocho habitaciones de su antiguo estudio en el Boulevard des Capucines y las rentó a un pequeño grupo de pintores inconformes con las imposiciones estéticas oficiales, llamados despectivamente «impresionistas», para que pudieran exponer sus cuadros durante un mes. No se ha determinado con precisión si esa primera exposición tuvo éxito: lo más probable es que fuera visitada por grupos no muy numerosos de curiosos movidos por una cierta actitud morbosa ante aquellos cuadros considerados todavía extraños y exóticos para el gusto de muchos parisinos. Lo cierto es que de ahí emergió un nuevo renacimiento que no tardaría en extenderse a muchas ciudades europeas. Además, Nadar gozaba de prestigio por el buen ojo que mostró al fotografiar sin efectismos a grandes artistas como George Sand, Gustave Doré, Victor Hugo, Sarah Bernhardt, Gioacchino Rossini, Jules Verne, Alexandre Dumas, Franz Liszt y Charles Baudelaire.

Por ahí andaba Charles Spitz, fotógrafo profesional y uno de los organizadores del pabellón tahitiano. Sus fotografías de nativos en Papeete habían ejercido una extraña fascinación entre los parisinos. Aun entre gente pudorosa se desataban vaharadas de placer ante ese mundo mágico, secreto, incorrupto, sin tabúes sexuales ni culpas cristianas. Sus tomas eran buscadas con cierta curiosidad infantil y desbordante, propia de una sociedad sedienta de exotismo; eran algo así como testimonios vivos de una nueva libertad. También François Aubert se paseaba de un lado a otro con el rostro demudado, sin ocultar su nerviosismo porque desde hacía muchos años se sentía más que incómodo en sitios repletos de gente. Se había hecho tremendamente popular en Francia desde los años en que trabajó al servicio de la corte de Maximiliano I, documentando la intervención francesa en México. Realizó fotografías a la familia del archiduque, así como de numerosos soldados mexicanos. Fue tanto su apego al emperador que incluso estuvo presente aquella mañana del 19 de junio de 1867 en el Cerro de las Campanas de Querétaro, cuando fue fusilado por un pelotón de ocho soldados, quienes tras la descarga de balas no lograron matarlo, pues hasta el mismo Aubert se dio cuenta de cómo le temblaba una mano al monarca y uno de los soldados se acercó hasta el cuerpo caído para colocar el fusil en el pecho, a la altura del corazón, y disparar a quemarropa provocando el incendio de la levita azul de solapas sueltas: el único valiente que se atrevió a sofocar la flama fue Tüdös, el fiel cocinero húngaro de Maximiliano. Un Aubert ansioso y compungido de rabia hubiera dado lo que fuera por captar esos momentos con su cámara, pero con un movimiento de fusil un alto mando se lo impidió. Lo que sí pudo fotografiar fue el cadáver del emperador con los ojos de una santa Úrsula, metido en un ataúd triple de palo de rosa, zinc y cedro, porque el primero, hecho con madera de pino corriente, resultó tan corto que los pies del cadáver se salían; pequeño error endosado a un humilde carpintero queretano al que nunca le anotaron en un papelito las medidas naturales del soberano. Finalmente François Aubert logró un triunfo para la historia documental de México y Francia al obtener una fotografía de la camisa horadada por las balas y otra más del lugar exacto donde Maximiliano fue fusilado junto con los generales Miramón y Mejía.

En otro extremo de la sala, cada vez más repleta, estaba sentado el modesto Eugène Atget, un hombre que, tras haber sobrevivido entre las escolleras de los oficios efímeros, comenzaba a dedicar su vida a documentar la cotidianidad francesa, a la sombra de la modernidad del barón Haussmann. Muy cerca de él, prácticamente anónimo, se encontraba André Disdéri, ya muy enfermo, rengo y sordo, pero lo bastante lúcido como para recordarles a los presentes que sus fotografías de paisajes, desnudos y reportajes ya eran consideradas patrimonio del pueblo francés y que él solo había propiciado el declive definitivo de los daguerrotipos con la invención de un sistema de positivado que consistía en el arreglo de diez fotografías en una sola hoja, todas ellas a un precio muy accesible para cualquier ciudadano.

Lejos de Disdéri, en primera fila, esperaba nada menos que Eugène Pereire, presidente de la Compagnie Générale Transatlantique. Su presencia era motivo de revuelo en cualquier parte: se decía que poseía suficientes recursos monetarios como para finiquitar los adeudos totales que la República había contraído con el gobierno inglés. Como un avispero, revoloteaban a su alrededor toda clase de leyendas, murmuraciones y fantasías llevadas al colmo de la exageración, la mayoría derivadas de la negra campaña antijudía en su contra mientras disputaba una diputación veinte años atrás, y por supuesto motivadas por la envidia ante su incalculable fortuna.

Precisamente detrás del señor Pereire estaban sentados George Eastman y Josephine Dickman. Ella se veía radiante: llevaba un vestido Delfos de seda plisada en color violeta. Una cintilla volada sobre la cintura acentuaba aún más el talle insinuado de forma natural; desde joven le había gustado atraer las miradas de los caballeros con atuendos provocadores, aunque Eastman habría preferido que su dama de compañía hubiera escogido algo más discreto. Tenía la impresión de ser observado. Nunca faltan oportunistas ávidos de una ocasión propicia, más cuando el escándalo empezaba a ser negocio en diarios y folletines lo mismo en París, Nueva York o Londres. De cualquier modo, no acababan de entender por qué se hallaban en medio de aquel bullicio interminable, soportando risas estridentes mientras aguardaban el discurso inaugural del señor Londe, quien al parecer venía con cierto retraso de la Salpêtrière.

—Me siento feliz de estar este día a tu lado —dijo Josephine.

George esbozó una sonrisa complaciente.

—Yo también me siento feliz de estar sentado junto a ti, aunque sea en estas circunstancias.

George hizo un movimiento a dos dedos sobre un pliegue en su traje negro. Ya en otras ocasiones, cuando sentía ojos escrutadores encima de su pellejo, buscaba refugio en pequeños detalles de pulcritud. Ahora mismo necesitaba decirle a Josephine que en realidad tenía la esperanza de encontrarse a solas con ella desde su llegada a París. No le interesaba gran cosa escuchar al señor Londe, pues ya sabía que su conferencia sería un recuento histórico del desarrollo fotográfico desde aquel famoso 3 de julio de 1839, cuando Arago presentó en plena Cámara de Diputados los descubrimientos de Niépce y Daguerre.

—Las risas de esta gente me ponen nerviosa. ¿Podemos cambiar de lugar?

—Desde luego. Como tú digas —asintió George.

René Gobert los vio levantarse de sus asientos. Sofocado por el perfume ardiente de los jazmines que habían colocado al frente de la sala, trató de razonar la situación. Esa mujer representaba un escollo. *Bah, no importa*, se dijo. A esas alturas todo mundo sabía que el inventor de las cámaras portátiles no era un hombre casado. Por tanto, si esa señora era una secretaria de negocios o alguna amante ocasional, no podía estar pegada al cuero de Eastman todo el día, como si fuera una lapa.

—Aquí está bien. Estamos cerca de la salida. Podemos respirar aire fresco.

Poco a poco, el murmullo de la sala fue descendiendo. Las personalidades encargadas del protocolo inaugural tomaron sus lugares al frente del estrado. En primer lugar, Albert Londe, director del servicio fotográfico de la Salpêtrière. Enseguida Jules Janssen, director del Observatorio de Astronomía Física de Meudon; junto a él, Alphonse Davanne, presidente de la Sociedad Francesa de Fotografía, y por último el señor Pector, secretario tesorero de aquel congreso.

Mientras Albert Londe hablaba con vigor de tribuno revolucionario sobre los beneficios inobjetables que la travesía fotográfica había prodigado al mundo, George Eastman se preguntaba si no sería una osadía tomar la mano de Josephine, así nada más, de rebato, como hacen los jóvenes primaverales. A sus treinta y cinco años no lograba comportarse como un digno guerrero del amor, lo cual debía ser intolerable para una cantante de ópera, acostumbrada a exhibir su talento entre gallardetes y banderines. Pero de súbito se atrevió, sintiendo que el corazón se le salía por la boca. Cerró los ojos esperando la retirada, o cuando menos un desplante glacial de su compañera, pero nada de eso ocurrió; por el contrario, Josephine respondió con una seductora mirada de complicidad. Fue como la aceptación de un regalo al pie de una terraza. *Esto es maravilloso*, pensó George Eastman aunque al mismo tiempo sentía el piquete de una aguja invisible, pues acababa de entrar a un callejón sin salida.

Cuando el protocolo inaugural se dio por concluido, tronaron aplausos desatando un bullicio de comentarios, saludos, pequeñas discusiones y bromas contenidas. Viejos amigos se abrazaban efusivamente, como si aquella sala fuera un pequeño universo de reencuentros internacionales. Incluso, las risas explosivas que parecían incómodas un momento antes, ahora devolvían el aire festivo a la sala. Tal vez la única persona de semblante seco era René Gobert: sus ojos eran los de un tigre escondido tras el matorral de su propio sombrero. Se había quedado plantado en su asiento, tratando de sopesar las dimensiones de todo lo escuchado. Aquello era más insoportable de lo que pensara: se sentía mareado, saturado, con unas ganas terribles de orinar, tal vez debido al estupor fijado como un clavo caliente en las partes bajas del estómago. ¿Qué demonios significaba esa perorata de monsieur Londe? Todas esas referencias eruditas plagadas de fechas, datos, acontecimientos, nombres de instrumentos e inventos científicos, aludiendo siempre a los beneficios de la fotografía como instrumento de conocimiento y progreso de los pueblos. Pero al mismo tiempo sentía rabia debido a la constatación de un hecho ineluctable: el mundo fotográfico era infinitamente complejo, más allá de sus cálculos y suposiciones, un torbellino desatado sin rumbo fijo. Solo le resultaba terrible y no lo podía soportar, aunque el hecho estaba ahí frente a sus narices. A largo plazo ese progreso terminaría destruyendo el arte de plasmar imágenes sobre lienzos. Una vez más volvía a sentirse atormentado por el recuerdo de Cortiset posando para un fotógrafo en la playa de Dieppe. Apretó los dientes, se maldijo en silencio con ganas de arrancarse un mechón de cabellos, pero lejos de sentirse derrotado comprendió que si no podía derrocar al imperio, sí debía asestar un golpe mortal a uno de sus cómplices más nefastos. Más que nunca era necesario llevar a cabo los planes del modo más cuidadoso, sin perder un ápice de concentración.

Con la vista clavada siguió los movimientos de George Eastman y Josephine Dickman. De seguro tendrían que dirigirse, como la mayoría de los presentes, a la gran sala de exposiciones, ahí sería más fácil confundirse entre la desordenada circulación de cuerpos. René Gobert caminó por el pasillo lateral de la sala hasta la parte trasera del recinto, el polvo de la alfombra lo hizo toser. Por todos lados había corrillos de gente. En esos momentos era decisivo no llamar la atención, pasar desapercibido, fundirse, moverse nada más como si fuera un simple aficionado. Salió del recinto sin perder de vista a la pareja, que seguía el camino previsto. Todo eran voces, comentarios, secretos al oído entre copas de vino, trozos de queso y bocadillos que circulaban por lo alto en charolas de plata. Por allá se oían risas de nuevo. No sería cosa fácil acercarse a la pareja, constantemente se detenían a saludar. *Qué esperabas*, se decía Gobert. *Después de todo, se trata de un hombre famoso.* Eran casi las diez de la mañana. Se notaba que aquello había sido preparado para que la gente pudiera disfrutar los máximos beneficios de la luz filtrada desde la cúpula central.

Cuando René Gobert caminó unos cuantos pasos sobre el piso de madera hacia donde se encontraba Eastman, un latigazo de ansiedad lo sacudió. Su corazón latía de manera precipitada mientras un hilo de sudor le iba corriendo por la espalda. *No importa*, se dijo, *nadie me reconoce. No veo ningún pintor conocido por aquí.* Lo afirmaba para darse ánimos, pero en el fondo sentía el marro de la decepción. Nadie sabía quién era. Nadie se acercaba con ánimo de gratificar su talento. *Ignorantes, qué saben de pintura, si también están enceguecidos con la irrupción de las máquinas. Muchos de ustedes merecen el mismo castigo que voy a dar al inventor.*

Volvió a toser. De pronto, allí estaba: era el mismo George Eastman en persona. «El inventor de sueños, quimeras, fábulas de fantasía barata», según decía a las palomas que llegaban a su ventana. Y ahora lo tenía ahí, tan solo a unos cuantos metros de distancia. No parecía tan imponente como lo imaginara. Al contrario, tuvo la impresión de haber dado con un ser anodino, de aire circunspecto. No era posible que ese hombrecillo de frágiles maneras hubiera provocado tantos estragos en su vida, pero así era. No debía dejarse engañar por las apariencias. De hecho, Gobert percibía un tufo detestable en esa apariencia de buena salud y maneras excesivamente correctas; parecía sacado de un baúl primoroso. Debían ser patrañas vulgares esas historias impresas en folletines, donde se decía que el prominente inventor pasó sus primeros años de vida atormentado por toda clase de hambres y privaciones materiales. *Eso qué importa*, se repetía una y otra vez Gobert, *si ahora se ha convertido en un maldito ladrón de imágenes.*

George Eastman hablaba con el señor Guilleminot, fabricante de aparatos fotográficos; a su lado, sin dejar de fumar, Josephine mantenía una conversación sobre sortijas, pulseras y collares con una cantante de ópera recién recuperada de un suicidio fallido. René Gobert se colocó a unos metros frente al pequeño grupo. Desde allí podía examinar en silencio el rostro de George Eastman, y así lo hizo. Escrutaba de un modo agudo la visión física de su víctima, tratando de registrar en las cavernas de su memoria cada detalle, cada gesto, cada facción, como si fuera un anatomista del alma preparando su bisturí: pudo notar incluso las uñas bien cortadas del inventor. Vaya paradoja, ahora él robaba la imagen del gran ladrón de imágenes. La venganza ya había comenzado, aunque ciertamente no estaba ahí por placer. Necesitaba liberarse, trastocar un poco al fantasma que lo perseguía, porque sabía que nadie puede capturar una imagen sin angustia y sin una pizca de súplica. En un momento sintió una ráfaga helada cuando sus miradas se cruzaron. Necesitaba saber cómo serían esos mismos ojos diáfanos en los momentos de terror, cuando le hubiera encajado la navaja en el vientre. ¿Lo vería desde la muerte? ¿Suplicaría? Por un momento se abstrajo pensando que nada le daría más placer en este mundo que tomar una fotografía al cadáver de «monsieur Kodak». «Podría ser», masculló entre dientes antes de abandonar el Palais des Arts Libéraux. El primer acercamiento había salido tal y como esperaba, sin contratiempos. No podía evitar un arrobamiento feliz. *Será cosa de días*, se dijo mientras aspiraba el intenso aroma de los heliotropos esparcidos a lo largo del Champ de Mars.

XVI

Pabellón de infecciosos

Solo era el principio. No importa. Mi plan resultó, incluso fue más fácil de lo planeado. Pude verlo, casi olfatearlo a cortísima distancia como hace un zorro en la madriguera del conejo. Ahí estaba, el muy cretino, hablando sin descanso como hacen los hombres ricos y arrogantes. Ahora mismo soy capaz de describir su cara hasta en el más mínimo detalle. Cada pliegue lo llevo incrustado en mi mente como si a escondidas le hubiera hecho una docena de fotografías, por eso una parte de su ser me pertenece. Fueron instantes de terror, lo confieso; nos dijimos algo con los ojos. ¿Habré cometido un error? ¿Habrá sospechado? No creo, esa gente vive acostumbrada al asedio implacable de muchos curiosos. En todo caso, me preocupaba más la compañía de esa dama. De inmediato se notaba que lo seguía por su dinero; deben ser amigos íntimos, o peor aún, amantes. Si mis sospechas resultan ciertas, entonces será necesario actuar con absoluta cautela y discreción porque las grandes empresas muchas veces han terminado enredadas en las faldas de una mujer ambiciosa.

Después de estar en el Palais des Arts Libéraux decidí apremiar los acontecimientos. No fue difícil enterarme del lugar donde se hospeda el fotógrafo, lo leí al día siguiente en una semblanza publicada en *Le Petit Parisien*. Ahí obtuve más detalles reveladores: dedica buena parte del día a reunirse con socios, comerciantes y miembros de comisiones médicas. También supe que se había reunido con miembros del Consejo Municipal y con monsieur Pasteur. De seguro lo invitaron a presenciar las obras que pretenden desinfectar el Sena y otros muchos espacios públicos. Ja, me rio de tanta petulancia. Jamás podrán con las cloacas de París. Tantos caballos metidos a la ciudad con motivo de la exposición han provocado una acumulación nunca vista de excrementos en la calle, los ediles no se dan abasto. Deberían llevar al caballerito americano allá rumbo a Grenelle y Gros-Caillou, ya verán cómo hace arcadas tapándose boca y nariz con las manos apretadas. Allí todavía se vacían los excrementos a las aguas del arroyo, los niños orinan y defecan en las banquetas; las cloacas hierven de inmundicia. También podrían llevarlo a echar un vistazo a las letrinas de la Salpêtrière, a ver si aguanta el pobre diablo unas cuantas respiraciones a toda esa calamidad de sangres revueltas con desechos humanos fermentados; no le doy ni diez minutos para que salga huyendo. A veces, el hedor es tan insoportable que se levantan las tapas de las atarjeas.

El mismo día de mi primer acercamiento al inventor resolví salir en busca de Cortiset. La sensación de éxito me mantuvo el resto del día en estado eufórico: me entraron unas ganas terribles de encontrarla y copular con ella. Necesitaba volver a mirar sus grandes ojos del color de la miel. El recuerdo de su boca me quemaba como una fogata en la cara. Tal vez con algo de suerte aceptara mirar mi obra maestra; después de todo, el verdadero tema de mi último cuadro era ella misma, desnuda, recostada con los brazos vueltos atrás y mostrando sin ambigüedades ni misterios hipócritas su bosquecillo entre las piernas. Enfilé entonces rumbo a Montparnasse.

Salí ya de noche; pronto me hundí en la pequeña selva de callejuelas oscuras. En mis años de juventud había frecuentado esos barrios muchas veces, así que no me sorprendía el paisaje de tabernas sórdidas, hediondas, atestadas de borrachos, muchos de ellos todavía mareados después de fornicar sobre mujeres enjutas, a veces desdentadas, las cuales sin duda bostezaban o de plano se quedaban dormidas después de librar agotadoras jornadas en telares, fábricas o talleres. Había criaturas de dos, tres años, jugando a las puertas de las tabernas mientras sus madres hacían su trabajo. Un sabor cenizo me resecó la boca; de pronto me di cuenta de que la vida de Cortiset también había sido muy dura y triste. Probablemente a esas horas ella también estaba recostada con las piernas abiertas, escuchando los bufidos de un borracho mantecoso. Una vez me contó de un talabartero inmundo que se quedó tieso con los últimos estertores en un coito precipitado. «Lo más asqueroso no fue sentir el peso de un cadáver sobre mi cuerpo», me dijo, «sino la peste insoportable a tabaco y aguardiente que salía de aquella boca imposible de cerrar.»

En cada antro que me salía al paso fui preguntando pero nadie me decía algo preciso. El nombre de Cortiset parecía de pronto el de un ser anónimo, invisible. ¿De qué me sorprendía? En ese mundo de ignaros miserables, el nombre de una prostituta se borra de inmediato. Aun en La Taverne du Soir, lugar donde solía hacerse de buenos clientes, nadie supo darme un dato creíble. Así anduve de un lado a otro hasta que se hizo tarde, las calles se fueron quedando desiertas; solo algunas mujeres que no se resignaban a dormir sin haberse embolsado algún franco seguían fumando bajo una farola encendida. Cansado, entré a una taberna iluminada con bujías. El lugar estaba desolado. Una anciana muy simpática me trajo un vaso con tinto, queso en trozos y una hogaza caliente. Después de clarearme un poco la garganta le pregunté directamente:

—¿Conoce a una mujer llamada Cortiset?

Durante un rato permaneció en silencio mientras secaba un vaso con su largo mandil sobre el vientre.

—¿Quién la busca?

Parecía sorprendida, al mismo tiempo me miraba con el ceño fruncido.

—¿Es usted inspector o algo parecido?

—No, nada de eso. Me llamo René Gobert. Soy pintor, nada más. Desde hace tiempo madame Cortiset colabora conmigo… posando, usted sabe.

—Ya veo. Últimamente hemos tenido bastante lío con todos estos inspectores que han soltado a las calles. Se toman su trabajo muy en serio, parecen perros guardianes. Y todo por la exposición, ¿sabe? Dicen que París no debe dar mal aspecto. ¿Pero cómo es eso? Por aquí hay gente que se muere de hambre y de enfermedad. He visto a mujeres retorcerse, dar golpes y manotazos en las camas, como si estuvieran poseídas. Vienen guardias de sanidad, las suben a unas camillas y nunca más volvemos a saber de ellas. Acaban locas o en el cementerio.

Después de quejarse, por fin me dijo que días atrás recordaba haber visto a Cortiset.

—A veces viene conmigo. Yo le guardo algunos faltantes de clientes que al momento del placer no tienen suficiente; a veces vuelven a la mañana siguiente o varios días después, me dejan unos cuantos francos y yo se los entrego puntualmente a la *coquette*.

Por primera vez escuchaba ese término. Me pareció de mal gusto.

—Por favor, dígame dónde puedo encontrarla. Se trata de algo muy importante.

—Hace unos días vinieron los de sanidad y se la llevaron. Cuando la subieron al carruaje vi que le ponían un listón rojo en el brazo, señal de esa enfermedad del demonio que no se puede nombrar. Vaya a la Salpêtrière, siempre a la Salpêtrière. ¿Adónde más podemos ir los miserables en esta ciudad?

Al día siguiente desperté muy temprano, dispuesto a ir al hospital en busca de Cortiset. Se me ocurrió que sería buena idea mostrarle ahí mismo mi lienzo excepcional: tal vez eso la haría sentir de mejor ánimo, y además me pareció que la belleza de su cuerpo recostado como una diosecilla pagana tenía que ayudar a que esos carniceros la pusieran en libertad al instante. Desayuné algo frugal, con mucho cuidado envolví en un paño el cuadro de mi maja y después lo até con una cuerda a mi brazo; en la Salpêtrière hay muchos dementes frenéticos capaces de arrancarte cualquier cosa y romperla en pedazos sin la menor explicación. Por ningún motivo debía permitir una atrocidad de ese tamaño, así que, por si acaso, metí mi navaja en el fondillo de mi chaleco, decidido a herir las carnes de cualquier orate arrebatado. Pero antes de salir quise echar un vistazo a la otra tela, que aún permanecía montada en el caballete; en los últimos días casi me había olvidado de mi propia figura cayendo al vacío.

Cuando levanté el paño quedé pasmado. Aquello se había transformado en una escena de verdad sombría, tétrica. Ahora la figura desnuda parecía un bólido fosforescente, ingrávido, escurridizo; un ser inaprensible. Otra vez algo había ocurrido: lo miré cuidadosamente de cerca. Sin embargo, aunque mis ojos escrutaban, mi entendimiento no daba crédito. Por alguna extraña razón la figura dejó de hacerse más pequeña, aunque sí giró un poco hacia la derecha. Para estar seguro volví a tomar las medidas con una regla de precisión, tal y como hiciera durante las últimas cuatro semanas. En efecto, el hombrecito seguía midiendo cinco centímetros y tres milímetros. Al parecer, ese juego de siniestra perspectiva había cesado, aunque el cuerpo ingrávido no perdiera un ápice de su apariencia fantasmal, como si estuviera por entrar al gran ojo negro de los dioses perdidos. Pero me asaltó la duda: ¿en verdad estaba entrando? O al contrario, la figura de mi cuerpo salía de un abismo negro. Hasta hoy no he podido resolver ese misterio, lo cierto es que una vez instalada la duda como un punzón ardiente en mi cabeza, presentí que mi destino se hallaba a punto de tomar otra dirección.

Para llegar más rápido a la Salpêtrière tomé un coche que hace la ruta Charonne-Place d'Italie, pequeño lujo de veinticinco céntimos que a duras penas podía costearme, aunque de pronto una luz se iluminaba en el camino de mi precaria situación económica: la casera me dijo que un hombre pasó buscándome. Al parecer se trataba de un marchante interesado en algunos cuadros. Esa noticia era como una respuesta a mis plegarias, doscientos o trescientos francos me vendrían de maravilla para cancelar mis deudas, y la vieja casera desde hacía tiempo deseaba echarme a la calle. Ciertamente mis pinturas no están en boca de mucha gente, aún persiste ese miedo obsceno a lo nuevo, a las chispas de luz fracturada, al desencuadre alegre y conmovedor de espacios convencionales. Si tan solo pudiera tener un poco de esa fuerza brutal, una pizca de colorido semejante a la paleta de ese desquiciado holandés; apenas unos meses atrás se cortó la oreja con una navaja. Vaya tipo, eso sí es pasión por la carne. Últimamente está dando de qué hablar con sus escenas de Arlés. *No sería mala idea visitarlo*, me dije.

Una vez adentro de la Salpêtrière fui directo al pabellón de infecciosos. Un galeno malencarado me detuvo en seco.

—¿Adónde va?

Tras mentirle diciendo que iba en busca de mi pobre hija caída en desgracia me dejó entrar, no sin antes revisar mis ropas de un modo brusco y fatigoso.

—¿Qué lleva metido ahí?

—Ah, esto. Es solo un cuadro. Una sorpresa que he preparado para mi hija, ¿sabe?

No hubo más preguntas. Me dio un trapo mojado en alcohol perfumado.

—Póngaselo en la boca. Así aguantará mejor la peste.

Ciertamente, nada más cruzar el pórtico tuve que apretar el trapo en mi cara porque se me vinieron unas tufaradas de olores insoportables. Pero aún más difícil de aguantar era la visión de tanta gente hacinada en los largos galerones. Por todos lados se oían lamentos causados por los terribles escozores de las llagas purulentas. Ese sí era un verdadero infierno y no las fábulas románticas dibujadas por el grabador Doré. En uno de los primeros camastros estaba un hombre joven retorciéndose, hacía repliegues con las manos como señalando algo en el aire. Se notaba que la enfermedad lo había carcomido hasta dejarlo en puros huesos. Una de sus piernas colgaba fuera de la sábana. Tenía la piel infestada de cráteres sanguinolentos; tal vez esas llagas eran señal de sangre emponzoñada. Pronto el mal subiría hasta el pecho, después a los ojos, dejándolo en tinieblas, y luego al cerebro, apagando cualquier vestigio de memoria y de inteligencia hasta volverlo un ser desquiciado y olvidado por todo el mundo como un perro sarnoso, y entonces vendría el estertor final. En otras camas era lo mismo: hombres envejecidos de modo prematuro, flacos, de piel terrosa, con los pies arqueados en forma de sable. Algunos mostraban sin pudor sus testículos inflamados. Me acordé entonces del rabioso Gauguin: una vez, completamente borracho, sentado en un rincón del Café de la Nouvelle Athènes, nos dijo a un grupo de pintores, medio en broma, medio en serio, que tuviéramos cuidado con los hombres de testículos hinchados porque invariablemente son mentirosos y les gusta robar de todo. ¡Ja, quién lo decía! El mismo pintor arrebatado que vive rascándose las comezones de un chancro duro que se le metió al cuerpo allá en tierras del Panamá.

Solo mediante súplicas y mentiras un guardia de cabellos cenizos me dejó entrar al pabellón de las mujeres. Aquello era más deprimente de lo que recordaba. Además de prostitutas, el pabellón estaba repleto de locas que se paseaban semidesnudas entre las camas. Cada mujer parecía absorta en su propio misterio. Una estaba arrinconada, sacándose los piojos y diciendo incoherencias. Otras dos parecían discutir sobre algún asunto incomprensible, mas de pronto escupían sangre y se mostraban sus pústulas abiertas en abyecta competencia. Otra mujer, asfixiada por el esfuerzo, trataba de entonar cánticos religiosos; cuando pasé junto a ella me pescó el brazo y comenzó a chillar. Traté de zafarme pero me suplicó para que no la llevaran al patíbulo. «¡Yo nunca acusé a Maximilien!» En un instante me soltó y se alejó bajo las plácidas miradas de otras locas.

No fue difícil dar con la cama donde estaba Cortiset. Nada más verla se me arrasaron los ojos y al mismo tiempo maldije mi pobreza. Estaba embutida en una túnica parecida al hábito de una monja. Había pasado la noche tumbada en el suelo hasta que dos enfermeras de la caridad lograron convencerla para que subiera a la cama. Pulgas y piojos no le concedían un instante de tregua: de tanto rascarse, ella misma se había provocado un rosario de verdugones en todo el cuerpo, carcomido también por los ardores que le provocaban los ungüentos de mercurio. Parecía dormida, pero cuando espanté unas moscas que revoloteaban en sus cabellos, mi pequeña Cortiset abrió los ojos. Nada más reconocerme hizo una mueca parecida a una sonrisa y me dijo en voz baja que la sacara de ahí. Entonces deshice los nudos en mi brazo, aflojé los bordes del paño y le mostré el cuadro.

—Mira. Eres tú.

Ella levantó la cabeza haciendo gestos de dolor. El tiempo se detuvo, yo también sufrí un ramalazo de ansiedad. Por fin estaba a punto de recibir el dictamen más anhelado: ese instante de silencio, mientras ella contemplaba algo perdido en el techo con sus ojos afectados por el hollín de las fábricas, se me hizo una eternidad.

—Parezco una puta burguesa —dijo al fin.

Me dejó petrificado; no esperaba eso. Por un momento ella tampoco dijo nada, pero cuando se volvió a recostar me jaló del saco y acercó sus labios a mi oído.

—Pero me encantó. Eres un artista maravilloso, René.

Puff. Respiré. Esas palabras eran un regalo de Dios; un bálsamo contra toda esta vida miserable que nos agota y nos muele a palos. Pronto sentí una flama de euforia y optimismo. Cubrí a Cortiset con una manta sin decir palabra y le di un beso en la frente sintiéndome un ser humano digno, fuerte, valeroso; tal vez era el principio de una nueva libertad. Ahí estuve junto a ella, canturreando entre dientes mientras acariciaba sus cabellos, fascinado como si contemplara la danza de una fogata en la playa.

Cuando Cortiset despertó aún le ardían las picaduras en el cuerpo. Su aliento espeso me hizo pensar que llevaba muchas horas sin tragar bocado. En la Salpêtrière hay guerras por comida, se ha sabido de enfermos que hieren o dan mordiscos en su afán de conseguir algo de estofado. Tuve que chantajear a una enfermera para conseguir un plato de sopa caliente. Cortiset tenía los ojos bien abiertos y estaba sentada con una expresión misteriosa en el rostro. En cuanto puse el plato en sus manos empezó a comer con desesperación; después eructó.

—Ven, acércate. Debo decirte algo.

Me aproximé despacio, todavía sumido en una frágil melopea de sensaciones agradables.

—Estoy embarazada.

—Ja. ¿Es una broma, verdad?

—No estoy de humor para bromas. Te estoy diciendo la verdad.

—¿Y tienes idea de quién es el padre?

—Tú.

Lo dijo de manera tan tajante que a punto estuve de tirar el plato con sopa. Después la miré con indiferencia o curiosidad. Yo todavía seguía soñando con el triunfo de mi cuadro, imaginé toda clase de éxitos. Galeristas disputándose el honor de exhibir ese mismo lienzo atado a mi brazo, como si se tratara de una joya renacentista. Coleccionistas ofreciendo precios demenciales; revistas, periódicos y folletines disputándose la publicación de artículos exultantes.

—Eso no puede ser. Ya no tengo fuerzas para enfrentar una calamidad así.

—No hables de calamidades, René. Por lo menos no lo hagas en este lugar: ofendes a tanta mujer desgraciada. Mira nada más cuánta miseria.

Tenía razón. Cualquier reclamo en aquel lugar se iba directo al caño. Nada menos, a unas cuantas camas una mujer se sumía en dolores espantosos. Yo trataba de taparme los oídos con los dedos, lo cual era ridículo aunque eso le hizo gracia a Cortiset.

—Se llama Ernestine. Algo la quema por adentro, aquí las hermanas de la caridad dicen que la infección ha derivado en histeria. Tal vez se la lleven al Hôtel-Dieu con otras locas. A veces se levanta y se pone furibunda, por cualquier cosa es capaz de escupir a la cara.

Cuando dejaba de hablar, Cortiset volvía a rascarse.

—No lo hagas —le dije, tratando de retener su mano.

—Déjame, es mi consuelo.

Hablamos entonces de su preñez. Bien podía estarme engañando, no sería la primera vez que trataba de meterme en un embuste. Se lo dije de pie, tocando la punta de su frente con mis labios y en voz baja por si acaso venía una enfermera a callarme.

—Eres una maldita embustera. De todos modos, si va a crecerte la barriga, ¿cómo voy a saber que yo soy el padre?

—De verdad eres idiota. Desde hace meses no he tenido coitos reales con nadie, solo contigo.

No sé exactamente a qué se refería con eso de coitos reales. Bah... Después de todo se trataba de un simple bebé, otro infeliz en vías de llegar a este mundo miserable. «¡Bienvenido, hijo mío, a la gran cloaca!», exclamé. Pero en ese momento Cortiset volvió a retorcerse y una hermana de la caridad le trajo agua con unas píldoras. En cuanto se alejó la enfermera me acerqué de nuevo a la cama.

—Voy a sacarte de aquí, te lo juro. De seguro te están envenenando. Pero antes debo decirte algo muy importante.

Cortiset escrutaba mi rostro con un aire de somnolencia abotagada, como si estuviera ebria. De nuevo acerqué mis labios a su oído.

—Escucha con atención: voy a deshacerme de un invasor universal. En este momento nadie lo sabe, solo tú y el demonio. Si algo sale mal, tú serás mi única heredera... He dejado listo un documento fedatario que te dará plena posesión de todos mis bienes. En este papelito dibujé las indicaciones precisas del lugar donde está oculto ese documento. Por nada del mundo lo muestres a nadie, cualquiera de estas enfermas ponzoñosas podría arruinarte.

Mientras envolvía el papelito en su mano huesuda, vi que tenía los ojos llorosos.

—No vayas a hacer una tontería, René. Sabrá Dios en qué líos te has metido. Ve a confesarte.

—Ya lo estoy haciendo, pequeña.

Mi cinismo la sumió en un letargo mecánico. Tal vez no tenía fuerzas para hacerme reproches. Tal vez los escozores de la enfermedad impronunciable no la dejaban pensar con claridad. O tal vez, ahora lo pienso, mi confesión le provocó una rabia hueca y le hizo ver, de una vez por todas, la maldita hora en que se topó con un bastardo como yo. Debió sentirse tan avergonzada que decidió volver la cabeza sin decir palabra, sin derramar una lágrima, sin hacerme un solo gesto de recriminación. Yo también me levanté sin decirle nada y salí del pabellón. Para colmo de males, cuando atravesaba un patio interior se me acercó una mujer temblorosa, de cabellos tiesos y ojeras profundas como de fantasma errante; tal vez era una de esas que llaman furibundas porque sin mediar palabra trató de arrebatarme el cuadro, me jaloneaba con tanta fuerza que me vi obligado a darle golpes en la cara. Sus gruñidos estupidizados me provocaron un pavor indescriptible, pero muy pronto se oyó el silbato salvador de una hermana de la caridad; entonces la mujer me soltó, lanzándome sapos y culebras a la cara.

Hasta el día de hoy no logro saber por qué me comporté de ese modo tan miserable con Cortiset. Ni siquiera fui capaz de apaciguar un poco su decepción. Hubiera querido, mientras estaba junto a ella en la cama, acercarme a su rostro, remover alguna pulga escondida en sus cabellos y despedirme con palabras animosas. ¡Demonios! Habría sido un pequeño gesto de humanidad contra los males que se abatían en su contra, pero eso no sucedió. Me ganó el arrebato autómata de saberme ligado para siempre al ser que crecía en sus entrañas. Un hijo a estas alturas de mi vida. ¡No podía admitirlo! Prefería que la maltrataran deprisa, que le abrieran el vientre y sacaran esa criatura inerte aún, acaso sin alma. ¿Qué otra cosa podíamos hacer? Ella enferma, privada de su dignidad, muerta en vida con todos esos lúgubres asedios infecciosos, y yo también, igual de miserable, sin trabajo regular, sin un ínfimo lugar en el ámbito de las exposiciones, pensando cada día si lo mejor no sería mandar todo al carajo de una vez con un trago de veneno. Me sentiré honrado si un mendigo echa mi cadáver al Sena. Después de todo, estos últimos meses los he pasado matando ratas y cucarachas día y noche en ese cuartucho inmundo que a veces llamaba pomposamente *atelier*.

Una semana más tarde regresé a la Salpêtrière. Cortiset no quiso verme. Había perdido a nuestro hijo y aún se encontraba muy débil. Una enfermera me explicó que amaneció con ardores en el vientre. «Por la noche tuvo hemorragias y ya no se pudo hacer nada. Agradezca a Dios que pudimos salvarle la vida.»

Muerta Cortiset, nada tendría sentido. Veré que reciba su retrato como prueba de mi devoción. Mi propia existencia me parecía absurda, pero si algo aún me mantenía vivo era ese empeño irrefrenable de matar al gran usurpador de imágenes que por esos días andaba suelto en las calles de París. Mi última defensa a favor de la pintura no debía esperar más tiempo. Ya no dependía de mi propia voluntad, así que antes de abandonar el pabellón de infecciosas me dirigí a una capilla en el área de caridad, allí me puse de rodillas y pedí con todas mis fuerzas al Creador un destello de claridad a fin de no errar en mi tarea. Yo solo, con mis manos agrietadas, debía lograr más que un ejército armado con bayonetas, balas y cañonazos. *Tengo que actuar a nombre de tantos maestros condenados a la penumbra de los olvidos*, me dije mientras levantaba la vista hacia el Cristo crucificado. «¡La máquina de hacer fotografías se tragó todo!», exclamé. Un tirón de nervios me corrió tras el reclamo. Estaba lleno de rabia, impotencia y cierto delirio, en parte provocado por ese ambiente de insania que flotaba en la Salpêtrière.

Malditos usurpadores, se están llevando todo al diablo. Hasta esa hermosa costumbre tan cotidiana hace treinta años de hacer retratos miniatura con la punta de un pincel, desapareció por completo de nuestras vidas. Nada más en París había docenas de hombres dedicados a pintar retratos en tapas de polveras, dijes y joyeros. Aquello era un encanto; tradición viva desde tiempos inmemoriales. Allí quedaba para siempre el recuerdo del amigo, de la esposa o del buen amante. ¿Pero qué ocurrió, señor Cristo? Unos años más tarde la ciudad estaba infestada de fotógrafos. Esa plaga se coló por todas partes, cualquier amontonamiento de gente se volvió motivo para sacar fotografías; una ruindad absoluta. Desde un simple comité de obreros hasta la más estrafalaria reunión aristocrática, todo, cualquier cosa servía de pretexto a esos mercachifles de las placas húmedas. Pronto se las ingeniaron para retocar cualquier parte del cuerpo a gusto del cliente. Se volvieron módicos, accesibles. Llegó un momento en que prácticamente cualquier ciudadano podía hacerse un retrato de esos por unos cuantos francos. Era el colmo de una degeneración avanzada desde los tiempos de fisionotrazo. «Mírame», le dije al crucificado. «He perseguido con instinto animal la luz durante años. He sido un tigre rastreador de colores. Cualquier rostro, cualquier volumen del cuerpo ha merecido mi atención. Incluso he buscado en los márgenes de las noches, detrás de los espejos, en los bosques otoñales, en el orín de los perros y aún no sé dónde está la esencia de un retrato. ¿Cómo entonces esos fotógrafos locos parecen tan seguros de haber dado con el Santo Grial de las imágenes?»

Salí de la capilla con el estruendo reprimido de una carcajada en los labios. *Es verdad*, pensé, *todo fracaso empieza con el deseo de atrapar la luz para siempre*. Esa ansiedad terrible, como el zumbido de una abeja en mi oído, nunca me ha dejado vivir en paz. He llegado a sentir incluso que la luz forma parte de mis pertenencias, pero nunca he dado con ella; ese es mi verdadero fracaso. Una loca en andrajos me hizo un guiño con el ojo izquierdo. Me acerqué, le puse quince céntimos en la mano y ella se metió la moneda en el escote. La vi alejarse en un pasillo abigarrado de estatuillas médicas. Esa mujer definitivamente no necesitaba pensar demasiado en la luz, su locura la había liberado para siempre de ese martirio.

XVII

Aquel domingo, 11 de agosto, George Eastman despertó anegado en sudor. Salió de la cama, sentado al pie de la ventana encendió un cigarrillo y aspiró profundamente el humo con los ojos cerrados, a fin de darse mayor placer. Con la punta de los dedos se colocó las patillas de los anteojos detrás de las orejas y removió madejas de cabello grasoso. Afuera, el cielo de París comenzaba a teñirse de amarillo sobre un horizonte libre de nubes. *Hoy será un día caluroso*, se dijo George con cierta resignación. Todo parecía dominado por un aura de calma. Su madre aún debía seguir dormida en su habitación. El hueco sonido de cascos sobre la piedra se hacía cada vez más intenso: poco a poco se abrían los abanicos de la vida rutinaria con sus pequeñas fantasías de informalidad, riesgo, creación. Desde ahí podía ver el chorro de agua que manaba de la fuente en Las Tullerías, justo frente a la entrada principal del hotel. Algunos comerciantes caminaban rumbo a sus negocios en los portales: pequeños talleres, joyerías, surtidoras de tela, floristerías, una charcutería solitaria frente a una plazoleta con la escultura de un fauno. En especial detuvo su vista en la figura casi fantasmal de un hombre encorvado, llevaba un maletín de cuero en la mano y un perro macilento lo seguía de cerca. A juzgar por su andar dificultoso, debía padecer una grave enfermedad; el bastón, más que ayuda parecía un estorbo. Eastman dejó el cigarrillo, cambió de posición y se removió los anteojos; aquel era un anciano de cabeza blanca y traje funerario, ahora podía identificarlo mejor. Todo en él parecía articulado por una sabia lentitud. Desde arriba, George pudo incluso advertir cómo removía cosas en su maletín con extremo cuidado, como si en el interior hubiera algo muy frágil. Lo vio alejarse a unos pasos de distancia, se detuvo frente a un pequeño local. Se preguntó por qué tardaba tanto en introducir la llave a la puerta; desde donde se encontraba no alcanzaba a darse cuenta, pero lo cierto era que al viejo le temblaban las manos de un modo violento. Cuando por fin entró al local seguido del perro, una cortinilla verde recién corrida dejó ver el rótulo del negocio: *Verres optiques*. No hacía falta mucho análisis para comprender que un negocio como aquel difícilmente daba para comer. Por primera vez desde su llegada a París, George Eastman sintió vergüenza de la posición económica y social que había alcanzado. *¿Por qué la adversidad se encarniza tanto con ciertas personas? ¿De qué lado estoy?* Un ramalazo de culpa lo agobió. *¿Pero acaso mi fortuna no proviene también de la miseria?* Ciertamente no era de otra manera. Bastaban unos cuantos recuerdos posteriores a la muerte del padre en 1862 para colocar en la balanza justiciera ese laberinto de distancias. Maria lloraba por las noches, asfixiándose con aquellos jadeos sibilantes e inflamados que al pequeño George debieron parecerle repugnantes, pues aún no sopesaba las terribles consecuencias de su orfandad. Hábil, ella rentó partes de la casa familiar a huéspedes deseosos de ayudar, pero antes de cumplir quince años George ya se veía en la necesidad de interrumpir sus estudios y aportar a los ingresos. La muerte de una de sus hermanas en 1870, tras una breve y difícil existencia marcada por la poliomielitis, no fue sino una confirmación de sus limitaciones.

Sin embargo, a pesar de haber sufrido en carne propia la crudeza de la miseria, no parecía nada fácil explicar a un pobre anciano como aquel, de un modo estrictamente coherente, la justicia que entrañaba su fortuna. Él podía viajar, comer en buenos restaurantes, dormir en hoteles lujosos, hacer tratos ventajosos con otros personajes acaudalados, mientras aquel anciano vendedor de cristales ópticos debía hacer milagros para sobrellevar a duras penas la monotonía de sus días. Dio una nueva bocanada al cigarrillo. De pronto se imaginó entrando al ruinoso negocio. «Vengo decidido a justificarme ante usted, respetable caballero.» «Ah, qué bien, sí, eso está muy bien. Dígame entonces», le contestaría tal vez el anciano vendedor. «Pues nada. Soy rico debido al tesón de mis esfuerzos. Toda mi vida he trabajado a lomo partido, ni un solo día he faltado a mis deberes. Desde muy pequeño conocí la pobreza, ¿sabe? Tuve que ahorrar cada centavo de dólar con tal de abrirme paso en el incipiente negocio de las placas húmedas. Después, en pocos años de lucha contra viento y marea, formé una compañía respetable en el mundo fotográfico. Ciertamente no me ha ido nada mal, mis ganancias son bastante considerables. A cambio he forjado una nueva cultura laboral. ¿No sabía usted? Vaya, qué extraño. En mi país cualquier persona habla de ello. Modifiqué los sistemas de trabajo, tanto en mis plantas de producción como en las tiendas de venta. Justo por estos días estoy fraguando una forma novedosa para distribuir dividendos entre todos los empleados de la firma; será una forma de retribución anual en proporción a las ganancias de la compañía. Eso no se le ocurrió ni siquiera al admirable Charles Fourier en sus mejores tiempos de falansteriano cooperativista. ¿Sabe usted a qué me refiero, verdad? Bueno, qué más da, los adelantos en filosofía social invariablemente son lentos, pesados, onerosos, requieren años de aceptación. Incluso a mucha gente bien nacida puede llegar a parecerle una simple aventura de soñador empedernido lo que me propongo. No importa. De todos modos, permítame hacerle una confesión personalísima: algún día cederé toda mi riqueza. No sé cuándo ocurrirá, pero esa decisión ya está tomada; es como una ventana en el horizonte. Y no vaya a pensar que es una cuestión de mera filantropía, ni de rutas fáciles en el bosque de las lisonjas, en realidad es algo más simple: se trata de una liberación. Hace dos años lo entendí con claridad, cuando hice las primeras donaciones al Instituto de Mecánica de Rochester.»

Pero un súbito aleteo casi en la punta de su nariz cortó de tajo aquel diálogo fugaz; era una paloma que había confundido la guarida. Fue a posarse en la parte alta de un ropero estilo imperio, con una cabeza de águila tallada como pendón napoleónico. Del susto, George aventó el cigarrillo a la calle. Después no supo cómo reaccionar, los movimientos espasmódicos de la cabeza y los interminables gorjeos de la paloma empezaron a provocarle temor. Trató de no conceder mayor importancia al pequeño suceso, era tiempo de vestirse: las manecillas del reloj marcaban las ocho con cuarenta y cinco minutos. Habían acordado él y Josephine tomar un desayuno a las nueve de la mañana en el Café Arcade, a cuatro calles del hotel. En un principio él había sugerido verse en alguno de los famosos cafés parisinos, pero ella opinó que sería más fácil que en alguno de ellos encontraran a otros hombres de negocios o a reporteros inoportunos, mientras que en un lugar menos conocido podrían disfrutar de privacidad. La paloma dio un nuevo salto, esta vez hacia la cama. George se movió hacia atrás. De pronto lo atajó una sensación de miedo, casi rayano en el pavor. No había manera de explicarlo, tan solo notaba que los músculos del pecho se le tensaban y tenía dificultad para respirar con libertad. La paloma de las plazas se había transformado en un pequeño monstruo invasor de las ciudades. Tomó sus ropas y se vistió con extremo cuidado. Le daba miedo hacerla revolotear, no lo hubiera soportado. Terminó de vestirse, recurrió al agua de una palangana de porcelana para completar su aseo y salió de la habitación casi de puntitas, sin hacer el menor ruido, como si escapara de una amante furtiva.

Antes de salir a la calle se dirigió al recibidor del hotel. Estaba sin aliento, varias veces miró la hora en su reloj de leontina. Tocó la campanilla plateada y enseguida vino un hombre enfundado en un traje azul con botones de nácar.

—¿En qué puedo ayudarle, monsieur Eastman?

—Hay una paloma en mi habitación. Sáquenla de ahí, por favor. Ahora salgo a una reunión de negocios; cuando regrese, no deseo encontrarme con ella.

—Descuide, monsieur Eastman, ahora mismo atenderemos su petición. Por cierto, hay un cable urgente para usted.

Tomó el sobre y salió a la calle. A punto estuvo de chocar con un trabajador; solo reconoció el mameluco de carpintero. Uno de sus gerentes le informaba sobre un accidente en la fábrica de rollos de Rochester. Tres hombres se habían intoxicado con vapores de ácidos fotosensibles, por suerte los tres estaban fuera de peligro. Mientras leía, se daba cuenta de que su vida era un laberinto de sueños contrariados por la fuerza del mundo real. Se detuvo frente a la tienda de cristales ópticos; desde ahí alcanzó a percibir la silueta del anciano jugueteando con su perro. Durante unos instantes sintió envidia de aquella vida, sin duda mucho más apacible que la suya. «Dios te acompañe en tu lucha, buen hombre.» Las palabras de George se perdieron entre el bullicio de la gente, o tal vez fueron despedazadas por las patas de un caballo apresurado. Algo contrariado, tomó la decisión de pedirle a Josephine que lo acompañara hasta la Société Générale des Téléphones en Champ de Mars. Era urgente solicitar una conferencia a Estados Unidos para conocer las circunstancias del accidente.

Apuró el paso hacia el Café Arcade. Una nube de palomas pasó volando encima de su cabeza. Las miró sin temor, preguntándose si ya habrían sacado a la invasora de su habitación. La fuente de una plazoleta adornada con arriates de flores servía de momento de estacionamiento a un par de calesas. Le llamó la atención el resoplido de un caballo: tuvo la impresión de percibir una cierta ansiedad en los belfos del animal. En sus años de quebrantos económicos, las nodrizas de Waterville solían decir que la mala suerte de alguien ponía nerviosas a las cabalgaduras; a George le hizo gracia aquel recuerdo. Fue como una ráfaga de viento cálido antes de notar la presencia de Josephine sentada en la pequeña terraza del Café Arcade, probablemente ya tenía unos minutos de estar esperándolo. Ella le hizo una seña con el brazo. Era graciosa, regordeta, de piel suave y bronceada como el caramelo. Vestía con sobriedad, pero sin abandonar los cánones más estrictos de la moda parisina. Vestido de seda natural, hombros al aire, escote generoso adornado con un collar de oro. Se refrescaba con un abanico chino, lo cual le otorgaba un aura de antigüedad oriental. En un instante admitió que no había nada más bello en la naturaleza que una mujer hermosa. Pobre George, no sospechaba la deliberada sensualidad con que se había deleitado Josephine mientras aplicaba el carmín rosado en sus labios. Tampoco en esos momentos era capaz de imaginar los rincones femeninos que habían sido untados con gotas de bálsamo perfumado. Percibió, sí, un toque ligero de jazmín mezclado con benjuí, pero la brújula del olfato no le ayudaba a discernir el origen preciso de aquel aroma. Sin duda, Josephine Dickman se había preparado para enamorar.

Se apresuró a devolver el saludo con un movimiento discreto del brazo, pero un violento sonido distrajo su atención. Giró la cabeza y vio a un hombre muerto de espanto levantándose del suelo con una navaja en la mano; se oyó el grito desgarrador de una mujer. Después, todo se volvió confuso. Relinchos de un caballo encabritado. Silbatos de policía. Una ráfaga de estupor estremeció a la clientela en el Café Arcade. El tiempo se precipitó de un modo incontrolable. Un mesero soltó una charola con vasos de anís caliente, se produjo tal estrépito de cristales que algunos turistas desmañanados se levantaron despavoridos de sus asientos y se alejaron a toda prisa. Inmediatamente el mesero se interpuso para tratar de contener al delincuente por si decidía acometer de nuevo. «¡Un coche, un coche, deprisa!»

En pocos minutos un racimo de curiosos abrió paso a un carro jalado por dos caballos. El mesero ayudó a subir a Josephine y a George con apuro; ella, aún paralizada por el terror, logró sujetarse del pescante justo antes de que el cochero soltara el látigo a los caballos. En los tumbos del camino, George percibía un murmullo de alarma, como si ocurriera algo inminente y él no fuera capaz de percibir de qué se trataba. Por su cabeza empezaron a desfilar a toda prisa una gran cantidad de recuerdos. Algunos habían permanecido embutidos durante años en los quicios de la memoria más profunda, como si fueran marañas difusas; ahora, de pronto brotaban con absoluta naturalidad en forma de imágenes nítidas, crepitantes, casi podía tocarlos. Volvió a vivir aquella tarde anaranjada cuando su madre lo llevó por primera vez a conocer el mar, tenía ocho años y su cuerpo larguirucho dejaba ver un costillar cosido a piquetes de zancudo. Volvió a experimentar aquella desaforada felicidad. Volvió a correr sobre el agua espumosa. Volvió a chapotear. Volvió a mirar con curiosidad las ubres colgantes de una perra abandonada que pasaba por ahí. También volvió a mirar la cara triste de mamá y por primera vez entendió a cabalidad que la causa de aquellos ojos arrasados de lágrimas era la insoportable sensación de impotencia ante la falta de un sustento digno. «Mamá, no estés triste, ya tenemos suficiente para comer.» Las palabras de George eran apenas borborigmos deshilachados. A ratos parecía darse cuenta de lo sucedido, entonces trataba de apretar la mano de Josephine.

—¿Dónde estamos? ¿Adónde nos llevan?

—No hables, Georgie. Todo va a estar bien, ya verás.

Pero los estragos del susto repentino y del golpe que se había dado en la rodilla al trepar al carro empezaban ya a mostrarse de un modo feroz, más allá de lo que él mismo y su acompañante hubieran deseado en aquella mañana de cálido verano. El cuello y la frente de George Eastman estaban empapados en sudor. Un frío de piquetes punzantes empezó a colársele bajo la piel hasta provocarle un incontrolable crujido de dientes. George se sentía como un chico abandonado a las orillas de un lago helado. «No me dejen, por favor…», masculló. En cosa de segundos se puso lívido. Entonces gritó con desesperación al cochero para que azotara con más fuerza el lomo de los caballos. Pronto llegaron al acceso principal del hotel Saint James. Por alguna razón inexplicable, nadie de ellos hablaba directamente sobre lo ocurrido.

—Dígame, madame, ¿qué fue lo que pasó? —preguntó el cochero a Josephine sin soltar las riendas de sus animales apenas contenidos.

Ella le contestó de un modo apagado, en esos momentos era presa del desconcierto:

—No lo sabemos.

—¿Es usted su esposa?

Josephine se volvió indignada hacia él.

—Mi nombre es Josephine Dickman. Este hombre es George Eastman, dueño de la compañía Kodak, y yo soy su amiga.

XVIII

Como una mosca, enredé mis patas en la telaraña; traté de escapar moviendo mis alas, pero ya era demasiado tarde. Un policía de barrio me atrapó, así de simple. El pobre hombre estaba tan asustado como yo. Ni siquiera fui capaz de oponer resistencia. ¿Acaso era necesario? Mejor así. Nunca he sido un hombre corpulento. Tampoco soy diestro en golpes ni en resistencias físicas. En cuanto pudo me tiró bocabajo y me puso un pie sobre la espalda como se hace con las sabandijas. Ese era mi primer castigo, la humillación de olfatear el piso y lamerlo hasta convertirme en un inofensivo y repugnante escarabajo.

Desde un principio advertí que las cosas no iban a salir como yo las había planeado. Cuando desperté, al filo de la madrugada, varias palomas daban picotazos al cristal de mi ventana. Esos animales siempre me han parecido desagradables. He sido víctima de toda clase de supercherías relacionadas con ellas, nunca hemos hecho buenas migas. Ahora confieso que incluso las he pateado en las plazas. Ya en muchas ocasiones me habían despertado muy temprano, sin embargo esa mañana era distinto. Se comportaban de un modo extraño, al menos eso me pareció. A diferencia de otras veces, no era una paloma solitaria dando golpes al cristal; eran varias. No sé exactamente cuántas pero sí se trataba de un racimo de esos pájaros, apretados sobre la cornisa. Unas a otras se restregaban sin dejar de hacer esos gorjeos cavernosos. Al principio no les presté mayor atención, pero al cabo de unos minutos acabaron por fastidiarme hasta el punto de moverme a arrojarles un zapato. Ya desde esos momentos me encontraba a merced de una ansiedad incontrolable, porque mi zapato agrietó el vidrio de la ventana. Las palomas revolotearon pero en menos de un minuto estaban ahí otra vez.

Cuando encendí la bujía pude ver el destello metálico de la navaja. Allí estaba, sobre un paño rojo en el buró. Era la hora de la verdad. Me quedé un rato mirándola en silencio absoluto. Podía escuchar perfectamente mi respiración y los picoteos de las palomas en la ventana. De pronto ese objeto me parecía aterrador. Recordé las palabras del vendedor charlatán: «Buena elección. Se lleva usted una Beauvoir de Thiers.» Vaya estupidez. En esos momentos me importaba un absoluto demonio el refinamiento burgués del acero. Esa navaja estaba allí porque yo había decidido matar con ella a un hombre y lo mismo podía hacerlo con una hoja de acero para destripar pescados.

Recuerdo mis movimientos temblorosos y vacilantes al momento de ponerme el saco y ocultar la navaja en el dobladillo interior. Con el vaho de mi boca empañé la superficie del espejo. Enseguida abrí un hueco, haciendo círculos con una manga. Miré mi rostro en espera de encontrar alguna huella de consistencia. Vaya fiasco. Ese rostro no era el de un asesino: más bien se parecía al pequeño sátiro de las comedias griegas, un bufón desaliñado en busca de migajas. Ni siquiera esos matojos de pelos apretados en mi cara lograban disimular el tamaño de mi propia miseria. ¿Qué hubiera pensado Cortiset si en esos momentos estuviera sentada a mi lado? Sin duda me habría dicho que nada de eso valía la pena, y con un poco de suerte me invitaría a la cama. Sí, eso hubiera sido mucho mejor. Pero esa clase de engañifas no pasan en la vida real, hay decisiones que al principio nos iluminan y nos llenan la existencia de plácidas fantasías; sin embargo, al paso del tiempo, a esa misma decisión le salen dientes, hocico, pezuñas. Un buen día, cuando menos pensamos, ya se ha convertido en un perro feroz. Entonces vamos a tratar de jalarlo del collar pero será inútil: ese animal jadeante nos arrastrará con todo y correa hasta el final, aunque ese final sea el mismísimo patíbulo.

De cualquier manera nada iba a detenerme. Pero antes de salir a la calle quise echar un vistazo al cuadro del abismo pues un presentimiento me quemaba, y vaya si tenía razón. Cuando levanté la tela quedé inmóvil de estupor. El hombrecillo del cuadro, es decir yo mismo, estaba a punto de extinguirse en el vacío. Lo que días atrás aún tenía forma de cuerpo humano, ahora se había difuminado hasta degradarse en una simple mancha de formas ambiguas. Ya no tenía contornos. Unos cuantos huecos sombríos alcanzaban a definir cierta curvatura del torso. Era todo. Cabeza, brazos, piernas, cualquier indicio de extremidad había sido tragado para siempre. Fue entonces cuando se desató mi locura. Saqué la navaja y de un solo tajo corté la tela. Enseguida me solté a reír de un modo odioso. Cuánto me hubiera gustado romper el cuadro en mil pedazos y echarlo al fuego de una chimenea, pero no tenía una en aquella habitación. Decidí hacer algo mejor: abrí la ventana y puse los restos sobre el dintel. Ahí quedaban expuestos los jirones de ese cuadro maldito, a merced de las palomas.

Cuando salí de la buhardilla me topé en las escaleras con la señora Venteuil. Vieja infame, de seguro tenía ganas de cobrarme el alquiler, pero no le di oportunidad, me escurrí como una anguila en las tinieblas. No fue difícil llegar hasta la rue Rivoli. Ahí estaba el hotel Saint James, envuelto en una pequeña nata neblinosa. No hace falta decir que ya había estado espiando a mi víctima por lo menos dos veces en ese mismo lugar. No tenía duda: monsieur Eastman salía invariablemente a las ocho con treinta minutos a dar un pequeño paseo por Las Tullerías. Los hombres ricos viven esclavizados a la rutina de sus disciplinas, así que esa mañana no debía ser la excepción.

El hotel Saint James me parecía una de esas construcciones señoriales engrandecidas por la bonanza de la Exposición Universal, pero esa mañana tuve la impresión de estar parado frente a una mansión fétida y siniestra, como si una mano invisible hubiera arrojado sobre la fachada un enorme huevo podrido; aun la gran fuente de Las Tullerías que daba a la entrada principal del hotel me parecía detestable. Los turistas y los transeúntes tenían un cierto aire de ánimas en pena. Algunos me miraban de un modo extraño, acaso porque advertían ansiedad en mi rostro; incluso el perro de un anciano encorvado me ladró. Yo por supuesto trataba de mantenerme lo más ecuánime posible. Tal vez debí ocultarme tras un periódico en una butaca, pero ese truquito de folletín me pareció absurdo. No quería asumir el papel de un profesional de la muerte, me hubiera sentido infinitamente más ridículo, así que decidí aguardar sentado al borde de la fuente; desde ahí podía mantenerme a una distancia prudente. Estaba nervioso, muerto de ansiedad también, pero sin perder una pizca de dignidad. Cuando mi reloj marcó las ocho con treinta y cinco minutos, Eastman todavía no salía del hotel. Para entonces mi frustración era indescriptible. Me puse a tirar piedrecillas al agua. Sentía todo el cuerpo helado, tenso, inmóvil, era como estar esperando la picadura venenosa de una serpiente. Un rapto de resentimiento mezclado con la somnolencia de la mala noche terminó por hundirme en la nada. Mientras caminaba irritado en dirección a la calle saqué un cigarrillo, me lo puse en la boca pero hasta ese momento me di cuenta de que no traía fósforos. Palpé todo mi cuerpo. Era inútil, no traía uno solo: los había olvidado sobre la mesilla de noche. Cuando sentí el contorno helado de la navaja en el pecho, el corazón empezó a latirme desbocado. *No quiero perderme en el olvido de los hombres*, me dije, pero ya era demasiado tarde, un hombre de traje marrón y sombrero de fieltro salía por la puerta principal del hotel Saint James. No había duda, ese era Eastman.

Lo seguí a media distancia, por un momento temí que los jadeos internos de mi respiración terminarían por delatarme. *Tranquilízate, idiota*, me repetí una y otra vez; la más mínima sospecha hubiera echado todo a perder. No sé por qué demonios se detuvo a media cuadra, justo frente a un negocio de cristales ópticos. Momentos antes, yo mismo había visto al dueño de esa tienda pasar frente a mí con ese perro sarnoso que me ladró. Eastman volvió a emprender su marcha, pero esta vez por alguna razón empezó a caminar más deprisa, como si tuviera una urgencia imprevista. Una vendedora de flores rezongó porque no le hice caso. Los destellos de sol me encandilaban, eso me provocó aún más rabia. Una bandada de cuervecillos se desprendió de un follaje. En ese momento Eastman dio vuelta sobre una calle desolada y entonces, en un arrebato de cólera encendida, comprendí que había llegado el momento. Apuré mis pasos tan deprisa como pude; mi cabeza era un hervidero de imágenes fugaces. *Va por ti, mi pequeña Cortiset, por ustedes, pintores del mundo. Voy a librarlos de esta plaga fotográfica.* En un instante le di alcance, metí mi mano al bolsillo y saqué la navaja, pero entonces algo sucedió porque justo al momento de asestar la puñalada mortal una fuerza brutal me apartó en dirección opuesta. Eso me desconcertó a tal grado que perdí fuerza de impulso y mi arma fue a dar lejos de mi mano. Frente a mí encontré un rostro desconocido, entre asustado y furioso, pero al descubrir que buscaba la navaja le vi esa cara de espanto que nunca voy a olvidar: algo quiso decirme pero los gritos de una mujer taparon sus palabras, trató de someterme y sin embargo conseguí liberarme. Un caballo de cascos cortos debió asustarse con el alboroto, porque de inmediato se levantó encabritado en dos patas. Yo me eché a correr con la navaja empuñada en la mano, levantada del suelo como pude; poco faltó para que el caballo me partiera la cabeza.

Como era de esperar, no llegué muy lejos. Un cuerpo desnutrido, desvelado y corrompido como el mío no está hecho para soportar los esfuerzos de una carrera furiosa. Tres calles bastaron para echar espuma por la boca. Nunca en mi vida sufrí un sofocón de pecho tan violento; seguramente las bolsas de mis pulmones estaban a punto de estallar. Además, los movimientos de mis brazos y piernas eran del todo descompuestos. Debía parecer un loco de atar, incluso cuando me detuve haciendo arcadas. Ni siquiera me acuerdo bien del instante en que aventé la navaja, solo recuerdo haberme doblado con brusquedad sobre las baldosas de la calle como un pequeño reptil derrotado: al momento se me vino el reflujo de un líquido verdoso. Aquello era demasiado. Ya no podía dar ni un solo paso más, los músculos de mis piernas eran hilachos de carne intoxicada. Casi no podía respirar y no me era suficiente el vaho fétido que salía de mi boca. Pronto escuché el silbato de un policía. No intenté nada, solo deseaba saber qué fuerza había deseado interrumpir de ese modo mi trayectoria. Después de todo, el ancla de mi vida ya había sido lanzada por la borda.

¿Qué sucedió? Sentía esa pregunta como un chorro de agua caliente, pero un golpe seco en la cabeza cortó de tajo mis ideas. Sentí una descomunal pedrada, aunque en realidad el policía me golpeó con uno de esos palos con punta redondeada que siempre traen a mano para romper la crisma de idiotas como yo. De inmediato quedé aturdido; estaba seguro de que alguien me había metido en un tubo enorme, los gritos del policía se oían ahuecados y muy lejanos. Lo cierto era que estaba aplastando mi espalda con su pie. Debió estrellar mi rostro contra las piedras del suelo porque la sangre de mis labios reventados tenía sabor a tierra y a estiércol de caballo. Una paloma revoloteó junto a mi cara. Apenas pude verla de reojo: me pareció un pájaro fosforescente indigno de mi humillación. No sé por qué demonios traté de atraparla pero el pie del policía aplastó mi mano. Fue mejor así. Las palomas agitan sus alas y mantienen en vilo nuestra ilusión de una vida mejor.

Mientras me subían al carromato de policía noté que me faltaba un zapato. Eso me inquietó sobremanera. «¿Dónde está mi zapato?», pregunté al policía, pero en vez de responder me dio un empujón botándome hasta el fondo del coche. Los cascos de los caballos me daban vueltas en la cabeza, parecían vocablos procaces haciéndome preguntas en otro idioma. Ese fue mi primer interrogatorio.

No podía limpiarme la sangre de la boca porque traía las manos atadas. Como pude traté de incorporarme. Ahí estaba el Sena detrás de los barrotes, ondulando rítmicamente; a lo lejos alcanzaba a divisar unos barquitos de vapor. El agua estaba muy quieta esa mañana. Por alguna razón había montículos de piedras calizas a la orilla, parecían farallones diminutos. Volví entonces a recordar los días que pasamos Cortiset y yo en la playa de Dieppe, su figura volátil caminando descalza entre los remolinos de agua volvió a instalarse en los nichos más lúcidos de mi memoria. La vi sonriéndome con sus cabellos agitados contra el viento. La vi jalándome del brazo para llevarme al embarcadero, mientras yo me resistía como un crío. La vi tumbada en la arena junto a un bote de maderas podridas, pero la vi también, oh, Dios, revoloteando sin pudor alguno y con el rostro radiante de placer frente a la máquina de ese malnacido que le hacía fotografías. *No importa*, me dije. *Ya he señalado el camino. Ahora, pintores del mundo, los saludo con una inclinación de la cabeza. Por favor cumplan mi castigo.*

A cada chicotazo, el caballo daba pequeños bufidos. Dejamos atrás Notre Dame. Alguna vez me hubiera gustado extender mis cuadros a orillas del Sena, bajo los rayos del sol. Habría sido maravilloso caminar sobre ellos como un equilibrista. Tal vez los paseantes de las barcazas se detuvieran a verme; yo les gritaría que soy un pintor equilibrista. Sí, eso es, toda mi vida he sido un pintor equilibrista, nada más. Estábamos llegando a la prisión conocida como La Grande Roquette.

Antes de bajar del carromato me vendaron los ojos con un trapo, después me aventaron a un calabozo lúgubre y húmedo; la peste a orines y a boñiga de cerdo era insoportable. Ahí me golpearon dos hombres. De vez en cuando me daban un respiro nada más para acomodarme el trapo, después volvían a golpearme con más rabia. Sin duda querían vengarse, podía escuchar sus respiraciones iracundas. Uno de ellos me soltaba toda clase de ofensas y palabras soeces; luego guardaba silencio y otro me hacía preguntas como escupitajos a la cara. Vagamente recuerdo que me pedía motivos claros, nombres de cómplices, contactos, incluso mencionó varias veces algo sobre conjuras internacionales. Yo trataba de responder a las preguntas que me hacía el energúmeno, pero gritaba de un modo tan violento que mi cerebro no era capaz de organizar con alguna coherencia la información que me pedían. En un momento dado trajeron un barril con agua, me tomaron de las greñas y me hundieron la cabeza hasta ese punto insoportable en que sentía que el agua inundaba mi alma; varias veces repitieron el mismo castigo. Terminaron por arrojarme contra las baldosas del muro; mi cuerpo era ya una masa sanguinolenta y empapada. Antes de perder el sentido quise silbar, pero no pude porque tenía los labios reventados: eso me pareció tan gracioso que me reí con la torpeza de un búfalo. Ya no era un pintor equilibrista. En esos momentos era un búfalo perdido en un valle de ecos desasosegados. Quise volver a silbar pero un golpe seco me arrojó a una oscuridad absoluta. Lo que me horrorizaba no era el miedo a la muerte sino la vergüenza de morir sintiéndome tan estúpido y confundido por no haber sido capaz de dar muerte al hombre que tanto odiaba. No tenía tabla de salvación en medio del mar oscuro.

XIX

Cualquier funcionario de medio pelo sabía muy bien que un atentado contra una personalidad estadounidense en plena Exposición Universal sería motivo suficiente para desatar una crisis internacional entre Francia y Estados Unidos. Por tanto, a nadie extrañó que apenas un momento después del arribo del señor Eastman se apersonara en el hotel un hombre bajito, regordete y de bigotes retorcidos, con esa mezcla de temeridad y cálculo propia de los pequeños aventureros que pasan sus días olfateando proezas. Se presentó a título de cónsul plenipotenciario.

—Vengo a proteger los intereses del gobierno francés.

Romain Villespin era uno de esos pícaros inescrupulosos acostumbrados a sacar provecho de cualquier situación sin mayores miramientos. Años atrás había formado parte de una avanzadilla de expedicionarios ingleses destacados en las profundidades del Congo. Aunque había firmado un documento donde comprometía sus esfuerzos al servicio de Leopoldo II y su famosa red ferroviaria, en realidad se embarcó al continente africano impulsado por la fiebre del oro blanco: el látex. Sin embargo, bastaron dos semanas de trasiego en las plantaciones de caucho para comprender que sus ambiciones personales solo podrían ser satisfechas si era capaz de soportar aquellas visiones cotidianas de muerte y desolación. Al principio, como muchos otros soldados, trató de acorazarse: no ver, no escuchar, no sentir nada. Después de todo se trataba de civilizar a nativos miserables que aún vivían en la edad de piedra. *Habrá que redimirlos*, pensaba. *Solo así dejarán de comerse unos a otros. Olvidarán el paganismo y otras barbaries como andar desnudos pintándose palitos y rombos en las caras.*

Ahora, ese mismo hombrecito, ya despojado de ilusiones y quimeras faraónicas, estaba transformado en un funcionario de exacerbados principios patrióticos capaz de poner al hotel Saint James patas arriba, alegando razones de seguridad nacional. En un santiamén fueron cerrados todos los accesos. Mandó reunir en un patio a todo el personal, incluidas cocineras y voluntarias religiosas.

—Señores —empezó a decir con las manos echadas atrás y el rostro adusto, como un pequeño Napoleón que arengara a su ejército—. Estamos enfrentando una situación difícil. Como ustedes saben, se ha producido un incidente en las calles de París. La víctima del funesto episodio es un ilustre caballero estadounidense. Se trata del señor George Eastman, presidente de la prestigiada firma Kodak.

XX

Debía ser de madrugada cuando me sacaron de la mazmorra para interrogarme de nuevo, o apenas un instante después del último golpe; no tenía noción del tiempo, tirado allí como un perro herido en la oscuridad de mi celda. Solo pensaba en la manera de aplacar un poco el dolor y la sed. Esos miserables, en horas o días, no me habían dado a beber una gota de agua. Eso era lo más terrible: tuve que llevar mi boca al piso. Mi lengua y mis labios reventados me ayudaron a chupar un poco de humedad cuajada entre la inmundicia. A tientas me arrastré hasta un rincón. Ahí permanecí no sé cuánto, con las piernas apretadas contra el estómago. No sé en qué momento una mano deslizó un plato con un pedazo de carne a medio cocer y un trasto metálico con leche. Bebí la leche de un solo trago mientras que engullí la carne, si puede decirse, con sobria elegancia. Cuando terminé traté de consolarme con mi miembro, pero aquello era un gusano flácido, sin vida.

Entonces, unos deseos terribles de pintar empezaron a quemar mis manos. Traté de verlas pero no pude porque la oscuridad era casi total, apenas podía distinguir el esbozo de unos filamentos agudos. *Estos son mis dedos*, pensé, y volví a tocarme como hacen las criaturas a los pocos meses de nacer. *Esta es mi nariz, esta es mi boca, estas son mis orejas, estos son mis brazos. Acá está mi estómago. Ahí están los muslos de mis piernas, en medio está mi miembro, más abajo mis tobillos y mis pies.* Solo así volví a reconocerme, a saber si de verdad aún estaba vivo. Cada protuberancia, cada forma dibujada sobre la superficie de mi cuerpo trataba de decirme algo en silencio, siempre en silencio. Me hubiera bastado un palito cualquiera para calmar mis ansias de pintar algo en los recovecos del muro. Pero eso no era posible, a quién se le ocurre. Las mazmorras son desiertos negros; ahí se habita para rumiar el tiempo y completar nuestro círculo de locura.

De pronto, un cajón de agua helada cayó sobre mi cabeza: no es cuestión de quejarse pero el sobresalto fue violentísimo, sentí que mi corazón iba a romperse en pedazos. Se hizo algo de luz. Cuando vi el rostro del guardia, me pregunté si ya estaba en el infierno. Aquel hombre me pareció un demonio de ojos saltones, incendiados de sangre; fumaba pipa y llevaba el bigote enroscado al estilo polaco. Me apretó el estómago con su bastón con empuñadura de marfil. No pude evitar el espasmo de un quejido agudo.

—¡Prisionero Gobert, acompáñeme inmediatamente!

En ese momento advertí que me encontraba junto a mis excrementos. Todo el aire estaba impregnado de una tufarada caliente, lo cual molestó al guardia. Por supuesto no me avergoncé, faltaba más; al contrario, me di tiempo de esbozar una sonrisa burlona porque así estampaba en su nariz la rúbrica de mis vísceras hambrientas.

Me entregaron otras ropas, pero no calzado. Nunca imaginé que andar descalzo con los tobillos encadenados sería tan difícil. Me sentía débil y enflaquecido, me habían caído años encima; todo mi cuerpo estaba apelmazado. No podía calentar mis manos mientras iba arrastrando los pies igual que un pordiosero. Un hombre tiznado con hollín nos abrió un cancel enrejado. Salimos a un enorme galerón repleto de reos andrajosos que iban y venían sin propósito definido; aquel espectáculo de gente embrutecida me hizo temblar las piernas. Muchos de ellos tenían miradas idiotizadas, uno se revolcaba en el suelo. El guardia que iba delante de mí los apartaba con su bastón, a otros les daba un empujón como si fueran bestias obstruyendo el camino. Quise decir algo pero el guardia levantó una mano en señal de advertencia.

Llegamos al cuarto de los interrogatorios, era un nicho de muros gruesos envuelto en una luz mortecina. Adentro había dos guardias de uniforme impecable, uno de ellos estaba de pie mientras el otro permanecía sentado en una mesa con una lámpara de queroseno y un manojo de papeles blancos. Al centro había una silla vacía. El guardia que me condujo hasta allí me dio un empujón tan fuerte que volví a estrellarme contra el muro; vi la silueta de mi sombra y me pareció que se esfumaba en el aire.

—¡Prisionero Gobert, siéntese!

El guardia de pie abandonó el cuarto, no sin antes lanzar un salivazo al piso. En cuanto me senté pedí un poco de agua, pero en vez de responderme, mi guía acercó su rostro mirándome fijamente: parecía un toro a punto de embestirme. Aquel hombre huesudo tenía los ojos enrojecidos, sin duda a causa de tanto alcohol. Cuando abría la boca enseñaba una corona de oro que le daba un aire más violento; le faltaban dos dedos en la mano derecha y rengueaba ligeramente. Después supe que esas descomposturas del cuerpo las llevaba desde hacía dieciocho años, cuando participó en las carnicerías contra los comuneros en Belleville.

—No necesito decirle que ha cometido un delito grave en extremo. Lo detesto, créame, su proceder fue torpe en demasía. Tenemos el testimonio de un hombre que estuvo cerca de usted en el Café de la Nouvelle Athènes: vino a informar que, nada más abrir un periódico, notó rabia en su cara y lo escuchó proferir un saludo de sarcástica bienvenida al señor Eastman. Eso prueba sus retorcidas y premeditadas intenciones.

Detrás de las medallas de alto rango militar, me pareció percibir los gestos comunes de un hombre absolutamente infeliz.

—¿Quién es usted, señor Gobert?

¿Quién era yo? Vaya pregunta. Me pareció estar sentado frente a una especie de pequeña majestad mordida por una víbora. Por supuesto hablé de mi sagrada profesión. Le di santo y seña de mis logros artísticos, algo incluso mencioné sobre el Salón de París, que para mí seguía siendo una cueva de cretinos arrogantes. Mis palabras no salían deprisa, quería evitar alardes innecesarios; pero tampoco era conveniente mostrarme como una sanguijuela derrotada. Era mejor dejarse llevar por una cierta pauta, sin aspavientos. Por lo demás, en ese momento no tenía ganas de provocar un altercado con el guardia.

—No quiero escuchar idioteces de pintores. Hábleme de los acontecimientos que lo tienen aquí. ¿Por qué demonios quiso matar a monsieur Eastman? ¿Para quién trabaja? ¿Se trata acaso de un complot internacional?

Oírlo mencionar como alguien vivo me provocó una punzada terrible en la boca del estómago. Deseé apretar el cuello del guardia pero mis manos también estaban encadenadas por detrás.

—¿Sabe usted algo de pintura, monsieur…?

—Dubonet.

—Claro que no sabe nada de pintura. No podría esperarse que en un lugar como este se aprecie el arte.

Inmediatamente vi cómo se le descomponía el rostro de coraje. Dio un puñetazo a la mesa.

—¡Eso no tiene importancia aquí!

—Sí la tiene, y mucha, por cierto. Solo así podrá entender a cabalidad mis razones.

El hombre echó la cabeza hacia atrás, encendió su pipa de tabaco turco y me lanzó una bocanada de humo en la cara.

—¡Continúe!

–Cuando el viejo Millet pintaba escenas de campesinos, trataba de representar la dignidad del mundo rural, en contraste con toda esa degradación moral propia de la ciudad. ¿Conoce usted el cuadro *Des glaneuses*? Me temo que no: tres mujeres campesinas de Normandía recogen encorvadas los últimos restos de la cosecha de trigo. Han estado ahí todo el día, están agotadas; nosotros solo vemos un momento al atardecer, precisamente el instante en que realizan la parte más dura de toda la faena. Lo hacen en silencio, sin el menor asomo de protesta, es decir, asumiendo sus deberes con absoluta dignidad. Una de ellas tiene la mano izquierda echada hacia atrás; esa postura le ayuda a descansar un poco la fatiga de la espalda, ¿sabe? No parecen interesadas en decirse nada. El cansancio hace que los cuerpos duelan por dentro, vaya si yo mismo lo sé. Al fondo vemos montañas de heno, trigo fajado en gavillas, una carreta. ¿Qué tenemos ahí, monsieur Dubonet? No vemos cuerpos cansados, sino los espíritus dignificados de esas tres mujeres rústicas. Más allá, una multitud opulenta se reúne despreocupadamente mientras que de cerca, junto a nosotros, esas tres mujeres concentran sus energías en la conclusión de su labor. Cualquier espectador atento podrá notar que esa diferencia está marcada por los engastes de luz y por los juegos de perspectiva.

—¿Qué demonios significa todo eso?

—Vayamos más adelante. Tampoco creo que alguna vez haya admirado un cuadro de monsieur Tillot, ¿me equivoco? Si viera uno de sus bodegones con flores comprendería que la naturaleza no necesariamente puede ser representada de un modo fiable y objetivo, como han hecho durante tantos años todos esos pintores científicos. A Tillot, en cambio, le interesaba captar la multiplicidad de la naturaleza: en sus cuadros el mundo empieza a ser distinto porque lo vemos de otro modo. Pues bien, estos son nada más dos ejemplos que le he puesto a usted para mostrarle que tales prodigios solo son posibles si se combinan dos cosas: las herramientas técnicas de un arte sagrado y el ojo maestro de un artista consumado. No hay otra posibilidad, así ha sido desde hace siglos. Me pregunta por qué diablos estoy diciéndole todo esto; pues justo porque lo que acabo de narrarle está en grave riesgo de desaparecer, ¿y sabe por qué?

—Vamos, dígame.

—¡Las máquinas fotográficas, señor Dubonet!

—¿Qué hay de malo en ellas?

—¿Acaso no comprende? Se han adueñado del mundo. Todo lo manosean de un modo increíblemente vulgar, sin escrúpulos. Han usurpado los dominios del arte, convirtiendo cada imagen en miniaturas de realidad. Hoy en día cualquier idiota puede comprar un aparatejo portátil y hacer cientos de fotografías con total impunidad. Estoy hablando de un poder insospechado: los fotógrafos son capaces de apropiarse de cualquier cosa, y ustedes lo han permitido.

—No me diga.

—Ha sido como darle pólvora al cazador. No hay objeto, no hay rostro, paisaje o monumento que pase desapercibido para el ojo mecánico de las cámaras. A la vez, cualquier cosa es reducida, retocada, ampliada, manipulada, o mejor dicho, envilecida. Sé que me entiende porque la plaga de fotógrafos se hace notar en cualquier lugar de París, yo mismo los he visto robándose pedazos de nuestra vida desde los rincones más insospechados. Los he visto al pie de monumentos imponiéndose orden y tiempos exactos de contemplación antes de hacer sus disparos a quemarropa, igualmente los he visto encaramados en las copas de los árboles mientras espían a los mercaderes en Saint-Denis. Hacen fotografías de vendedores desollando pescados, rompiendo coliflores o bien maldiciendo a un ladronzuelo, todo sin el menor pudor frente a esa gente, como si cada escena pudiera ser un objeto coleccionable. Lo mismo pasa en las inmediaciones del Châtelet y Notre Dame, o se regodean al paso de criminales y asesinos. Tal vez ni siquiera debo mencionar lo que ocurre en los pabellones de la Exposición Universal, allí estamos hablando de una infección descomunal: andan por todos lados como pequeños monos despavoridos, por igual fotografían a nativos de Borneo que a las máquinas roscadoras, o bien hacen lo posible por llegar a lo más alto de ese monstruo creado por Eiffel, y desde allí capturan a la ciudad como si tal cosa fuera posible. ¿Y sabe usted quién es el artífice de toda esta calamidad?

—Quiero saber. Por eso estoy aquí.

—Pues ni más ni menos que ese tal Eastman. Le sorprende, ¿eh? No podía ser alguien más que un inventor estadounidense. Sus camaritas colgantes andan por todos lados. Él y nadie más es culpable de haber dado armas a toda esa jauría de seres hambrientos y vacíos. Además, no conforme con eso, me quitó lo más sagrado que tengo.

—¿A qué se refiere, dígame?

Abrió los ojos como si viera a un murciélago despavorido; hizo una señal al guardia escribano para que anotara cuidadosamente mis palabras.

—Se llama Cortiset. Ella era el centro de toda mi inspiración artística. Vivíamos atados uno al otro. Cientos de veces la hice posar para mí: solo yo conocía los secretos más recónditos de su cuerpo y de su alma. Le daba vida a mis cuadros. ¿Sabe lo que eso significa? No, claro que no lo sabe. Tendría que haber vivido como hice yo, deslumbrado, convaleciente, sometido al misterio de esa mujer que me hacía ver el mundo de otra manera. Muchas veces quise vestirla con túnicas de armiño, rubíes, sandalias de oro; sin embargo, a ella le bastaba una ínfima paga, un puñado de francos; en ocasiones me ofrecía su cuerpo a cambio de un frasquito de perfume. Jamás fuimos mercenarios que juegan a los dados para satisfacerse. Cortiset llegó a ser la obra maestra de mi existencia. Era tanta mi pasión, mis deseos de poseerla día y noche, que llegué a pensar en raptarla para que no saliera nunca de mi estudio, pero eso jamás ocurrió porque se fue como un ancla hacia el abismo. No puedo evitar ardores de rabia en el estómago.

—¿Qué sucedió?

—Allí estaba, en la orilla de la playa, el viento revoloteaba sus ropas y sus cabellos. La vi posando frente a la cámara de uno de esos miserables que llaman *amateurs*. No se imagina cuánto sufrimiento, cuánta angustia y desesperación debí tragar en aquellos momentos, porque ahí supe que la perdía para siempre. No, algo más ruin todavía: esa maldita cámara me la estaba robando frente a mis propios ojos. Cómo explicarle ahora ese desgarramiento interior, fruto de mis celos; cómo hacerle ver que en esos momentos la sensación de impo-

tencia se transformó de golpe en una cosa vil y abyecta. Fue entonces cuando decidí crucificar al inventor de esos artilugios, pues ni una
duda le quepa a usted de que George Eastman es el verdadero ladrón
de mi amada Cortiset.

Guardé silencio. Ya no quise hablar más. El hombre huesudo que
tenía enfrente retorcía sus ojos endiablados. Volvió a dar una larga
bocanada, arrojó el humo con un bufido y escupió al suelo.

—Es usted un loco radical de mierda. Yo mismo tomaré providen-
cias para que sea llevado a la guillotina, o en su caso al manicomio.
Bremond, no anote lo que acabo de decir.

A lo lejos se oía algo parecido a un coro de salmos; debía ser parte de un entierro en el cementerio próximo. *¿Cómo será mi funeral?*,
me pregunté. Tal vez nadie se ocuparía de mis restos, ni siquiera mi
adorada Cortiset, ¿por qué habría de hacerlo, si ni siquiera estaría
enterada? Quizás a esas horas estaría mostrando su cuerpo desnudo frente a la cámara de un fotógrafo, o tal vez ya se habría enrolado
en algún vodevil de opereta; alguna vez me dijo que un comediante
de Montmartre le ofrecía un papel de mesera. Razón mayor para ir a
buscarla y ponerla al tanto de lo que me sucedía: tal vez ella pudiera
apremiar a todos esos artistas inconformes, empezando por el señor
Monet y su séquito de impresionistas, para que publiquen en defensa
mía una semblanza de mi vida en la prensa de París; mi legado a la pintura sería reconocido, podrían incluso absolverme. Por un momento se
me ocurrió que las autoridades penitenciarias me concederían un sal-
voconducto que me permitiera salir de prisión en busca de Cortiset.
Solo quería darle aviso, acaso suplicarle que si moría ajusticiado, fuera ella quien arrojara sobre mi féretro cuando menos algunos de mis
pinceles; sería mi última oportunidad de mirar esos ojos claros que
tanto amé. Pero no, eso no era posible, vaya estupidez. De cualquier
manera mi ejecución era inminente. Aunque no muriera el inventor,
las autoridades argumentarían que mi tentativa fue un agravio internacional con afectaciones insospechadas contra el gobierno de Estados Unidos de América y además en plena Exposición Universal, con
todo lo que ello implicaba para el prestigio de la República, bla, bla…
Para qué pensar más en todo eso. Los huesos me dolían. Me puse a
imaginar que sería mejor enfrentar un pelotón de fusilamiento, a la
manera de los militares. La guillotina es humillante, ignominiosa por

todos lados. No hubiera sido capaz de soportar el temblor de piernas en el momento final; esa era mi preocupación. Mientras tanto, afuera, lejos, en algún lugar apartado del cementerio, seguía cantando el coro fúnebre de un entierro. ¿Alguien cantaría junto a mi tumba? No creo. Tantos errores y dispendios en la vida de una persona no alcanzan para una melodía de salmos en la tumba.

XXI

•

«Me habría matado. De salvarme, tal vez hubiera quedado inválido.»
Cerró los ojos y tragó saliva mientras en su mente se agolpaba un cúmulo
de imágenes con toda clase de situaciones en las que de modo invaria-
ble aparecía sentado en una silla de ruedas. Ahí estaba, desplazándose
por los pasillos atestados de trabajadores en alguno de los edificios de
Kodak Park; hablaba, se detenía, firmaba documentos, daba órdenes,
señalaba hacia las máquinas de montaje. «¿Por qué no han colocado
rampas en aquel edificio?», preguntaba a uno de sus asistentes, deses-
perándose ante la ausencia de respuestas. Al mismo tiempo imaginó
que en un trance de rabia se levantaba de la silla rodante y la arrojaba
por los aires desde una ventana. Esa visión le produjo un sobresalto
tan real que lo sacó de la siesta. Al abrir los ojos cayó en la cuenta de
que solo estaba elucubrando fantasías en torno a una simple posibilidad. «No soportaría ser un hombre incapaz de caminar. Mi vida está
hecha de movimiento y siempre voy a necesitar de mis piernas.»

Una vez que le aseguró a su madre que no corría peligro, Maria
Kilbourn accedió retirarse a su habitación, el tráfago del percance y la
tensión acumulada la habían agotado; necesitaba descansar. Josephine Dickman, después de acompañarla, volvió junto a George.

Apenas hacía unos minutos habían recibido la visita del señor Villespin, quien les reveló la verdadera naturaleza del extraño episodio
por el que acababan de pasar, pues la huida del tumulto posterior los
apartó de los pormenores. Josephine escuchó con incredulidad junto
a George y su madre el detalle de lo acontecido.

—Lamento informarles con profunda pena lo ocurrido. Un hombre solitario, de nombre René Gobert, al parecer un pintor fanático
que por suerte ya está en prisión pues fue detenido poco después de

los hechos, tenía intención de atentar contra usted, monsieur Eastman, y se encontraba en camino de perpetrar su cometido cuando chocó contra un ciclista que pasaba. Trató de escapar, pero al atraparlo no opuso resistencia. Eso es todo. Con su detención quedó conjurada cualquier amenaza en contra suya. Debe estar tranquilo porque las investigaciones ya determinaron que no existe la posibilidad de que haya un grupo subversivo detrás de los acontecimientos.

—¿Cómo lo saben?

—He hablado con el jefe de guardias, Jean Dubonet, en persona; ambos hemos sido comisionados por el gobierno francés especialmente para cuidar cualquier detalle relativo al caso. Dubonet ha estado interrogando al pintor y yo mantendré estricta vigilancia aquí en el hotel, así que la información que les ofrezco es de primerísima fuente.

—Hábleme del pintor. Dijo que se trata de un fanático.

—Así es. Dubonet me ha dicho que a todas luces ha sido el acto solitario de un perturbado. Vive en un cuartucho pestilente a excrementos de paloma: han revisado cada rincón de su estudio, todas y cada una de sus pertenencias personales, hasta el más mínimo orificio. No hay indicios de cómplices. Ni una sola nota de pactos, acuerdos, asociaciones secretas, nada.

—¿Pero por qué? ¿Cuáles son los motivos? No deben descartar tan pronto la posibilidad de una trama oculta. Podría haber nexos escondidos con alguno de mis competidores internacionales, incluso podríamos estar hablando de una decisión orquestada desde las entrañas mismas de la compañía. No sabemos mucho de mis socios afincados en Londres, Berlín o San Petersburgo, ni siquiera me extrañaría que aquí mismo en París hubiera resentido. ¿Qué ha dicho de Nadar? Logró asestarnos un buen golpe: en el *Journal Illustré* apareció una breve nota de su demanda en mi contra por incumplimiento de contrato. Es un artista, pero también un astuto comerciante que mucho se beneficiaría.

—No, monsieur Eastman, todo esto no va por ahí. Aunque parezca increíble, ese tal René Gobert ha decidido agredirlo bajo el influjo de una quimera mucho más simple y absurda que cualquier clase de complot internacional. Según ha confesado, lo odia porque está convencido de que sus cámaras portátiles acabarán muy pronto con el arte de la pintura.

—¡No es posible, Dios mío!

—Sostiene además que de manera indirecta usted le ha robado a su amante.

George Eastman abría los ojos desmesuradamente, como si una flama estuviera a punto de quemarlo.

—Eso es un total absurdo.

—No se sobresalte, el hombre es un loco atormentado. Lo ha utilizado, ha sido nada más un pretexto que tuvo la mala fortuna de cruzar el mar de sus delirios. Afirma que una mujer de nombre Cortiset, al parecer asidua prostituta de los callejones de Montmartre, había posado desde hace meses para él en exclusiva; según dijo, compartían toda clase de creencias, convicciones, costumbres, placeres, en fin, ustedes saben lo que ocurre cuando las pasiones se desatan.

A George Eastman no le hizo gracia ese desliz irónico, pues le pareció que indirectamente aludía al círculo de locura tramado por él y Josephine.

—Un día, la descubre posando para un fotógrafo aficionado. Es ahí donde suponemos que le declara la guerra a usted, o a la fotografía, en secreto. Al principio pudo haber sido un juego, pero al cabo de unas semanas la tal Cortiset terminó aficionándose a las ventajas de trabajar para fotógrafos. Literalmente Gobert enloqueció de rabia.

XXII

Cuando el carcelero me arrojó de nuevo al calabozo tuve la sensación
de que todo mi cuerpo había envejecido décadas. Permanecí quieto,
aturdido, sin saber del todo qué demonios me sucedió. Traté de incorporarme pero un dolor ardiente se me clavó en la parte baja de las cos-
tillas. Tal vez me habían roto algún hueso; me llevé un dedo a la boca.
No sé por qué me hizo gracia sentir un orificio donde antes tenía un
diente encajado en mis encías. Volví a escupir saliva roja. Vaya puñetazo me plantó ese tal Dubonet, sin duda era un cristiano de mala
índole. Cuando levanté la cabeza, un rayo de luz polvorienta me hi-
rió los ojos. Me vinieron a la cabeza las últimas palabras del guardia
antes de dar por terminado el interrogatorio: «De ahora en adelante recibirá de nosotros escarmientos ejemplares». Me reí por dentro
pues no era necesario recordármelo, si toda mi vida era un cúmulo de
ellos. Dubonet, empeñado en cumplir al pie de la letra su amenaza,
me sometió a toda clase de padecimientos enloquecedores. Desde las
primeras horas del día, mis sentidos eran sacudidos violentamente:
mareado, dolorido, a veces atascado en mis propios vómitos, me hacían escuchar los alaridos de otros internos. Así ocurrió con el violador Abonay, el día de su ejecución lo arrastraron con cadenas frente
a mi celda; trastabillaba completamente desmoronado rumbo al patíbulo. Al pasar junto a una celda cercana a la mía se aferró a los barrotes defendiéndose a mordidas, pataleos y sacudidas parecidas a las
de un epiléptico, pero a los pocos segundos le cayó encima un tropel
de guardias. Lo patearon por todas partes: cuando lo pusieron en pie
vi su rostro sanguinolento. Me pareció un hombre adormecido, entregado ya al vago atontamiento de la muerte. *Es un aviso*, pensé. Cualquier día podían llevarme a mí también al cadalso.

Esa era otra variante del suplicio: no saber nada, perder toda noción del tiempo; vivir extraviado a cada minuto, esperando el anuncio definitivo. Muy pocos son capaces de entender hasta qué punto un condenado es capaz de imaginar cada contorno de la guillotina. Esa armazón de madera con sus escaloncitos siniestros se olfatea día y noche como una droga que termina emponzoñando la sangre sin explicación alguna. Puede ser el miedo atroz, pueden ser los pliegues del cerebro que no desean privarte de cierta lucidez hasta el último momento, lo cierto es que antes de la ejecución una parte de la vida ya se ha terminado, pues el desquiciamiento desbordado se filtra por todos los poros del cuerpo. La guillotina te mata mucho antes de cortarte por el cuello. Te despelleja el espíritu: hace de ti un desecho despreciable al que la gente desea escupir como si fueras un perro sarnoso.

Habían pasado seis días. Muy temprano me despertó el sonido metálico del candado, entró el carcelero de bigote polaco acompañado por dos guardias completamente adustos. Ambos iban bien uniformados, fuera del protocolo ordinario. *Llegó el momento*, pensé. Yo sabía que un día antes de la ejecución trasladaban a los reos a una celda más limpia e iluminada donde recibían el beneficio de un baño con agua caliente y, si así lo deseaban, podían solicitar los servicios de un confesor. Mis sospechas parecían fundadas, ya que días antes el propio Dubonet me aseguró que las peticiones de indulto estaban empantanadas en los meandros de la burocracia. «Y además, a quién carajos le importa la suerte de un imbécil como usted.» Tenía razón. A esas alturas parecía ridículo pensar en alguna defensa posible; no era yo un revolucionario popular, ni siquiera como pintor me conocían más allá de los suburbios de París. Estaba claro que Monet y su séquito de impresionistas no moverían un dedo a mi favor. Las autoridades no podían acusarme de asesinato, cierto, pero el simple intento de matar a un hombre célebre debía ser motivo suficiente para ajusticiarme.

Ataron mis manos por detrás. El carcelero me hizo una señal para que me quitara los mocasines; a un apretón del bastón en mi estómago salimos de la celda. No habíamos andado ni ocho pasos cuando sentí una sustancia viscosa en las piedras del pasillo. El guardia bigotudo me picó la espalda con su bastón; traté de ir más deprisa pero resbalé y caí de un modo seco, sin posibilidad de meter las manos. Como pude me incorporé, aunque estaban tan resbalosas las piedras que no era capaz de mantenerme en pie. Volví a caer, dos, tres veces, no sé: la última, mi pierna se estrelló contra un borde agudo. Oí como si alguien rompiera una cáscara de nuez y tuve la seguridad de que mi tobillo se había triturado, un dolor ardiente me hizo aullar. El carcelero alzó un poco el borde de mi pantalón con la punta del bastón y en efecto, la carne amoratada de mi tobillo revelaba la fractura. Así fui a dar a la enfermería, donde un médico espigado y solitario me dio a beber tragos de aguardiente amargo, me puso en la boca un trapo mojado y me acomodó el hueso de un tirón. Cuando aquel infeliz me quitó la mordaza yo seguía chillando como un animal moribundo. En ese momento no sabía que solo se burlaban de mí: me hacían creer que ya estaba en la antesala de la guillotina pero todo era un juego, una broma carcelaria. En el péndulo de las venganzas, yo me había convertido en un pequeño festín para los policías embobados. *Cuándo terminaría esa diversión*, me preguntaba. Muy pronto habría de conocer la respuesta.

XXIII

«Apretadores de botones.» Así, con cierto desprecio, se referían algunos fotógrafos *amateurs* a los aficionados que llegaban con sus cámaras de mano a cualquier lugar en busca de recuerdos efímeros. En especial en las reuniones organizadas por la Société Française de Photographie revoloteaban toda clase de comentarios irónicos, bromas y chascarrillos burlescos en torno a las carencias técnicas de toda esa gente obsesionada con las fotos de familia; no solo eran vistos como simples apretadores de botones, sino como fotógrafos deficientes e improvisados. A los más avezados les parecía chocante la manera en que esos principiantes hacían proliferar las imágenes asociadas exclusivamente a los pequeños o grandes momentos de la vida diaria sin mayor arte. «Solo saben capturar imágenes triviales, poco dignas de atención», decía alguien en una de las tertulias convocadas por la Société. Además, no soportaban el hecho de que una buena cantidad de esos retratistas impulsivos fueran mujeres, ancianos e incluso niños. «Vaya vulgaridad», decía otro, «no pasan de ser coleccionistas o salvamemorias del entorno doméstico.»

Pero en el fondo, los fotógrafos *amateurs* se sentían amenazados ante el hecho de que hubiera ya tantas personas aficionadas al acopio fotográfico. La competencia de talentos se había desatado. Cada vez eran más y más las personas que adquirían una cámara de mano con el propósito de preservar sus propios recuerdos del hogar. Bastaba una mirada a cualquier álbum familiar para presenciar un desfile de padres, niños, amigos, animales caseros, ocupaciones cotidianas, ceremonias, fiestas, playas, ríos, parajes floreados al pie de la montaña. «Nada los detiene. Aprietan el botón a la menor provocación», decían con el ceño fruncido algunos miembros de la Société.

En cambio, al amateurismo especializado le importaba sobremanera cultivar y preservar los cánones del conocimiento técnico. Consideraban que solo así un aventurero sería capaz de realizar verdaderas proezas fotográficas, es decir, obtener imágenes en situaciones límite, desde una vista en movimiento hasta la obtención de escenas imposibles en lugares desprovistos de buena luminosidad. Se definían a sí mismos como acróbatas de las tomas raras: buscaban a toda costa ese resquicio donde encajaban las circunstancias difíciles de capturar, poco iluminadas, a contraluz. Además, los buenos fotógrafos, dignos de aprecio, debían ser capaces de lograr efectos estéticos y lúdicos en verdad sorprendentes. Para tal propósito podían valerse de superposiciones, montajes, virajes, alteraciones de luz, en fin: la técnica al servicio del virtuosismo, esa era la premisa. Lograrlo requería buenas dosis de constancia, tiempo, recursos económicos y un cierto espíritu competitivo bien cultivado en el seno de asociaciones fotográficas como el Photo-Club de París y otras más, las cuales entre 1880 y 1892 llegaron a ser treinta y siete tan solo en Francia.

Casi todas ellas estaban integradas en mayor medida por varones procedentes de la aristocracia. Llegaban a conocerse bastante bien, eran buenos amigos con dinero y tiempo disponible, casi todos proclives a socializar de manera muy selectiva bajo el modelo del club. Muchos de estos caballeros cultos y a veces reservados se beneficiaban de las asociaciones, ya que allí recibían consejos de expertos, presenciaban exposiciones de nuevos materiales y tenían acceso a documentación especializada que los ponía al día sobre soluciones novedosas a problemas técnicos: tal era el caso de *Les Annales Photographiques*, fundada en 1889, precisamente al calor de la Exposición Universal. Por supuesto, en estas publicaciones los clubes podían encontrar una gran variedad de informaciones sobre nuevos productos recién comercializados, también recibían noticias sobre concursos y excursiones fotográficas que les permitían compartir y hacer alarde de sus habilidades técnicas, y advertían nuevas vertientes de expresión a partir de las bondades de hallazgos recientes como el gelatinobromuro. Podían así «fotografiar en vivo» todo aquello que se agitara o se moviera, sin importar cuán frenética pudiera ser la velocidad. Ahí tenemos entonces la imagen de un niño pateando una piedra, el expreso Calais-Basilea fotografiado sin retoques por Heinrich Ernemann, los movimientos impredecibles e impetuosos de las olas del Atlántico capturados desde un barco en movimiento por Albert Londe, los montajes oscuros de un hombre sonriente que sostiene su propia cabeza cortada sobre una bandeja, un rayo eléctrico irrumpiendo en medio de la noche. Un hombre de rostro imperturbable en el momento preciso de saltar un palo colocado sobre los respaldos de dos sillas en el jardín de una casa. Seis amigos de bombín y bastón que superan alegremente una barrera en los jardines de la Salpêtrière. Un pequeño grupo de turistas bailan a un pie sobre la cubierta de un barco. Cinco niños buceadores inclinan sus cuerpos dorados, a punto de arrojarse al mar desde un pontón.

Movimiento, siempre movimiento, ahí estaba el interés. No era casual que, en un concurso de fotografía convocado por el Photo-Club de París, se exigiera como requisito indispensable la inscripción exclusiva de muestras de sujetos en acción. Aquellas imágenes se volvieron famosas porque trastocaban la percepción de objetos y personas. De pronto, cualquier cosa podía ser vista desde una óptica mágica, bastaba capturarla en pleno desplazamiento, fuera de sus funciones comunes, y de ser posible, junto a otros espectadores no menos sorprendidos. Un buen ejemplo lo tenemos en una fotografía titulada «Salto de caballo por encima de una mesa». De autor anónimo y fechada hacia 1890, la imagen captura el instante en que una familia, o tal vez un grupo de amigos que están a punto de compartir unos vasos de vino en una mesa al aire libre, de pronto se ven sorprendidos por la irrupción de un jinete que salta con su caballo justo sobre la mesa donde segundos antes departían plácidamente. Hay tal sorpresa ante el paso del bólido que incluso podemos observar a dos mujeres que esquivan las patas delanteras del caballo: ese gesto de susto, propio de quien evita un golpe, contrasta con la actitud alegre y complaciente de quienes están al otro lado de la mesa. Son cinco personas bastante divertidas, las cuales de pronto se han convertido en un pequeño público dispuesto a presenciar la ocurrencia de ese jinete loco decidido a convertir una mesa de campo en obstáculo hípico. He aquí un excelente ejemplo del espíritu fotográfico de la época: extrañeza, estupor, espectáculo.

Mas no todo era virtuosismo. Para una gran cantidad de aficionados resultaba mucho más trascendente la imagen misma que la técnica empleada. Aparte empezaba a distribuirse el derecho sobre la propia memoria del hogar, ya no era solo el padre quien poseía exclusividad sobre el resguardo de pequeños y grandes acontecimientos, ahora ese privilegio pasaba a manos de las esposas, los ancianos e incluso los infantes. En efecto, la industria del juguete se transformaba en Estados Unidos, adaptando los entretenimientos de los adultos a unas manos más pequeñas: faltaban pocos años para que hiciera su aparición la primera cámara portátil dirigida a niños. Desde 1900 empezarían a venderse aquellas famosas Brownies en tiendas de regalos y costarían un dólar, empacadas con envolturas brillantes de colores rojo, verde y amarillo; en los carteles publicitarios pueden verse las pequeñas cajas de baquelita literalmente asaltadas por duendecillos que bailotean alrededor, y en otro dos niñas juegan al estudio fotográfico: están a punto de hacer un retrato al duende inventado por Kodak. Otro cartel muestra a un grupo de niños a campo abierto, cada uno con su cámara Brownie colgada al hombro; bajo la imagen un texto explicativo enfatiza la facilidad de todo el proceso fotográfico al alcance de cualquier criatura: «Solo aprieta el botón. Nosotros hacemos el resto». El sueño de George Eastman al fin era una realidad en cualquiera de sus aspectos y estaba al alcance de cualquier presupuesto.

Se produjo entonces un arco muy marcado de atenuación en el proceso técnico, así como en el sentido mismo de las prácticas fotográficas. Junto al mundo de los expertos y los apasionados por la técnica empezaron a convivir muchos otros que se percibían a sí mismos como simples *usuarios* de la fotografía. Aunque no se trata de hacer un estudio de estas dos grandes categorías, es un hecho que entre ambas hubo flujos de contacto. Algunos aficionados evolucionaron hasta convertirse en verdaderos expertos, y entre fotógrafos avezados hubo quienes se nutrieron de consejos, prácticas, trucos y perspectivas inventadas por aficionados. A estos últimos ciertamente no les atraía la parafernalia de las proezas fotográficas; se daban por satisfechos si lograban capturar toda clase de ratos memorables. Poco importaba si las imágenes salían borrosas o de plano se veían mal encuadradas, lo que deseaban con fervor era algo así como arrojar la red en el océano de la realidad y atrapar la mayor cantidad de recuerdos, a fin de colocarlos cronológicamente en sus álbumes. Nacía el imperio de los *snapshots* y no había fuerza capaz de sustraerse a ese poder asimilativo.

Esa dualidad contrastada que se asentó al centro del amateurismo fue decisiva para el desarrollo del mundo fotográfico durante los últimos diez años del siglo XIX, los grandes valores estéticos de la fotografía moderna fueron modelados en el corazón de esa tensión. De ahí surgieron también los primeros reportajes fotográficos. Ya no se trataba nada más de capturar imágenes a manera de registro; de pronto, la gente descubrió la posibilidad de evaluar el mundo, y sobre todo de narrarlo atendiendo a sus propios gustos, preferencias e intereses, muchas veces no del todo transparentes. Era claro que surgía otra visión de la vida por medio de la fotografía. De fondo emergía una especie de heroísmo popular, bien afianzado y dispuesto a saltar al vacío. Estallidos de vigor, fuerza y energía multitudinaria se sucedían uno tras otro frente a la lente de aquellos fotógrafos que al paso de los años llegaron a ser valorados como verdaderos ídolos modernos, a la par de antropólogos, científicos y aviadores; nadie más poseía las herramientas, el temple y la paciencia necesaria para meterse a hurgar en los nichos más recónditos de la cotidianidad. Podían ufanarse de ser los primeros exploradores en capturar un género de belleza espontánea, solo accesible al obturador de la cámara. Aislaban aquello imposible de ver para nuestros ojos distraídos y condicionados, de manera que mediante aquellas primeras incursiones, poco a poco fueron surgiendo nuevos modos, nuevos enfoques para contemplar las cosas. Si durante años se había considerado al primer plano como la ventana más original, llegó un momento en que algunos fotógrafos se interesaron en reducir ese filtro de mirada hasta convertirse en detectives con lupa. Además de escenas urbanas, temas abiertos de paisajes, playas, valles, montañas y grupos familiares, empezaron a brotar imágenes de piedrecillas, conchas, manos, libros, pipas, alas de mariposas, dedos que sujetaban un cigarrillo. Lo fascinante se movió de lugar porque había abandonado esos clichés aburguesados y podía mostrarse en toda su crudeza allí donde el ojo del ser humano simplemente no podía llegar.

George Eastman era consciente del sectarismo fotográfico provocado por la venta masiva de sus aparatos. «He querido abrir las puertas de un túnel. Ahora estoy pagando un precio muy alto.» Hacía pocos minutos lo había visitado Romain Villespin, traía la misión de comunicarle de manera oficial que todo estaba arreglado: no habría registro del episodio en documento oficial alguno, y se desacreditaría cualquier versión oficiosa. Eastman le expresó una gratitud lenta y fatigada, y le pidió encarecidamente su intercesión para evitar cualquier mención del atentado en gacetas y periódicos.

—A todos nos conviene manejar este asunto con absoluta discreción.

—Haré todo lo que esté de mi parte, monsieur Eastman.

—Otra cosa: no voy a regresar de inmediato a mi país, como pudiera suponerse. Aún no he disfrutado París como Dios manda.

Al sonreír se le notaba esa voluntad inflexible de viejo cazador. Villespin se despidió con un saludo marcial.

Al día siguiente despertó con el ánimo exaltado. En cuanto vio la oportunidad se acercó al oído de Josephine y le dijo que ya había navegado demasiado en la resaca de la imprudencia. «Tal vez debas regresar a Londres con tu marido.» Sin embargo, a esas alturas ya le era sumamente difícil imaginarse el mundo sin ella. Quería decirle, desde el fondo de sus entrañas, que si volvía a Londres no pasaba nada, pero que siempre estaría al pendiente de ella, sin importar las circunstancias. Después de todo, aunque fuera por unos cuantos días, ella y nadie más había sido capaz de obsequiarle gratos momentos en su soledad, y eso entre buenos cristianos siempre era digno de agradecerse.

XXIV

Otra vez fui a dar al pozo de castigo. No quisieron explicarme nada, solo me arrojaron como si fuera una rata de albañal. Cuando escuché la crepitación de las aldabas por encima de mi cabeza, tuve la sensación de que alguien estaba cerrando el nicho de mi tumba. En esos momentos la oscuridad me aplastó como una piedra gigantesca. Pegué mi cuerpo azorado contra el muro. Las manos extendidas trataban de reconocer en aquellas nervaduras rocosas un poco de calor, pero en vez de eso mi nariz percibió tufaradas nauseabundas de orina y excrementos. Entonces me asaltó la duda: *¿Estaré solo? ¿Habrá otro infeliz tirado por ahí?* Esas preguntas no eran simples ocurrencias, podían haberme arrojado junto con otro prisionero, a ver si terminábamos despedazándonos como dos perros hambrientos. Pero no había nadie más, yo era el único huésped. Claro, eso es un decir porque al punto noté la presencia de ratas y cucarachas moviéndose a sus anchas. Bah, a esas alturas ya no me daban asco. En realidad son buenas compañeras, solo buscan un poco de alimento, además se conforman con cualquier cosa.

En el pozo de castigo solo tenía una manera de saber si era de día o de noche. A veces una lámina muy delgada de sol alcanzaba a perforar el muro en la parte más alta; eso me aliviaba un poco la terrible sed de luz. Con la punta de un dedo me ponía a seguir durante horas esa rayita amarilla incrustada en la negrura. A veces desaparecía repentinamente y eso me dejaba abatido, entonces no me quedaba más remedio que buscar otra manera de conectarme con el mundo. Aguzaba el oído como hacen los murciélagos en la noche. Alcanzaba a escuchar graznidos entrecortados de los cuervos, revoloteando sobre los árboles del cementerio, me parecían sonidos de otra dimensión.

También se oían ladridos de perros encadenados en algún lugar de la prisión. Un grito seco del guardia los hacía callar, aunque al poco rato volvían otra vez a la carga de un modo más estridente y furioso. Yo permanecía quieto, engarruñado, sin levantar la cabeza, tratando de mantener en mi mente la flama del rencor, pues aunque pareciera una cosa estúpida, en el fondo de mi alma albergaba la esperanza de que alguien viniera a pedirme perdón, a decirme que todo había sido una terrible e insustancial equivocación. «Ya sabe, señor Gobert, nos hemos aprovechado un poco de usted para dar de tragar a la enorme barriga de nuestro gobierno. Eso es lamentable, pero si no fueran así las cosas, no seríamos una sociedad tan pujante ni tendríamos la menor posibilidad de mostrar al orbe las grandes maravillas de nuestra civilización.» Por supuesto, esas disculpas nunca llegaban. Al contrario, tramaban nuevas formas de humillarme y de envilecerme aún más. A ratos tenía que hacer grandes esfuerzos para no perder la razón. Un hombre abandonado a su suerte en aquellas condiciones de miseria no es capaz de soportar mucho tiempo. Mis ojos torcidos en la oscuridad se aplanaban como los de un pescado muerto. Eso mismo debió pasarle a mi abuelo junto con otros esclavos negros mientras lo llevaban hacinado en la sentina de una fragata rumbo a Martinica.

Aquel día, cuando se abrió la portezuela de hierro, nada más deslizaron el plato con arroz apelmazado, no había tarro con agua. Malditos, hijos de perra. Eso sí era un verdadero tormento. Mis labios estaban agrietados y mi lengua escaldada ya no tenía más fuerzas para chupar rescoldos de humedad en las paredes. Ni siquiera me salían lágrimas. En esos casos lo mejor es cerrar los ojos, ablandar la respiración y cada músculo del cuerpo hasta que llegue el sueño, solo así es posible soportar la sed. Traté de rumiar alguna oración, pero entonces descubrí que no sabía ninguna. Nunca fui un hombre religioso, ya lo dije, pero hay momentos de terrible sufrimiento en que el ser humano necesita creer en algo. Si no lo hace, acaba por secarse y muere como un pescado arrojado a las vendimias del mercado.

Debí haberme quedado dormido cuando oí el crujir de las aldabas encima de mi cabeza. El chorro de luz que entró de golpe me hizo retroceder como un animal espantado. Aún tenía las manos en la cara cuando me cayó un golpazo de agua helada; sentí que todos mis órganos iban a estallar. Especialmente el corazón se me salía por la boca.

Al momento me puse a lamer agua del suelo, no pude tragar suficiente porque ya tenía sobre mi cabeza una escalerilla de cuerda. «¡Prisionero Gobert, suba de inmediato!» Era la voz del maldito Dubonet. Con muchas dificultades logré ponerme en pie. Mis ojos estaban tan heridos por la luz que preferí guiarme con las manos hasta dar con la escalera de cuerda. Mientras subía, solté un eructo arenoso y mis pulmones recibieron el primer golpe de aire fresco en muchos días. Recuerdo muy bien el aroma intenso a hojas de algarrobo, así como el chillido de los cuervos en algún lugar del cementerio. Al salir del pozo, Dubonet ordenó a un guardia que me ataran las manos por detrás. Enseguida me dio un piquete en la espalda con su bastón y empezamos a andar. Al contrario de lo que yo suponía, esta vez no querían interrogarme.

Después de atravesar largos pasillos fuimos a dar a un galerón penumbroso. Al principio no vi a nadie más, pero después fui notando que al fondo había una mesa solitaria iluminada por una lámpara de aceite. Dubonet se quedó parado en el umbral de la entrada. «Allá lo están esperando. Recuerde que todo el tiempo estaremos vigilando.» Me acerqué arrastrando los pies como un limosnero; no podía andar deprisa porque el dolor en las manos era insoportable. Tampoco era capaz de reconocer a la persona que estaba sentada en la mesa, pues aún me ardían los ojos y mi vista seguía borrosa como si mirara detrás de un vidrio empañado. Solo sabía que algo en su aspecto me era familiar. De repente, la mujer se levantó de la mesa y me apretó los brazos con fuerza.

—¡René! ¡Soy yo, Cortiset!

Al oír su voz pensé que alguien me hacía una broma terrible, pero después, cuando entendí que sí era ella en realidad, se me atoró en la garganta una bola negra de emociones. Quise hablar, quejarme, preguntarle cosas, pero mi cuerpo estaba tan quebrado y mi cabeza tan idiotizada a causa del encierro, que a duras penas fui capaz de abrir la boca.

—¿Eres tú?

Fue todo lo que pude decir al principio. Vaya si era estúpido, allí estaba ella en carne y hueso. Se veía radiante, hermosa de verdad con aquel vestido verde olivo, llevaba el cuello descubierto. En sus cabellos rizados, unos filamentos brillantes le daban un aire de dama distinguida, a pesar de que mostraba tristeza en la mirada. Se notaba que se había lavado días antes porque el aroma de su cuello no era amargo. Yo debía tener el aspecto de un moribundo salido de una cueva. Quise acercarme un poco a olerla de cerca, pero ella hizo un gesto de asco y se echó hacia atrás. No me molesté por eso, mi boca podrida debía apestar a cloaca. Me ayudó a sentarme en la silla, después se acomodó frente a mí y se puso a contemplarme de un modo muy tenaz, como si mirara los últimos despojos de un hombre.

—¿Qué te han hecho, René? De golpe te han caído muchos años encima. Tu aspecto no es nada bueno.

Eso fue humillante. Sus palabras llegaban más lejos de lo que ella misma podía imaginarse. Por supuesto que de no vivir en aquel cautiverio, tal vez mi apariencia hubiera sido más digna.

—Un espejo. Necesito un espejo, por favor.

—Aquí no hay espejos, René.

—¿No hay? Tú debes traer uno de esos pequeños que usan las mujeres. Vamos, no me engañes. Necesito mirar mi rostro.

—No traigo espejos. Al entrar nos revisan minuciosamente las ropas. Además, no he venido aquí a mostrarte un espejo, René.

—¿Entonces a qué has venido?

—No lo sé de cierto. Me sentía oprimida. Todo esto ha sido como una tromba ensordecedora. Tú nunca habías desaparecido así nada más, siempre rumiabas por aquí, por allá, como un sabueso, hasta encontrarme. Pero esta vez no habías hecho nada. Entonces oí rumores. Fue cuando se desató la noticia de que a plena luz del día alguien había cometido un atentado contra el inventor de las cámaras portátiles. Recordé tus odios hacia el mundillo fotográfico, y tuve un presentimiento. Me dirigí a L'Etoile, uno de los tugurios cercanos a Montmartre; el dueño suele guardar gacetillas atrasadas para entretener a sus clientes. Me puse a buscar con cuidado, como si espulgara piojos en el cuero de un perro. No encontré nada, pero el dueño me entregó el cuadro, el último retrato que me hiciste; aún lo tengo conmigo. Quise llevarlo a tu estudio y la señora Venteuil estaba a punto de reventar con lo que sabía de ti, pero unos francos se lo hicieron aún más fácil. Por fin me dijo que aquello no era gran cosa, pero que días atrás había llegado un inspector de policía junto con dos guardias; los tres hombres entraron sin muchas delicadezas. Sentí mucha tristeza cuando me acerqué a una de las ventanas y pude ver, a través del vidrio, un gran revoltijo de pinceles, papeles y pomos de pintura. Me alejé deprisa con la pintura que llevaba. Estaba muy asustada, pues de algún modo yo también me había involucrado en todo aquello.

—Sí, es verdad. Tú también estás involucrada, vaya si lo estás.

—¿Por qué, René? Dime por qué hiciste esa grandísima estupidez.

Yo no tenía muchos deseos de hablar. Me sentía débil. Tenía sed, mucha sed.

—Celos.

—¿Celos? Explícate.

—Sí. Dejaste de posar para mí. Te fuiste con esos fotógrafos.

—¿Pero qué diablos tiene que ver el señor Eastman en todo eso?

—Ah, sí… Él inventó esos objetos detestables. Cualquiera puede tener uno y hacerte fotografías.

Cortiset se llevó las manos a la cara. En sus ojos había lágrimas, pero también rabia. Se levantó unos momentos de la mesa, caminó hacia un ventanuco con barrotes y se puso a mirar hacia la pequeña cúpula de la iglesia. Volvió a sentarse frente a mí.

—¿Me estás diciendo que trataste de asesinar al dueño de una firma internacional solo porque sentías celos de sus cámaras?

—Si lo quieres ver así, no puedo negarlo. Pero además hay otra cosa.

En ese momento se oyó un ruido muy lejano; era el pitido de un tren. Por alguna razón estúpida esperé a que se diluyera por completo aquel sonido intermitente. Durante un instante fugaz imaginé que estaba de pie, montado sobre la parte exterior de un vagón; solo, frontal, estrellado contra el viento, libre como una saeta lanzada desde algún punto perdido. Pero esa imagen desapareció en unos segundos. Volví a sentir la vista de Cortiset clavada en mi rostro sediento.

—La pintura está en peligro… Esas máquinas son infinitamente más veloces y precisas. No hay pincel en el mundo capaz de competir contra eso. Mi rival debe ser un hombre sagaz, inteligente en extremo, lo reconozco, pero con esas máquinas baratas desató los vendajes a la momia de las ilusiones. Ahora esa momia abrió las puertas a su cofre de hierro y anda suelta por todas partes. Eso no lo pude soportar.

Cortiset no decía palabra. Tenía la cara incendiada de rabia. Se metió una mano al escote, sacó un par de cerillos y un cigarrillo; empezó a fumar deprisa, de un modo… histérico, sí. Ahora se usa mucho ese término.

—¿Sabes que pueden llevarte a la guillotina?

—Lo sé.

—Vaya si fuiste idiota. Ni siquiera muerto podrás remediar el estrepitoso fracaso de esa venganza tuya contra la fotografía. He preguntado por aquí y por allá, en todos lados se dice que actuaste sin escrúpulos, de un modo ruin y cobarde. Ni siquiera concediste la más mínima oportunidad de defensa a tu víctima. Ibas a apuñalarlo por la espalda, René, y eso jamás merecerá perdón. Porque además fuiste tan miserable que tras una breve persecución te entregaste como hacen los borrachines en las tabernas. ¿Y todo para qué? Ni siquiera conseguiste acercarte a ese hombre. Logré saber que todo acabó en ridículo. El señor Eastman ni siquiera se dio cuenta. Ahora, lejos de eliminarlo, por obra de su fama has contribuido a convertirlo en un personaje heroico. ¿Te das cuenta, René? Vas a conseguir justo lo contrario de lo que te habías propuesto.

Mientras Cortiset me hacía sus reclamos, yo miraba esas ondulaciones rosadas de piel escurriéndosele desde el cuello hasta el pliegue de sus senos. Una ligera sensación de lascivia reprimida me fue bajando hasta las cánulas del miembro, tuve que frotarme descaradamente.

—Sí, lo sé. Qué más da. Ya está hecho.

No podía hablar más. Las palabras se me enredaban en la boca debido a los grumos de saliva reseca. Cortiset me pedía explicaciones, pero ella estaba en un tiempo distinto. Yo me daba encontronazos contra las paredes de mi cansancio, como un murciélago en las tinieblas.

—Tengo sed, mucha sed. Consígueme agua, por favor.

Mis palabras debieron sonar a reclamo fúnebre. Una mosca se detuvo en mi nariz, dispuesta a alimentarse con mi rancio sudor. Cortiset acercó su mano a mi cara y de un ligero movimiento la espantó; al instante un vientecillo perfumado abrió los orificios de mi nariz como si fueran alas de mariposa. Aún recuerdo aquella fragancia, era musgo de encina y bergamota. Oh, demonios, eso removió aún más la desazón de mis miserias. Había perdido para siempre la posibilidad de amar a esa mujer.

Ella, todavía dañada por la frustración que le producía aquella situación, se levantó de la mesa, liberó nudos a su escote a fin de hacerlo un mayor blanco de las miradas, y se dirigió hacia donde se encontraba el guardia vigilándonos: en cosa de unos minutos regresó con un tarro lleno de agua fría. Como tenía las manos atadas no pude arrebatárselo, pero en cuanto ella me lo acercó a la boca me puse a beber como una bestia desesperada; casi no me alcanzaba el aire y los ojos se me anegaron de lágrimas. Entonces, con los dientes di un tirón al cordón del vestido y desnudé sus pechos. De inmediato apreté mi cara contra la piel rosada de Cortiset. No fue un arrebato de lujuria, créanme, solo necesitaba una tregua en medio de esa batalla perdida; una manera de lavar un poco los escombros de mi alma. Estaba harto de tanta carroña y si muy pronto iban a darme sepultura, por lo menos en los pechos de Cortiset yo podía olfatear esa carne materna que alguna vez me había protegido contra la oscuridad. Por unos instantes ella también apretó mi cabeza contra su cuerpo. Fue un gesto breve pero infinitamente solidario: estaba diciéndome que en el fondo de su corazón era capaz de comprenderme, aunque todo eso transcurrió en un silencio pavoroso. Después apartó mi cabeza y se anudó el vestido. Cuando se alejó en la oscuridad del galerón me pareció que era un pájaro a punto de extinguirse.

XXV

Ahora no desea pensar más de lo estrictamente necesario en el incidente. Quisiera descuadrarlo de su mente y arrojarlo sin regreso a uno de esos rincones penumbrosos donde al paso de los años se van derritiendo las memorias hasta el punto de perder consistencia y toda conexión con el mundo real. Sin embargo, por más que lo intenta no puede evitar esos efímeros asaltos de visiones delirantes que tratan de agolparse en su cabeza, tal vez con el afán de clavarse aún más en la esponja de su cerebro, o bien pudiera ser que todas esas imágenes simplemente tratan de salir en estampida para no volver nunca más, lo cual parece más bien una ingenua fantasía, pues en un abrir y cerrar de ojos vuelve a ver montones de rostros nebulosos moviéndose como títeres macabros alrededor de su cuerpo, mientras él yace desangrándose en el suelo.

Llega entonces la imagen más terrible de todas. Sobreviene de súbito, como un rayo solitario en el cielo. Ahí está. Puede verlo con nitidez. Es un rostro furibundo, aterrorizado, tiene los ojos crepitantes, el cabello encendido y unas gotas de sudor le escurren sobre la punta de la nariz. El hombre que trató de matarlo no se va porque es un animal promiscuo de fuerza mayor. Vive atrapado en su cabeza, provocando aún esos cataclismos de terror sobre todo por las noches, cuando una ráfaga de viento se cuela por la ventana y él despierta con el rostro brillante de sudor.

Precisamente esta es una de esas noches. Por fuera notamos que se trata del hotel Saint James, el mismo, sí, desde donde en cierto sentido se desencadenaron los hechos del frustrado atentado. ¿Por qué está ahí? ¿Por qué no se fue a otro, habiendo tantos en París? ¿Acaso no hubiera sido esa la ruta más corta para garantizar su seguridad?

Cualquiera diría que sí. Es cuestión de sentido común, de cierto apego a cánones de salud mental. Pero George no funciona así. Prefiere darse una cura de burro: justo por estos días la ciudad se distingue por la gran variedad y calidad de sus hoteles, algunos nuevos, otros remozados. El hecho es que todos ellos son atendidos con bastante esmero, como es de esperarse ante la afluencia de turistas atraídos por las maravillas de la Exposición Universal. Podríamos hablar por ejemplo del Grand Hôtel, en el Boulevard des Capucines; también del Hôtel Deux-Mondes, sobre la avenida de l'Opéra, o bien del gran Hôtel du Louvre, sobre la plaza del Palais-Royal. Todos ellos, por supuesto, al alcance de un hombre tan prominente como el señor Eastman. Pero como ya dijimos, no hubo manera de que alguien le impidiera regresar al mismo sitio donde estaba hospedado.

Acercamos entonces nuestra mirada a la fachada del lugar. Ya casi es el alba. El edificio conserva su estilo romanizado, sin duda una joya del Renacimiento francés. La fuente a la distancia frente al portal ha dejado de manar agua, lo cual hace aún más silencioso el ambiente. Nos enfocamos en la parte alta. De las cuarenta y ocho habitaciones, nos interesa la número cuarenta y dos. Entramos a través de la ventana blanca de dos hojas, nos acercamos a un palmo de distancia. Podemos ver con mayor claridad: allí está el señor Eastman profundamente dormido. Sueña que está en un lugar cerrado, tal vez se trata de una galería. A su alrededor un puñado de personas conversan alegremente, cada una lleva colgado al hombro lo que parece ser una cámara fotográfica. De pronto, entre la multitud se hace notar René Gobert. Ahí está, viene acercándose vestido con suma elegancia, igual a esos caballeritos afeminados de salón francés. No hay señales de perversidad en su rostro. Tal vez quiere estrechar la mano de George Eastman; sin embargo, a medida que va abriéndose paso entre la gente, su rostro adquiere un rictus de rabia contenida. George presiente, sabe lo que está a punto de ocurrir, por eso trata de moverse hacia atrás, huir, escapar lo más pronto posible. Pero no es capaz de dar un paso: sus pies están pegados al piso, como si alguien hubiera embarrado un poderoso pegamento a la suela de sus zapatos. Es entonces cuando ve al monstruo Gobert, ya con los cabellos desgreñados y los ojos desorbitados. Puede ver con claridad el puño en alto con una navaja. Ni siquiera en el sueño hay tiempo de esquivar el bulto. René Gobert le asesta dos, tres puñaladas certeras en la zona franca del corazón, es decir, donde no existe la más mínima posibilidad de salir con vida. En ese momento George trata de gritar pero la voz se ahoga en el tubo de la garganta.

Se incorpora jadeando. La cama es un nido caliente. Debe aguardar unos minutos hasta que el ritmo de su respiración empieza a descender, después se toca la frente y el cuello. Un destello de luna se filtra por la ventana, iluminando su rostro. Está empapado, señal evidente de que su cuerpo acaba de ser sometido a una agitación desmesurada: *Parece como si un lobo me hubiera correteado por la montaña.* Sus palabras impronunciadas hacen eco en la oscuridad. Afuera se oye el canto de un búho. Decide levantarse, da cuerda al fonógrafo; en seguida se escucha un cuarteto para cuerdas de Gabriel Fauré. Deja caer un salivazo gordo sobre una escupidera de bronce. El reloj de porcelana de Sèvres marca las cinco horas con treinta y cinco minutos. Camina unos pasos arrastrados hacia el baño, observa la tina blanca y solitaria. Se pregunta si las manijas del grifo son de marfil auténtico. Esa simple observación le hace pensar que a él también le gustaría viajar al continente negro en busca de un enorme paquidermo; imagina cómo será tenerlo a unos metros de distancia, enfrentarlo a balazos, a bayoneta calada, incluso con puñales hasta obligarlo a recostarse sobre la tierra, donde por fin cortaría ese par de magníficos colmillos y los montaría en su oficina personal en Rochester. Trae guardado ese deseo en secreto desde hace muchos años, probablemente desde que era adolescente y leía en folletines las aventuras de grandes exploradores como el doctor David Livingstone, aquel evangelista escocés que se adentraba en las profundidades de selvas y montañas africanas para llevar el cristianismo a las aldeas más recónditas del mundo hasta entonces conocido por los europeos. Aquellas lecturas furtivas lo hacían soñar con los peligros de cruzar ríos caudalosos y la posibilidad de enfrentar alguna vez a felinos de fauces enormes y serpientes capaces de tragarse una vaca entera. «Todo llegará a su tiempo», dice lacónicamente.

Por lo pronto desea aprovechar las bondades del agua caliente. Algunos médicos prohíben tajantemente las inmersiones prolongadas; aseguran que, debido a sus efectos emolientes, abre los poros y deja escapar los vigores más sanos. Pero al parecer George Eastman no tiene ganas de atenerse a prescripciones médicas, así que de un modo pausado abre el grifo, se quita la bata y entra a la tina. Extiende su cuerpo con el ceño fruncido. A sus treinta y cinco años le cuesta un mundo de trabajo imaginarse a la sombra de achaques, fatigas y dolores repentinos. Sabe que los tiempos no están para guarecerse bajo el árbol de la debilidad, nada más hay que ver esos cables urgentes apilados sobre la mesa. En cada uno hay detalles, cifras, datos, pormenores de producción y distribución, algunas demandas sofocadas a tiempo. Hay números extraordinarios a favor. Por ahí se le hace saber que ya se han acumulado ciento dieciséis mil dólares en excedentes, al margen de cualquier deuda. Un socio financiero le insinúa, siempre entre líneas, sobre el éxito obtenido con las pruebas de un nuevo filme, lo cual, según estimaciones, podría generar el doble de ganancias en un año. Incluso en uno de los cablegramas se adelantan especificaciones técnicas de lo que será el nuevo Kodak Park. «Un complejo enorme», dice en voz baja. «Si no lograron matarme, voy a expandir la compañía hasta el fin del mundo.»

Sumerge la cabeza en el agua. Vuelve a sacarla; tiene los ojos apretados. Una voz interior pregunta si acaso todos esos planes expansivos no serán, en el fondo, una suerte de venganza disfrazada. Otra manera de humillar no solo al infeliz de Gobert, sino a todos aquellos críticos acérrimos de su invento. «No, eso no puede ser. Jamás tendría los arrestos para emprender una obra de grandes proporciones movido nada más por la sed de venganza, eso sería absolutamente mezquino. Además, tarde o temprano todo perdería su razón de ser y mi corazón se convertiría en un nido de pánico.» Y sin embargo, al salir de la tina se le hiela la sangre pues siente que en verdad desprecia a René Gobert.

Amanece. Ahora nuestra mirada se aleja con lentitud. Salimos de la habitación a través de la misma ventana. Poco a poco nos alejamos, vemos la fachada del hotel Saint James desde un punto flotante, a cierta distancia. Dentro de los árboles cercanos se escucha un intenso revuelo de aves. Seguro debe haber muchas crías abotonadas en las ramas, mientras las hembras se preparan a salir en busca de comida. Por ahí alcanzamos a reconocer de manera sesgada el vuelo de un vencejo. Es extraño avistarlos mezclados en árboles colonizados por otro tipo de pájaros, incluso cuervos. También dedicamos especial atención a la fuente que atrae a los paseantes en los días calurosos. Un chorro de agua empieza a brotar, el murmullo transmite una sensación de paz muy agradable. Poco a poco las calles se van llenando de vida. Obreros, oficinistas, comerciantes, despachadores de prensa. Un par de banqueros. Vemos pasar a un hombre con varios panfletos políticos. Va deprisa, de seguro se dirige a una estación de tranvías, allí siempre hay oportunidad de repartir propaganda sindicalista entre obreros y gente de ropas raídas. Si pudiéramos alcanzarlo nos daríamos cuenta de que en esos papeles hay reclamos airados en contra de nuevos impuestos exigidos a los ciudadanos. «Una exposición que nos devora.»

Pero no debemos distraernos demasiado. Nuestra mirada regresa a la entrada principal del hotel. Un hombre acaba de salir: es él, no hay duda. Lleva traje, corbata, sombrero de fieltro, un saco sobrio. El bastón lo hace ver mayor. Emprende la marcha con la mirada en alto. Tenemos la impresión de que George Eastman va de buen ánimo, incluso parece que silba. No debemos perderlo de vista, nos intriga saber hacia dónde se dirige. Calles abajo se detiene y cruza la acera. Parece algo indeciso, como si no encontrara la dirección exacta de un lugar específico. Finalmente se decide. Entra a un pequeño local; desde donde nos encontramos no alcanzamos a distinguirlo con claridad, es necesario desplazarnos también calles abajo. Ahora podemos leer el rótulo en grandes letras rojas, *Verres optiques*. Nos percatamos de que habla con un anciano, seguramente es el dueño del local. El viejo hace gestos de complacencia. Se lleva las manos a la cara; saca un estuche con vidrios para anteojos y se los muestra al visitante. Se despiden de un modo efusivo, como si fueran viejos amigos. Al salir del local, George pasa bajo una fronda de helechos, mira su reloj de leontina y al momento trata de apurar el paso con la mirada más luminosa que se le haya visto en mucho tiempo.

Pero no debemos distraernos, George se nos ha adelantado. Sigue por la rue Rivoli. Nadie se da cuenta, sin embargo advertimos en detalle cómo ha ido aligerando el paso. Con un movimiento del bastón espanta a una parvada de palomas; es obvio que un apremio irresistible ha provocado esa transformación. Una calle más abajo lo vemos entrar al Café Arcade. Se quita el sombrero, los ojos ávidos escrutan el interior. Solo unas cuantas mesas están ocupadas. Viene un mesero de maneras lánguidas y cabeza absolutamente calva, le pregunta si desea sentarse en algún lugar especial. Él solo esboza una sonrisa de alivio y se dirige hacia una mesita esquinera. Allí lo espera una mujer elegante, ataviada con un vestido azul de polisón. Sobre el escote amplio brilla un collar con gemas de la India. *Es una bella mujer*, exclamamos para nuestros adentros, sabe manejarse con desenvoltura en las artes de seducir. Basta mirar esos labios rojos, esas gotas de cristal que lleva en los aretes así como la emoción contenida en la expresión de su rostro para darse cuenta de la sensualidad desatada. George está nervioso. No es para menos, parece un adolescente atolondrado ante el pasmo de tener enfrente a una mujer hermosa. Durante unos segundos considera la posibilidad de emprender la huida, pero ya es demasiado tarde. Ella le ofrece una mejilla y él la besa reteniendo el aliento como si fuera una exquisita confitura; de golpe olfatea perfumes de tocador. Cuando se sientan a la mesa, la espalda de George ya suda a mares. Emprenden una conversación de parcelas exteriores tomando cuidados, precauciones excesivas como si fueran esposos recién encontrados después de un largo exilio.

—¿Cómo te sientes?

—Mejor, Josephine.

Hay algo de súplica en el tono de George. Desea traspasar un muro.

—Pero no quiero hablar del incidente. —Ella sonríe. Las miradas se encuentran dejándose envolver por un silencioso intercambio de secretos—. Quiero hablar de nosotros. De ninguna otra cosa más.

Entonces sucede lo que tarde o temprano iba a ocurrir. Josephine Dickman deja unos francos en la mesa y se levanta.

—Sígueme.

George permanece pegado a la silla sin saber qué hacer, parece un chico aturdido en medio de una tormenta. Cuando se decide, Josephine ya ha salido a la calle. Al principio no sabe hacia dónde se ha ido, pero en seguida la descubre media cuadra abajo. La alcanza, ella lo toma del brazo. Caminan juntos sin decir palabra hasta llegar a una plazoleta cubierta de begonias. A media distancia desde donde nos encontramos, alcanzamos a ver que entran al hotel Cerval. Sin duda ella se hospeda allí, pues notamos que no le importan las miradas inquisitivas de los empleados al momento de pasar frente al escritorio de la recepción. Mientras suben las escaleras, ella conduce a George de la mano. Él quiere decir algo pero ella lo reprende con risillas pícaras. Una vez en la habitación, Josephine cierra la puerta con el pie y empuja a George contra el muro. Lo que sigue es como una alucinación.

—Ahora sí, vamos a hablar de nosotros.

Se besan apasionadamente, recobrando los buenos climas del cuerpo. Cada uno se quita las ropas en medio de prisas entorpecidas, como si reventaran unas correas; se van a la cama inspirados en alientos de levitación. Al principio George pretende hacer las cosas con el formalismo de un acto sacramental, pero ella, saturada por una llovizna de liberación femenina, lo somete, lo tiraniza, lo conduce hasta las escolleras de un placer tan intenso que al estallar en orgasmos cruzados, ambos experimentan ese estremecimiento sísmico de convulsión, derrame y agonía sin regreso. Ninguno de los dos recuerda la cercanía de la muerte, antes y en cualquier otro, en ese preciso momento. No importa; sonríen, se abrazan sin perder ese brillo astral en los ojos. Cada cuerpo ha sido sacudido por una especie de alteración geológica. No hay manera de hablar.

Nosotros, en cambio, miramos desde afuera. Una ventana apenas abierta es un buen lugar para observar un encuentro sexual, sin embargo, no es eso lo que más nos interesa. Es otra cosa. Buscamos algo, una huella, un indicio. Aunque sabemos que no es el mejor momento, debemos atravesar la ventana. Miramos acuciosamente alrededor de la habitación. No parece haber nada extraño, salvo una cosa. Ahí está, es un simple papel; no, en realidad es una fotografía. La vemos con claridad, aunque la cara de la imagen está vuelta hacia abajo. Ha sido colocada sobre el pequeño buró, junto a la cama. Ellos aún no han notado nada, siguen extraviados en su limbo de ternura. Pero todo ocurre: en un momento de fatiga muscular, George gira el torso buscando tal vez una posición más cómoda. Nota un objeto extraño sobre el buró. Lo toma; observa con atención. Se incorpora en la cama. En su rostro se dibuja una expresión de sorpresa y disgusto. Josephine se acomoda el cabello con las manos y cubre sus senos con la sábana. También parece intrigada.

—¿Qué hace esta fotografía aquí?

—No tengo la menor idea.

George se incorpora definitivamente. En el piso de madera hay un reguero de ropas; de modo mecánico las va recogiendo. Se nota que en su mente hay un tumulto ensordecedor. ¿Cómo llegó esa fotografía ahí? ¿Quién la hizo? ¿Por qué? ¿Se trata acaso de una advertencia?

Nosotros tratamos de indagar. Acercamos la mirada, nos preguntamos qué puede haber en una fotografía que sea capaz de provocar una súbita ruptura en el trance de amor. Pronto nos enteramos: en la imagen se ve al propio George Eastman saliendo del Café Arcade con su bastón. Por el gesto de su rostro y la posición del cuerpo intuimos que ha salido deprisa en busca de alguien. Al fondo de la imagen se ve la figura de una mujer. Es Josephine Dickman, no hay duda. Entonces está claro que esa fotografía fue tomada hace unos momentos, justo cuando George salía del café en busca de la señora Dickman.

—¿Cómo pudo haber llegado hasta aquí tan pronto? Seguramente alguien le pidió a un empleado del hotel que la trajera a la habitación. ¿Acaso hablaste con alguien antes de que yo te alcanzara afuera del café?

—Claro que no. Eso es imposible. Desde que me levanté de la mesa hasta que me encontraste, casi no me perdiste de vista.

—¿Qué sucedió entonces? No sé si detrás de esta fotografía se esconde el rastro de René Gobert, aunque el mismo jefe de la policía de París me ha asegurado tajantemente que ese hombre ya no representa peligro alguno.

—No debemos dar demasiada importancia al asunto, Georgie. Tal vez se trata de un simple admirador que decidió darte una sorpresa.

—Tienes razón. Quizás esta fotografía no signifique nada en especial. Los empleados del hotel nos darán las señas del extraño admirador que trajo esta impresión. Pero si acaso hay misterio encerrado, creo que deberíamos preguntar al detective de *Estudio en escarlata*.

Josephine sonrió.

—Quiero aprovechar el tiempo contigo. Me faltan pocos días para regresar a Londres.

—Bueno, vamos a Champ de Mars. Quiero visitar el Salón de las Máquinas.

Pero mientras terminan de vestirse notamos que George vuelve a sumirse en un silencio espeso. Está preocupado, no cabe duda. Por primera vez percibe el poder violador de la intimidad de una cámara.

Alguien ha decidido cargar, apuntar y apretar el disparador precisamente contra él. En el fondo sabe que no se trata de una simple fantasía ni de una variante del juego solitario: hay algo de maldad profesional en esa toma. Una ineludible bruma de agresión, como si le hubieran apuntado con un arma escondida. Alguien ha estado espiándolo y en cierto modo logró cazarlo. Ciertamente no ha sido una navaja, pero de todos modos esa fotografía ha provocado una pequeña herida, de hecho notamos que se estremece.

Cuando bajan al recibidor, muestran la imagen al dependiente principal. El hombre de bigotes espumosos y anteojos gruesos mueve negativamente la cabeza. Se muestra extrañado, no sabe nada.

—Lo siento. Nadie ha pedido autorización para dejar esa fotografía en la habitación de la señora Dickman. Voy a preguntar al resto de los empleados. Por favor aguarden un momento.

A los pocos minutos regresa, lo vemos hacer el mismo movimiento negativo. A veces, en el vértigo del azar, las posibilidades lógicas se esfuman. Hay un breve periodo de abstinencia, de letargo; es un hueco abierto donde los hechos tratan de encajar, de ajustarse al ritmo de las cosas. Sin embargo, en este caso nada parece formar parte de un mecanismo coherente. George toma de la mano a Josephine y salen del hotel a toda prisa. Ni siquiera habían andado más de dos calles cuando ven a una pareja de turistas haciendo fotografías a un monumento. George observa que se trata de una de sus cámaras, de inmediato reconoce la factura Kodak. Pero lejos de sentirse identificado, experimenta un trance de vértigo. Se alejan, dan vuelta en una esquina evitando pasar frente a la pareja de turistas. Hay un impulso límite, atroz, cercano al horror. George jadea, le pide a Josephine que se detengan a descansar un poco. Ella pregunta: «¿Qué pasa? ¿Qué sucede?», pero George no es capaz de responder frases concretas, tan solo está seguro de que algo terrible se ha desatado. Nosotros discretamente alejamos nuestra mirada.

XXVI

Primero llegamos a la estación de Tarascón. De allí me subieron a un carro hasta Saint-Rémy. Era mediodía cuando salimos a las calles de la población, los rayos de sol eran tan intensos que no podía levantar la mirada. Agaché la cabeza como si buscara hormigas en el suelo. No habían pasado cinco minutos cuando empecé a sentir un viento frío, seco, violento, costaba mucho trabajo dar unos pasos sin hacer malabarismos. Un silbido inagotable se metía hasta el fondo de las orejas. «Es el mistral», dijo el guardia que iba a mi lado. Por un momento me causó cierta gracia darme cuenta de que mi brazo izquierdo y su brazo derecho se movían al mismo tiempo debido a la cadena con candado que me había puesto Dubonet antes de abandonar la cárcel de París.

—Este viento azota la ciudad casi doscientos días al año. Hay veces en que sopla tan fuerte que es capaz de romper ventanas, tumbar árboles de raíz y aventar animales contra los cercos. Aquí la gente se vuelve loca muy pronto, no hay manera de mantenerse sereno. Día y noche se oye el viento; cuesta un trabajo terrible pegar el ojo. La gente va llenándose de un malestar indescriptible. Un buen día las ideas amanecen aplastadas contra los muros de la cabeza, entonces ya no hay nada que hacer.

Yo no le creí, me parecía que exageraba para impresionarme. En el fondo el señor Brias era buena persona: desde que subimos al coche que nos sacó de La Grande Roquette noté algo artificial en todo ese aire de severidad. Se le notaba en la voz, en los movimientos del cuerpo, incluso en los bigotes embetunados. Habían asignado a un pobre diablo para custodiarme. No los culpo, ya no querían mantenerme ahí. Me declararon perturbado mental, aunque tratable, y después de todo mi caso perdió interés. Hasta el propio Eastman retiró los cargos en mi contra.

—Antes de tomar el camino a nuestro destino final debemos beber algo. ¿Quiere un ajenjo?

—Sí quiero.

Nos metimos a un café medio abandonado. Todas las sillas estaban destartaladas. El ajenjo que nos sirvieron con agua fría tenía una pinta lechosa y sabía demasiado amargo.

—A buen lugar lo han mandado, amigo —dijo Brias—. En esta región debe haber toda clase de gente perturbada. Dicen que algunos días de intenso mistral se llega a tal grado de excitación que algunos hombres salen de sus casas aullando con un cuchillo en la mano. Son capaces de degollarse unos a otros. No lo veo muy animado. ¿Me da su ajenjo?

—Tómeselo.

Para llegar al monasterio de Saint-Paul-de-Mausole fue necesario tomar un carruaje que nos llevó durante unos kilómetros por caminos entreverados en la sierra. Cuando bajamos, al pie de aquel antiguo lugar vi un arco triunfal y una pequeña torre de tres niveles.

—Es el Mausoleo de los Julios.

Brias hablaba como si hubiera estado muchas veces en ese sitio. Nunca antes sentí en la frente un sol tan brillante. Cuando me limpié el sudor, los ojos me ardieron. Brias escupió un salivazo reseco.

—Hace siglos esto estaba habitado por una población romana.

—De seguro eran menos bárbaros que nosotros.

Al policía no le hizo gracia mi observación.

—Tengo sed.

—Adentro debe haber mucha agua.

De un tirón me hizo andar hacia la muralla del monasterio. Avanzamos entre un bosquecillo de pinos, abetos, cipreses y naranjos. Llegamos a una explanada muy hermosa; frente a la puerta principal hay una fuente redonda. Le pedí a Brias que me dejara beber de aquella agua estancada, y él también bebió. Parecíamos dos animales de campo inclinados en el abrevadero.

Brias hizo sonar una campana oxidada; los ojos se me arrasaron. Aquel sonido era un llamado real a las puertas de la locura, y yo estaba ahí. Aguardamos en silencio unos minutos. A mí se me hizo una eternidad, hasta que un hombre huesudo nos abrió.

—¿Doctor Peyron?

—El mismo. Bienvenidos, señores.

El doctor Peyron es un hombre alto, de manos grandes y afiladas. Casi ha perdido todo el cabello, solo han quedado unos cuantos mechones cenizos en la cresta de su cabeza. Parece un monje medieval. En su mirada profunda están vivos los ingredientes de un pasmo acendrado. Dicen que duerme muy poco a causa de las cadenas que arrastran algunos locos. En cuanto entramos al vestíbulo me sentí aturdido porque tuve la impresión de estar viviendo un trozo de vida ya vivida. Peyron le preguntó a Brias si deseaba quedarse también, por lo menos unos días antes de emprender el regreso a París.

—Dos días serán suficientes. Debemos elaborar los documentos correspondientes a las condiciones del tratamiento que recibirá el reo Gobert. Mi encomienda exige dejar todo en orden, pues una vez recuperado, nuestro prisionero debe regresar sin mayores contratiempos a cumplir su condena en La Roquette.

Peyron mandó llamar al herrero del monasterio. El hombre venía preparado con sus herramientas, no tardó mucho en romper la cadena que nos mantenía sujetos del brazo. Inmediatamente después del último martillazo, Peyron me revisó el brazo y me condujo por un pasillo de canteras rosadas. Brias iba caminando detrás de nosotros, lo cual me pareció absurdo; tal vez trataba de cuidarme, no lo sé. Pero a esas alturas yo era incapaz de hacer algo extraño. Me sentía extremadamente débil, solo tenía ganas de echarme a dormir como una gallina. Sin duda mi cuerpo aún sufría los estragos de tanto castigo recibido en la mazmorra de La Roquette, no podía ser de otro modo: días y noches metido como una rata en aquella celda oscura y húmeda terminaron por hacer de mis huesos un montón de tablones podridos.

—Quiero descansar —le dije a Peyron. Él no respondió nada.

Atravesamos un patio de arcos sostenidos por columnatas dobles. Mientras caminábamos me sentí emocionado al mirar por primera vez aquel conjunto de arriates. Había flores de colores intensos por todas partes: dalias amarillas, crisantemos rojos, plumbagos violetas, jazmines de un blanco parecido a nieve derramada. Aquello fue un golpe de belleza cruda sin aviso previo. Entonces comprendí la malversación de mi propia vida, porque ese jardín me restregaba en el rostro los motivos de mis fracasos. Por unos instantes volví a escuchar la voz de Cortiset susurrándome quejidos y palabrejas de amor; cuánta belleza se había extraviado en el tumulto ensordecedor de mis días. A pesar de mi terrible cansancio, hubiera sido capaz de permanecer largas horas contemplando la belleza del patio. Sin embargo, muy pronto noté la impaciencia de Peyron, que ya estaba fustigándome con el cuchillo de su mirada.

El dormitorio de los internos era un galerón de paredes pintadas con cal, un espacio muy austero. Las camas se hallaban colocadas frente a frente, a lo largo de todo el corredor. De un lado había un crucifijo y del otro una vieja estufa con un tubo largo que atravesaba el techo de madera. De una de las vigas colgaba una pequeña lámpara cubierta con excrementos de moscas. Los lunáticos entraban y salían, casi todos andaban descalzos; pude notar que algunos pasaban la mayor parte del día sentados alrededor de la estufa sin decirse nada. En total había once internos en ese pabellón. Se oían voces incomprensibles, cánticos deshilvanados. Un muchacho que arrastraba una cuerda atada a la cintura no cesaba de imitar los relinchos de un caballo; escupía varias veces y volvía a transfigurarse en caballo. Otros llevaban grandes sombreros, abrigos descosidos, bastones y ropas envueltas bajo el brazo, como si estuvieran a punto de emprender un viaje, pero nunca se iban. Seguían allí, abriendo desmesuradamente los ojos, caminando de un lado a otro o bien sentándose alrededor de la estufa. Cuando se cansaban, iban a tirarse a la sombra de un árbol mientras las cabras rumiaban pasto muy cerca de ellos.

Payron me presentó a la hermana Dechanel.

—Ella le indicará cuál será su cama. Yo me retiro. Mañana deseo verlo en mi consultorio.

De inmediato noté que la hermana era una persona de poquísimas palabras. No me saludó directamente, solo hizo un leve movimiento de cabeza. Una mosca azul revoloteaba encima de su cofia almidonada. Como ya dije, las camas del dormitorio estaban alineadas a ambos lados, en algunas había cortinillas a cada costado. No me sorprendió notar que algunas de las cortinas estaban hechas jirones; unas cuantas de plano ya habían sido arrancadas. En recuerdo quedaban los hierros solitarios que les habían servido de sostén, algunos locos los usaban para colgar sus ropas. Cuando llegamos a mi cama había dos hombres sentados: uno de ellos buscaba piojos en la cabeza del otro, y aunque todo transcurría sin palabras, percibí el flujo de una deliciosa conversación veraniega a través de aquella pelambrera inmunda.

A un movimiento de la hermana, los dos hombres se fueron a otra cama, donde siguieron despiojándose tranquilamente. *Vaya cosa*, pensé. ¿Por qué ningún lunático parecía interesado en mi presencia?

—Aquí dormirá usted, señor. Por la noche puede correr las cortinillas de la ventana.

La hermana Dechanel movió un poco su delantal almidonado y se fue sin más. Miré otra vez alrededor. Era cierto, a ninguno le importaba en lo más mínimo la presencia de un nuevo interno. Curiosamente ese hecho no me afligió, era un primer aguijonazo de libertad. Además, comparado con los tormentos que había vivido en la cárcel de París, todo aquello parecía confortable. Tenía una cama de hierro con un colchón algo blando. También había en el dormitorio un lavatorio, una palangana con su jarra de mayólica. Las únicas sillas disponibles casi siempre estaban ocupadas por los internos que se sentaban alrededor de la estufa, pero en esos momentos lo más importante fue descubrir una ventana de buen tamaño. Eso me hizo pensar que habían terminado los días de penumbra; no más cavernas enmohecidas ni golpazos de agua helada. Poco me importó descubrir la presencia de alacranes deambulando sobre las vigas de madera.

A las cinco de la tarde sonó el gong anunciando la cena. Para dar con el comedor me fui siguiendo a un pequeño grupo de trastornados; casi todos se empujaban atropelladamente arrastrando los pies. Atravesamos varios cuartos solitarios. Pregunté a un muchacho que iba caminando junto a mí si había posibilidad de tomar un trago de ajenjo. No dijo nada, únicamente levantó su mano retorcida y se rascó un poco la cabeza. No podía comprender cómo lograban aguantar tanto tiempo sin pronunciar una sola palabra. El comedor era un cuarto largo con piso de tierra, las paredes semejaban desiertos de arena blanca; en una de ellas había una cruz solitaria que parecía vigilar nuestros movimientos. Cada interno fue ocupando su lugar alrededor de una mesa grande, yo también me senté en silencio. Una hermana cocinera nos sirvió alubias, lentejas, garbanzos y pan negro. Nadie sabía que a escondidas se preparaban merengues con chocolate, tartas almendradas y boquerones fritos en aceite de oliva. De inmediato vi a mis compañeros devorar con fruición cada ración de comida: limpiaban el fondo de los platos con las migajas del pan. Algunos eructaban con fuerza, se limpiaban con las mangas de las camisas y sin decir nada salían al huerto. Otros preferían regresar al dormitorio a reunirse alrededor de la estufa, allí se quedaban quietos hasta la hora de dormir. Mientras terminaba mi plato de garbanzos pensé que no sería mala idea tratar de pintar los rostros de mis compañeros dementes pero al instante me sentí desanimado, pues en mi condición de preso no había muchas posibilidades de conseguir herramientas de trabajo. *Tal vez más adelante*, me dije. Necesitaba ganarme la confianza del doctor Peyron.

Por la noche, antes de hundirme en el sueño duré un buen rato con los ojos abiertos. Hacía calor. Unos cuantos grillos chirriaban debajo de las camas. Nadie se inmutó cuando moví las cortinillas de la ventana: el hedor a orines quemaba la nariz, aunque a ratos la habitación se refrescaba con algunas ráfagas de aire caliente. Un hombre viejo permanecía tirado en la puerta del dormitorio con la llaga de su pierna expuesta al revoloteo de las moscas. Mis compañeros estaban acostumbrados a dormirse sin chistar, en cuanto se quitaban las ropas caían rendidos como si hubieran trabajado todo el día en los trigales del campo. A los pocos días de haber llegado entendí que en ese lugar la vida transcurría sumergida en espirales de silencio. Ninguna de las hermanas hablaba con los internos. El doctor Peyron hacía lo mismo, solo acudía cuando alguien sufría una crisis nerviosa a plena luz del día. Esa noche no vino nadie.

Serían como las tres de la madrugada cuando escuché unos ruidos extraños. Al principio tuve la impresión de que alguien estaba siendo sofocado. Sentí miedo, los músculos apretados, dientes contraídos; mi mano derecha lista para golpear. Yo sospechaba que algunos locos eran capaces de hacer cualquier cosa en raptos de furia. Después noté que los quejidos se transformaban en espasmos débiles, como buscando aires de alivio. Me levanté a ver qué sucedía. Un reflejo tenue de luna me ayudó a moverme entre las camas. Un hombre joven se mordía la camisa. Al acercarme un poco más noté que lloraba.

—¡Por piedad! —me dijo—. No fui yo quien ahogó a la niña Benedicte, fueron ellos, los plebeyos de la *Cité*. No hurté sus zapatos, lo juro. Busque debajo de la cama, monsieur Montelly. Busque adentro del colchón, donde usted quiera, pero no me lleve a la cárcel.

—De qué me hablas, muchacho: yo no soy Montelly ni tengo autoridad para llevarte a la cárcel.

Mientras hablaba se desgarraba la camisa, se revolcaba en su cama y trataba de sacar paja del colchón metiendo la mano a un agujero.

Yo estaba muy asustado. De pronto sentí una mano tocándome el hombro.

—No le hará caso. Ayúdeme a levantarlo, así. Meta las manos por debajo de los brazos. Eso es.

El hombre que se acercó a ayudarme se escuchaba bastante calmado.

—Vamos a arrastrarlo afuera del dormitorio. Un poco de sereno con fulgor de estrellas evitarán que se haga daño.

Así lo hicimos. Arrastramos al lunático y lo sentamos afuera del dormitorio en un recodo de canteras gruesas. A los pocos minutos empezaron a disminuir los espasmos hasta que sucumbió sin resistencia a un lánguido sopor afiebrado.

—Cada ocho días, más o menos, ocurre el mismo trance. Siempre repite las mismas cosas. Florent es buen muchacho. Alguna vez empezó estudios de medicina, pero un día encontraron a su hija flotando en el río mientras él estaba borracho en una taberna. Dicen que en sus botas encontraron lodo del río. Eso bastó para meterlo a cárcel de suplicios, hasta que un año después empezó a tener delirios feroces. Entonces lo mandaron acá.

Volví a mirar a Florent. Parecía un indigente lúgubre, aunque al reflejarse la luna en su rostro de ceniza creí notar un cierto aire de altivez juvenil, como si en la noche la fuerza del campo fuera digna de sus propias derrotas. Mi compañero lo tomó de la camisa y lo regresó al dormitorio, entre ambos pudimos recostarlo. En un santiamén aflojó el cuerpo hasta quedarse dormido. Mi compañero se fue sin decir nada, al parecer dormía en otro cuarto. Yo arrastré las piernas completamente desguanzado, así llegué a mi cama; sentí que volvía a casa después de haber peleado en una taberna. De una cosa estaba seguro, en este lugar no importábamos mucho. Éramos casi una manada de animales mansos guardados en un corral, pero al menos aquí no iba a padecer suplicios ni tormentos atroces. Al meterme a la cama sentí que por primera vez en mucho tiempo iba a disfrutar de un sueño profundo. Los albañales abiertos de mi vida empezaban a cerrarse huyendo de la pestilencia, la incertidumbre y de las palabras traicioneras. Esto fue lo último que pensé antes de ir cayendo en la espesura caliente de mi propio sueño.

XXVII

A esas horas de la mañana el flujo de paseantes que se dirigen a los pabellones de la Exposición Universal es muy concurrido. Aunque la gran mayoría van a pie, algunos prefieren acercarse en caballo hasta la puerta principal. Parece que debemos sortear algunas copas de árboles frondosos si es que deseamos tener una visión más amplia. Eso es, ahora los volvemos a encontrar. Ahí están: George Eastman y Josephine Dickman caminan despreocupadamente tomados del brazo. Ella parece envuelta en un halo de seductora sobriedad, propio de una mujer satisfecha en la cama: cabellos recogidos, hombros desnudos, corpiño azul de muselina con falda de seda estilo polisón. Lleva una banda con perlas blanquísimas ceñida al cuello y una cauda de terciopelo rojo a lo largo de cada brazo. A él también lo vemos envuelto en esa alegría de varón enseñoreado bajo las frondas de cipreses. Levita negra de chaqué, corbata de moño, sombrero de copa alta. Lleva un bastón al uso de la época, aunque no tiene necesidad de apoyarse con firmeza. Nuestra mirada sobrevuela a una distancia prudente. Ambos parecen esposos bien avenidos, sonrientes, alegres a la vida, como esas parejas que llegan al punto de rascarse la espalda mutuamente con la rara sensación de no saber cuál de los dos cuerpos es el rascado. Se han detenido en el Quai Debilly, están a punto de tomar el puente d'Iéna. Varias goletas permanecen atracadas a la orilla del río, una de ellas está adornada con pendones multicolores atados a los palos de proa. Desde una pequeña barcaza que va pasando por debajo del puente, un hombre vestido con galas militares apunta al cielo con un mosquetón y dispara tres cargas de pólvora. Después abre una jaula para que salga un racimo de palomas, las cuales en cosa de segundos se esparcen por los aires dibujando una bellísima estampa que de inmediato provoca un efusivo atronar de aplausos. A lo lejos observamos el vuelo apacible de un globo aerostático. Josephine se detiene unos momentos a contemplar a dos leones echados sobre pedestales de piedra. Un enorme toldo amarillo, festonado con banderolas de diversos países, atraviesa todo el puente d'Iéna. Ahora pasan por debajo de la gran torre de trescientos metros. Como a casi todos les ocurre, ellos también deben experimentar esa sensación de pequeñez ante la gigantesca mole.

—Observa, Josephine. Así es el progreso: monstruoso, colosal, desmesurado. No hay antídoto para contrarrestar los vigores del hombre moderno.

Hasta donde nos encontramos alcanzamos a escuchar las palabras de George, o mejor dicho las adivinamos porque en realidad esa misma frase o algo parecido es lo que suele decir cualquier persona que pasa por primera vez por debajo de la gran torre. Por cierto, justo al centro, sobre la base de terraplén, han colocado un toldo rojo con las banderas de Francia ondeando por los cuatro costados. Josephine y George siguen de largo. Atraviesan unos jardines hasta llegar al Palais des Arts Libéraux; queremos entrar al mismo tiempo, pero antes debemos esquivar una parvada de alondras.

Una vez adentro volvemos a tener dificultades para localizarlos. Por todas partes hay curiosos caminando entre una gran cantidad de esculturas griegas y romanas que han colocado a lo largo de la planta del pabellón. Es como un bosque de mármol. A cada paso vemos diosecillos desnudos, hombres alados, toros, faunos, vestales, discóbolos, cupidos, efebos y nereidas. Imposible sustraerse a la belleza de las decoraciones policromadas. Una pequeña orquesta hace delicias con un minué que parece salir de la nada. A pesar del bullicio reina un ambiente de sosegada cordura, como debe ser en tierras donde el conocimiento manda un obsesivo culto al temple de los impulsos. No deja de sorprendernos la majestuosidad arquitectónica de las estructuras metálicas. Por algo será que hoy día estos constructores franceses son solicitados en muchos lugares del orbe. Aquí mismo, a unos metros, ya vimos que han levantado una torre descomunal cuyos dedales de hierro forjado se multiplican hasta el infinito. También han construido, como si fueran racimos de uvas, toda clase de mansiones para ricos burgueses en Viena, Sicilia, Roma. Y por si fuera poco, un francés, terco a más no poder, hace unos meses terminó por arruinar a la compañía que a pesar del dengue trata de abrir una quimera de canal en Panamá. Pero volvamos nuestra vista al domo interior del Palais des Arts Libéraux. Escuchamos a uno de los explicadores: cada pilar de hierro está cubierto con paneles de terracota decorada con hojas de laurel y roble. No resistimos la tentación de echar un vistazo a la gran cúpula. Con razón hay tantas personas mirando hacia arriba. Oímos que la han adornado con más de seiscientos modelos de tejas esmaltadas, a cada una de ellas le han incrustado pequeños topacios azules que a estas horas del día producen destellos iridiscentes sobre los sombreros de los curiosos arremolinados como abejas alrededor de una gigantesca flor. Pero basta ya de contemplaciones estéticas, porque acabamos de descubrir a nuestra pareja subiendo por una de las escaleras laterales hacia el segundo nivel. Allá vamos también, detrás de ellos.

En el segundo nivel del Palais des Arts Libéraux continúa la exposición de aparatos fotográficos. Por todos lados deambula gente avezada en el mundo de las cámaras. Hablan, comentan, señalan, preguntan, incluso por allí notamos una discusión acalorada. Nos sale al paso un cartel anunciando que ahí se encuentran reunidos los últimos inventos provenientes de Francia, Estados Unidos, Rusia, Italia, Bélgica, todos dispuestos en mesas de caoba oscura. El ambiente es de gran curiosidad, hasta el mismo George Eastman se nota emocionado. Parece haberse olvidado de Josephine. Se quita el sombrero, se acerca, se remueve los anteojos, pregunta a uno de los técnicos encargados de dar explicaciones. Nosotros también somos curiosos. Por ahí descubrimos varios visores iconométricos capaces de capturar un objetivo a través de una ventanilla que se mueve hasta cuarenta y cinco grados. También encontramos las famosas cámaras *detectives*, utilizadas por agentes de la policía secreta. Como no queremos perder detalle, tenemos que acercar el oído a otro explicador. Algunas de estas cámaras están protegidas por marcos desmontables de acero. Tienen refuerzos retráctiles y lentes superpuestos, a fin de atrapar el objetivo de un modo discreto sin necesidad de hacer movimientos sospechosos. Leemos los nombres en los pequeños rótulos que han colocado junto a cada aparato: *L'Ommigraphe de Hanau, Le Rapide de Darlot, L'Invisible de Faller, L'Automatique de Molteni.* George inspecciona meticulosamente cada uno de ellos. Notamos que dedica especial atención a la cámara secreta de Stirn. La observa desde diferentes ángulos, parece un disco de lanzamiento olímpico. Por ahí, un hombre gordo que da la impresión de haber recorrido mucho mundo da unas fumadas a su tabaco y dice que esa máquina es de lo mejor que hay para fotografiar a las grandes fieras del África: «Señores, esta máquina es capaz de enfocar primeros planos desde una lejanía de diez metros, aunque nadie asegura que a esa distancia un león no se interese por carnes como las mías». La risa del hombre gordo debió resonar hasta en los mismos vitrales de la cúpula.

Más adelante están las cámaras regulables con objetivos que pueden graduarse hasta conseguir la nitidez deseada. En una de las mesas están colocadas las cámaras Kodak. George no pretende pasar desapercibido como su creador: un pequeño grupo de curiosos lo rodea. A todos sonríe de buena gana, se siente bastante cómodo hablando de sus inventos a pesar del francés rudimentario que aún se le hace nudos en la boca. Eso también le vale como excusa para responder, de un modo genérico, a las preguntas que le van haciendo atropelladamente. No quiere comprometer nada, sabe que en todas partes hay espías al acecho de información. Hablar de más en esas circunstancias puede ser como abrir una rendija en una jaula de zorros perfumados.

De pronto tenemos la impresión de que algo extraño acaba de ocurrir. George habla con un fotógrafo de ademanes cohibidos, trata de explicarle algo sobre el colodión húmedo. Un joven de cabellos ensortijados se acerca. Dice algo a George, le da un sobre y se pierde entre los visitantes. De golpe nos sentimos intrigados, nuestra mirada capta el momento en que Eastman se disculpa con su interlocutor y se aleja unos cuantos pasos en busca de cierta privacidad. Josephine se ha quedado en otro punto del salón hablando con otras mujeres. George abre el sobre. Por supuesto, queremos saber qué hay adentro. Pronto nos enteramos: es otra fotografía. Tenemos unos cuantos segundos para saber de qué se trata. No importa, somos sagaces en las artes de escrutar. Mientras nos vamos acercando escuchamos el suave sonido del fuelle de una bomba de insecticida, todo el ambiente se impregna de un aroma ligeramente perfumado. Ahora miramos en detalle la fotografía. Otra vez parece una escena fortuita en plena vía pública: George camina, al parecer con cierta prisa, por una calle repleta de gente. Parecen trabajadores muy humildes, ¿qué es lo que venden? Ah, se trata de pescado, eso es. Son vendedores de pescado. Es como un gran mercado al aire libre. Un hombre estira la mano ofreciendo a George un par de arenques pero él no parece prestarle atención. En la fotografía se nota que su mirada está clavada en un punto fijo. ¿Qué es lo que mira? Tal vez tiene algo que ver con lo que hay al fondo de la calle. Parece una construcción muy antigua, la austeridad nos hace pensar en un lugar religioso. Hay una puerta entreabierta y solo se alcanza a ver la pierna de un hombre que entra. Sí, eso es; ahora nos parece más claro el sentido de la fotografía. George trata de alcanzar a ese hombre, ¿pero por qué? Sin duda ha ocurrido algo. Otro enigma, otro misterio.

George mete deprisa la fotografía en el sobre. Se queda pensativo, sin hablar con nadie. Otra vez lo han capturado de un modo furtivo, sin consentimiento. A partir de ahora se abre el enigma, se clava otra espina en la conciencia, incluido el agravio moral. Pero no debe quejarse, él mismo ha contribuido a la realización de estos despropósitos. El señor Le Blanc, comisario de la exposición fotográfica, ha sido claro al informarle que sus pequeñas Kodak están siendo utilizadas en diferentes partes del mundo lo mismo para fotografiar a seres oprimidos que a grandes personalidades del espectáculo. Cierto, lo que no explicó Le Blanc es que detrás de una fotografía puede haber circunstancias oscuras y algo más peligroso, tal vez un psicópata oculto. Por lo pronto guarda el sobre en el interior del traje. Se lleva las manos al pecho tratando de proteger lo que hay adentro; estamos seguros de que en vez de traje, en esos momentos le hubiera gustado llevar puesta una escafandra para descender bajo el agua y escapar de todo aquello. Se excusa ante un caballero que desea conversar con él. Busca afanosamente a Josephine: ahí está, hablando todavía con un pequeño grupo de mujeres. La toma del brazo y la conduce hasta un pequeño rincón apartado del bullicio. Nos acercamos lo más que podemos. George mete la mano al traje y muestra la fotografía.

—Mira. Otra vez han disparado contra mí.

Josephine también se muestra perpleja. Examina la fotografía con sumo cuidado.

—¿Pero qué es esto, Georgie? ¿Quién puede andar haciéndote fotografías de un modo tan sospechoso? El sobre es igual al anterior, también el formato de la fotografía. Está claro que se trata de la misma persona.

—Podría ser un simple aficionado que intenta ganar prestigio, pero también algo más peligroso. Aunque esta ocasión hay algo que me intriga aún más que la identidad del autor.

—¿Qué es, Georgie?

—Nunca he estado en este lugar, estoy completamente seguro. Además, parece que voy siguiendo al hombre que entra por esta puerta, eso es todavía más absurdo. Ahora mismo sería capaz de hacer un recuento exacto de todas y cada una de las calles por las que he caminado en París y ninguna tiene relación con la que se ve en la imagen. Hay algo muy extraño en todo esto, pero sea lo que sea debo averiguarlo. Me quedan unos cuantos días aquí. No quiero irme sin resolver yo mismo este acertijo.

—¿Por qué no acudes a la policía?

—No, de ningún modo, ya he dado bastante de qué hablar en esta hermosa ciudad. Después de todo, las dos fotografías que me han mandado solo hablan de mi propia fragilidad. Por lo demás, es curioso, pero no siento exactamente odio contra este intruso, pues de algún modo me ha colocado a las puertas de mi propia irrealidad. Nunca antes me había ocurrido. Vaya paradojas; yo, que he dedicado buena parte de mi vida a estudiar con atención toda clase de procedimientos químicos y mecánicos para obtener fotografías de un modo mucho más práctico, ahora me doy cuenta de que esa simplicidad desatada por mis pequeñas creaciones es solo un fantasma lucrativo. ¡Mira! Basta con tener en las manos una fotografía como esta para advertir la presencia de algo ridículo, perverso, casi maligno.

—Oh, Georgie, no hables así. Ya tomarás una sensata decisión más adelante, pero no en este momento. Ahora vamos a seguir disfrutando de este maravilloso lugar.

Cuando se alejan notamos en el rostro de George una cierta demolición de ánimo. Quisiéramos ofrecerle unos tragos de anís, pero no es posible. Abajo, al fondo del vestíbulo principal, la pequeña orquesta va cerrando los últimos compases de una sonatina. Mozart también debió sufrir congestiones cerebrales ante los enigmas de su vida. Se oyen aplausos mientras alguien ofrece copas de vino borgoñés a los visitantes de la exposición fotográfica. George continúa explicando ciertos detalles de sus cámaras, pero en realidad solo piensa en el enigma que lleva guardado en el bolsillo de la levita.

Es otro día. Nuestra mirada recorre un pequeño laberinto de callejuelas atestadas por hombres y mujeres que destazan pescados, remueven vísceras de terneras y arrojan basuras de animales en grandes tinajas. Todos esos pantanos de sangre los vemos flotar a plena luz del día. En algunos rincones descubrimos rebatiñas de perros disputándose pedazos de carne. Un jovenzuelo tira pedradas a una rata escurridiza. Vemos esparcidas en el suelo toda clase de pisadas ensangrentadas. Debe haber un matadero contiguo al mercado de pescados, nos preguntamos por qué no han saneado ese lugar. Sabemos que en Marsella hay un mercado de cúpulas con vitrales donde los pescados se ofrecen tan limpios y rozagantes que da lástima comérselos, aunque todo este profuso bullicio tiene sus aires de encanto. Solo aquí es posible mirar, tocar, olfatear en toda su crudeza las veleidades del mar. Nos parece un festín de colores, sonidos y aromas abrasivos. Claro, a ciertas horas del día se levanta una fetidez nauseabunda, capaz de provocar mareos y destemplar los ánimos de quienes viven cerca; no es difícil advertir el tamaño de las afectaciones. Unas calles a la derecha divisamos el claustro de Santa Clara. Las monjas han tenido que levantar muros y sembrar arriates de flores aromáticas adentro de sus patios seguramente como un paliativo contra las tufaradas a pescado podrido que ventolean en los dormitorios hasta por debajo de las losetas.

Pero esos tufos incesantes no son las únicas ofensas al olfato que deben soportar las monjas de Santa Clara. Hace dieciocho años, cuando se desató la represión contra los comuneros, una parte del huerto fue habilitada como cementerio de pobres e indigentes. Al parecer, durante los días de motines y saqueos muchas tumbas fueron excavadas a poca profundidad, pero con las prisas de sepultureros improvisados, las tapas quedaron mal selladas. Eso ha ocasionado que en tiempos de lluvias y calor se levanten aires enrarecidos que causan requiebros, toses, náuseas y hasta vómitos repentinos en pleno ofertorio. Hay noches de bochorno espeso en que las monjas tienen que untarse polvos de regaliz y masticar hojas de menta para poder conciliar unas cuantas horas de sueño. Cada año se cuentan casos de novicias que un buen día deciden colgar los hábitos a causa de tanta pestilencia impregnada en sus cuerpos. La madre superiora por supuesto ha tomado cartas en el asunto, desde purificar ella misma el ambiente con sahumerios de incienso perfumado, hasta mandar tapiar las tumbas lodosas. Incluso, varias veces, armada con su bastón de matrona cerrera, llegó a montar en cólera contra los miembros de la prefectura exigiéndoles una estrategia sanitaria que en definitiva las defienda contra los peligros del miasma. Pero increíblemente, a pesar de las provisiones, los enmiendos y reclamos de toda índole adentro del convento, las monjas siguen padeciendo el hedor de los pescados.

Esa misma desgracia olfativa la va percibiendo George Eastman desde el momento mismo en que el coche tirado por dos caballos da vuelta en la avenida Philippe Auguste y se adentra en el último tramo de Montreuil, después la rue d'Avron. Inmediatamente recibe las primeras tufaradas calientes a sancocho rancio del mar. Empieza a sentir náuseas con los saltos de las calles empedradas. Hace una señal al cochero, pero al bajar tiene la mala suerte de encontrarse justo en un mar de tinajas ensangrentadas. Nada más dar unos pasos, siente que camina sobre una nata espesa de grasas escurridas durante años. Por un momento se ve tentado a llevarse las manos a la boca, pero una ráfaga de vergüenza lo para en seco. De un vistazo advierte que en esos callejones pestilentes no hay brisas venturosas ni cándidos filtros de piedra, ahí la vida se gana y se comparte sin remilgos. La mugre, los desperdicios, el agua ensangrentada de las tinajas, forman parte de un flujo vital tan intenso y subsumido a la propia existencia, que a decir de no pocos viajeros ilustres esa callejonería de pescados es una de las más variadas del mundo.

Sobreponiéndose a la desazón que le provoca el tránsito entre albañales, vísceras podridas y desperdicios del mar, George no se detiene, sigue andando hasta el fondo del callejón. A veces remueve algún desperdicio de pescado con la punta del bastón. No es fácil explicarlo, pero desde donde nos encontramos nos parece que hay algo de heroísmo en la expresión de su rostro. Al llegar al extremo del callejón titubea. Mira hacia ambos lados de la calle. Saca el sobre con la fotografía, regresa unos metros atrás. Seguro trata de reconocer el punto exacto en el que ha sido retratado. Se siente vigilado, ya lo han fotografiado un par de veces; podría ocurrir de nuevo en cualquier momento. Parece que al fin ha logrado emparejar los rasgos de la fotografía con las fachadas laterales. Ahora sí, podemos verlo dirigiéndose de manera más resuelta hacia el convento de Santa Clara. Da unos golpes con la argolla de la aldaba, minutos más tarde se abre la puerta. Nosotros nos apresuramos a entrar también. George se quita el sombrero, saluda cortésmente a la monja que lo ha recibido y después de explicarle apenas el motivo de su visita, es invitado a pasar. Atraviesan un pequeño jardín, la vista es sobrecogedora: no hay un solo resquicio sin flores. También se oye el rumor incesante de agua que fluye. La madre superiora lo recibe en su despacho. Es una mujer de edad avanzada; sus rasgos expresan esa dulzura triste de quien se ha sometido durante muchos años a estrictas disciplinas. La cofia perfectamente almidonada nos remite a una pulcritud obsesiva. Varios perros encadenados de pronto empiezan a ladrar en algún lugar del convento.

—Disculpe el escándalo, son cachorros inofensivos. Dígame, ¿en qué podemos ayudarlo?

—Tal vez no sea nada especial, pero necesito que me ayude a descifrar el sentido de esta imagen.

George muestra la fotografía a la madre superiora. Durante unos instantes solo se escucha el segundero de un reloj mecánico. La respiración de la monja permanece suspendida, como al margen del tiempo.

—¿Podría decirme quién es el hombre que está entrando al convento?

—Puede ser el cartero, tal vez el administrador de donaciones. Es un hombre entrado en años. Viene una vez cada mes.

—Hay algo muy extraño, ¿sabe? Estoy seguro de que en la fotografía yo persigo desesperadamente al hombre que está entrando a este lugar. No estoy seguro de que esto haya ocurrido en realidad, mis recuerdos son vagos, difusos. Tal vez esa espalda; el sombrero. Creo recordar que llevaba un objeto en la mano derecha. Podría ser una cámara fotográfica, así lo siento aunque no tengo plena seguridad. Es como en los sueños, uno tiene plena certeza de que está ocurriendo algo imposible. Tiene que haber un tercer hombre que captura toda la escena. Probablemente se trata de un cómplice. Por favor, necesito que me diga cualquier cosa sobre la persona que está entrando. Sería de gran ayuda para mí.

—¿Es usted policía?

George siente una ráfaga de vergüenza.

—Oh, no... en realidad solo soy un fabricante de aparatos de fotografía.

—Permítame un momento.

La madre superiora sale del despacho.

George se queda solo. Se sienta en una silla astillada. Inclina el pecho hacia el piso, dos veces pasa los dedos entre sus cabellos. Indudablemente está nervioso. Quisiera encontrarse de una buena vez con aquel enemigo invisible para reprocharle por el ultraje contra su intimidad. El agobio de no saber quién lo ha fotografiado resulta más angustiante de lo que había calculado. Sabemos que desde muy joven sentía pálpitos de zozobra cuando no podía explicarse las cosas. Una vez, a los once años desarmó el mecanismo de un reloj esquinero; pasó toda la noche sin dormir. Al final, ya de madrugada pudo encajar cada uno de los engranes en su lugar de origen, pero mamá lo encontró llorando porque le pareció una calamidad no haber esclarecido el misterio del tiempo metido en el reloj. Tal vez eso mismo estaba ocurriendo. Sentía que esas dos fotografías eran engranes dislocados, piezas mal colocadas en el mecanismo de su destino. Debe sentirse furioso, impotente: humillado.

La madre superiora regresa acompañada por una novicia. Nosotros descubrimos al instante la fuerza de una mirada imperativa.

—Lo siento mucho, señor Eastman. Me temo que no podemos ayudarlo. Cualquier dato que yo pueda proporcionarle respecto al caballero de la fotografía podría perjudicar a toda nuestra comunidad.

—Entiendo. No deseo importunar la vida del convento.

George guarda el sobre con la fotografía, se coloca el sombrero, toma su bastón y sale del despacho. Antes de salir a la calle echa una mirada al jardín.

—Espere, por favor.

La madre superiora da una orden a la novicia, quien dócil va y corta una flor de azahar.

—Tenga. El aroma de esta flor lo protegerá contra los olores del pescado.

Una vez en la calle notamos algo extraño en el proceder de George. En vez de caminar deprisa, huyendo del marisco pestilente, lo vemos adentrarse hasta el punto más álgido de las vendimias. Ni siquiera se coloca la flor de azahar en la nariz, la encaja en la solapa dedicándose a observar despreocupadamente. Por ahí le sale al paso una tinaja con cabezas de pescados flotando sobre agua ensangrentada. Mete el bastón y remueve el caldo inmundo; alcanzamos a percibir que hace un tremendo esfuerzo por contener el asco. Después camina unos pasos y se sienta, plácido, a observar el tráfago de vendedores en la mercadería de boquerones. ¿Por qué actúa de esa manera?, nos preguntamos mientras vamos desplazando la mirada hacia un punto cercano, donde no se nos escape ningún detalle. Es evidente que está exponiéndose. Tal vez quiere provocar al intruso que se ha inmiscuido en su vida. Sabe que en esos momentos está colocado en un escenario perfecto para ser fotografiado. Un jovenzuelo pasa caminando con un pequeño cargamento de fuegos artificiales. George compra un cohete; le pide al muchacho que lo encienda para él. En unos segundos se oye una explosión seca desde un punto muy elevado y enseguida vemos una medusa de colores deshaciéndose en el cielo. George sonríe, le da unas monedas al muchacho. «Cómprate unos boquerones», le dice. Entonces se levanta y se va andando sobre la rue d'Avron.

Mientras lo seguimos, a cierta distancia, nos damos cuenta de que las fotografías que angustian a George son cuartos que se comunican unos a otros de ida y vuelta, como en una galería de espejos. No sabemos cuándo podrá salir de ahí. Nos gustaría lanzarle una advertencia, ponerlo en alerta, pero eso no debe suceder. Solo podemos mirar. Sería un error fatal llegar a tocar su hombro: podríamos despertarlo en uno de los cuartos intermedios y dejarlo ahí para siempre.

XXVIII

Cada día teníamos por lo menos un caso de maniáticos en crisis. Uno de los sifilíticos sufría convulsiones y daba alaridos a causa de sus dolores; para calmarlo se hacía necesario envolverlo en cobijas. Otro empezaba a dar gritos anunciando que se iba a suicidar. Se mecía sin dejar de llorar con las piernas tiesas, como si estuviera trancado a la tierra. O bien se daba el caso de alguno que de pronto se hacía con las ropas de otro interno y empezaba a romperlas con uñas y dientes. A las hermanas eso les causaba mucha inquietud, porque todo el tiempo había escasez de ropas suplementarias. Esas cosas me provocaban mucho cansancio. Al llegar la noche me sentía profundamente agotado. Uno de esos días desperté sin poder abrir los ojos, tenía los párpados adheridos a una cortinilla de legañas. Había soñado que peleaba con un dragón de cuatro cabezas; no pude matarlo porque mi espada se fue derritiendo al calor de las flamas. Me froté las pestañas con fuerza. La mayoría de lunáticos ya se habían levantado y vagaban afuera del dormitorio, solo uno seguía sentado junto a la estufa apagada. De acuerdo con las indicaciones del doctor Peyron, todos los internos debían permanecer en el dormitorio hasta que sonara el gong anunciando el desayuno; sin embargo, muy pocos hacían caso a esa disposición, simplemente despertaban cuando se sentían hartos de estar en la cama, se ponían las ropas deambulatorias y salían al huerto. Esa mañana yo no estaba seguro de si ya había sonado el gong del desayuno. De todos modos fue un acierto no haberme salido del dormitorio, pues en cuanto me incorporé ocurrió algo por demás chocante que habría de cambiar el curso de mi existencia en aquel lugar.

Un fragmento de papel sobresalía debajo del colchón. Era un sobre amarillento, como si hubiera estado expuesto muchos días a la luz del sol. Adentro había una fotografía. La observé con cuidado, sin poder evitar un golpe de perplejidad: *¿Qué demonios es esto?*, me pregunté. *¿Quién me ha tomado esta fotografía?* ¿Por qué la habían colocado a escondidas debajo del colchón? En la imagen estaba en primer plano un poco adelante del herrero, que mantenía el brazo levantado a punto de soltar un martillazo sobre la cadena que me unía al guardia Brias, quien por cierto se alcanzaba a ver un poco detrás del herrero, como escondido. Eso sucedió inmediatamente después de que Brias y yo entramos al recibidor del monasterio, en nuestros rostros se adivina el terrible cansancio del viaje. El autor de la fotografía nos captó de cuerpo entero. Eso quiere decir que se encontraba a una cierta distancia, aunque no demasiado lejos. Pero había otro detalle más inquietante: al acercar un poco la mirada, me di cuenta de que yo señalaba algo hacia el frente, probablemente al fotógrafo mismo. No, eso no pudo ser. Aun con la fotografía en mis manos, sentado allí en mi propia cama, estaba seguro de que al llegar al monasterio nunca vimos a una persona con la intención de hacernos una fotografía. Si acaso, el único que pudo haber hecho tal cosa fue el doctor Peyron pero esa misma mañana, cuando fui a su despacho a mostrarle mi hallazgo, se mostró tan sorprendido como yo.

—Hasta donde llegan mis injerencias, nunca ha entrado a este lugar alguien con un aparato fotográfico. Si piensa que yo pude haber sido, de antemano le aseguro que está equivocado. Observe bien, acá detrás alcanza a verse la silueta de mi bata. En realidad me encontraba a unos metros de ustedes, sin ningún objeto en las manos. Nadie que yo sepa puede estar en dos lugares al mismo tiempo, ¿no cree? Ah, y seguro también ha pensado en las hermanas de San José de Aubenas, pero créame, señor Gobert, eso sería imposible. Como ha podido notar, su vida transcurre inmersa en estricta disciplina. Ninguna de ellas sería capaz de esconder algún instrumento al servicio del placer.

—Pero alguien tuvo que haberlo hecho. Esta fotografía no pudo salir de la nada.

—En eso tiene razón. Hablaré con la madre superiora, pero no le garantizo nada. A veces ciertos acontecimientos escapan a nuestra voluntad. Por lo pronto le recomiendo no exaltarse. Después de todo, se trata de una simple fotografía.

Esa conversación con el doctor Peyron solo sirvió para aumentar mi turbación. Pronto me sumergí en un estado de profunda melancolía.

Vaya cosa, me dije. *Qué repugnante es todo esto. Un absurdo, una estupidez.* Había algo negro, amenazante, depredador, no solo en la fotografía misma sino en todo el suceso. Alguien se había deslizado sigilosamente a medianoche y sin que nadie se diera cuenta fue capaz de encajar el sobre en la parte baja de mi colchón. No se trata de un suceso cualquiera. Estamos hablando de una intromisión violatoria; de un asalto. Lo mismo pudo ser un simple bromista, que un maldito demente dispuesto a estrangularme. Durante varios días mis sospechas recayeron en Casiro, el hombre que me ayudó la primera noche a calmar a Florent. Estuve observando cada uno de sus movimientos pero no encontré nada raro en él. Su indiferencia hacia mí era totalmente nítida, transparente, igual a todas las indiferencias de los otros lunáticos. *Vaya idiotez*, pensaba. Yo, que a punto estuve de asesinar a un hombre impulsado por los celos y la rabia que me provocaban sus maquinitas vomitadoras de fotografías, ahora padecía toda clase de miedos a causa de una sola imagen fotográfica. Sin duda el malnacido que había oprimido el obturador lo sabía: su mayor triunfo había sido meterme en una jaula con tigres invisibles. Quien hubiera sido, podía azotar su látigo a placer mientras yo tenía que tragar mis propias larvas mentales.

Los siguientes días me mantuve alerta como un perro sabueso. Pronto concluí que ningún loco pudo haberme tomado esa fotografía. Además de miserables, a duras penas eran capaces de sostener la cuchara para llevarse alimento a la boca. Por lo demás, Peyron tenía razón, no había motivos claros para sospechar directamente de alguna hermana en particular. La simple posesión de una cámara fotográfica sería motivo de severos castigos, ayunos, penitencias, todo el rigor de los agravios morales se vendría encima para ellas.

Mi conclusión fue tajante: alguien del todo ajeno al monasterio se había metido con el firme propósito de fastidiarme. Así se lo hice saber al doctor Peyron pero otra vez se mostró displicente, incluso lo noté un tanto irritado. Me dijo que tanta preocupación por una fotografía podía ser perniciosa para mi salud. Me recomendó infusiones de menta y una rutina de cazar mariposas en el huerto. Claro, esa indiferencia me molestó. «¡Usted me trata como si yo fuera un loco de atar!», fue lo que dije antes de salir a toda prisa de su despacho.

Cuatro días me negué a comer con los demás. No alterné con nadie. Mis entradas al comedor se limitaban a tomar un plato de alubias. Después me sentaba en alguna piedra del jardín y me dedicaba a contemplar los árboles añosos y las hileras de colinas desiertas. Todo el día andaba mosqueado, nervioso, de mal humor. Una mañana vi a unos locos jugando a las bolas: aventaban las piezas de madera en silencio. Dos hermanas pasaron junto a ellos, rumiando las cuentas de sus rosarios. Yo me planté frente al juego, pero como siempre ocurría, los lunáticos ni siquiera se volvieron a mirarme. Entonces, en un rapto de cólera agarré una bola y la aventé no demasiado lejos, hasta un pequeño paraje de setos y árboles enmarañados; dejaron de jugar pero no se mostraron enojados. Se rascaban la cabeza un poco desconcertados al notar que hacía falta una bola en la arena. Uno de ellos, envuelto en abrigos, cerró su viejo periódico y se apresuró a traerla. Después de colocarla en el mismo sitio donde estaba, volvió a fingir que leía mientras los otros locos reanudaron el juego como si nada hubiera ocurrido. Todos parecían moribundos, hasta el sol del monasterio flotaba sobre nuestras cabezas como un muerto amarillo.

No sé cuántos días pasé tratando de espantarme la zozobra hasta sumergirme en un hermetismo férreo. Mis pasiones reprimidas eran escupidas a solas en el retrete, ahí me desahogaba furiosamente, jadeando como un perro callejero al tiempo que trataba de recrear en mi cabeza la imagen de Cortiset posando desnuda para mí. Pero ni siquiera eso funcionaba, pues algo había ocurrido en mi cerebro que también el rostro de mi pequeña ninfa se desdibujaba. Una tarde calurosa, sentado en aquel retrete sofocante de maderas podridas, apreté los ojos en busca de su rostro y de su cuerpo abundante recostado sobre el sofá de mi buhardilla, pero la visión de Cortiset estaba empañada en mi cabeza. Pronto me vi enmarañado en una sensación terrible de impotencia, pues todo se me confundía de un modo plegadizo entre capas de tinieblas. Varias veces volví a intentarlo, pero fue inútil: el miembro se me encogió como una rama de perejil remojada. Ni siquiera hice caso a las advertencias de la hermana Dechanel: «Antes de entrar al retrete debe revisar si hay alacranes escondidos»; eran tales mis urgencias de Cortiset que, en vez de atemorizarme, imploré a los alacranes: «Si alguno de ustedes me asegura que la ponzoña atrapada en sus colas me hará recordarla tal como era cuando nos amamos, entonces provóquenme ese delirio. Aquí está mi brazo, uno de mis muslos; el pie derecho.» No sé si esas fueron todas mis palabras, el caso es que cuando abrí los ojos, postrado en mi cama, la hermana Dechanel me dijo que me habían encontrado tirado en el retrete, envuelto en sudores y con espasmos.

El tiempo que pasé en cama reponiéndome, mi cuerpo se desguanzó lentamente hasta llegar a un punto de sopor apacible. Por increíble que parezca, ese estado de ánimo me gustaba porque me remitía a una pereza hedonista muy agradable. Todo mi organismo adquirió tonalidades distintas, se volvió captador de luz, como los enormes girasoles que aún se pueden ver desde aquí. Pero yo sabía que todo eso no era más que un estado larvario, un truco inventado por los nervios de mi propio sistema quebrantado, frágil y achacoso a más no poder. Me acordé entonces de algunos días de crudo invierno, cuando iba con amigos a los fumaderos de opio en París: la cabeza se me despegaba del cuerpo, salía flotando y regresaba girando sobre su propio eje hasta que desaparecía succionada por mi ombligo.

Por primera vez tuve deseos de escapar. Empecé a deambular sin rumbo fijo, nada más oteando posibilidades. No sería nada fácil: todo el conjunto de construcciones integradas al monasterio estaba conformado por un enorme cuadrilátero. Hacia la parte sur se encontraban los pabellones de primera y segunda clase, así como la sección de mujeres; del otro lado, el pabellón de tercera. Yo estaba internado en la parte oeste, con los enfermos más peligrosos. La casa habitación del doctor Peyron se ubicaba hacia el este, cerca de un claustro del siglo X y una capilla. A todas las construcciones las rodeaba un muro de unos cuatro metros de alto, lo cual era una barbaridad, un trabuco imposible de escalar. Realmente la única salida posible era el portón central, pero una fuga por ahí requería de muchas cábalas ya que estaba enrejado. Además, todo el día le tenían echado un candado enorme, y por si fuera poco había una tranca de hierro atravesada.

Pero a los seis días exactos de mi desmayo en Saint-Paul me topé con alguien que me hizo regresar el pie a la orilla del precipicio. Era mediodía, el sol caía a plomo sobre nuestras cabezas. Hacía tanto calor que algunos compañeros decidieron mojarse las cabezas con agua del pozo antes de meterse al dormitorio a sentarse alrededor de la estufa. Yo sentí que ese era un buen momento para hacer una ronda en busca de posibles salidas. Me dirigí al jardín central con la seguridad de que a esas horas nadie sería capaz de andar por ahí soportando los rayos del sol, mas no fue así: para mi grande sorpresa había un hombre sentado frente a su caballete de pintura. A cierta distancia me pareció que se trataba de una aparición sobrenatural, casi un fantasma surgido de la nada, pero al acercarme noté que se trataba de un hombre absolutamente concentrado en su trabajo; ni siquiera los ventarrones del mistral pasajero parecían molestarle. Con los pies apretaba la base del caballete, así evitaba los movimientos bamboleantes del cuadro. También llevaba las ropas roídas. Traía un extraño vendaje atravesado en la cabeza y no usaba sombrero. Sus cabellos rojos revoloteaban como follaje al ritmo de los ventarrones. Nunca antes lo había visto, tal vez se trataba de un paciente alojado en el pabellón de tercera clase. Me coloqué unos pasos detrás de él; quieto, en cuclillas, como un animal echado a la espera de un hueso. No deseaba interrumpir. De hecho, tampoco le importó mi presencia. Siguió pintando sus lirios arremolinados sin inmutarse.

Nunca antes había visto algo semejante. Dos, tres, no sé cuántas capas había ahí. Los colores malvas, naranjas y amarillos palpitaban de un modo terrible y tierno al mismo tiempo. Las flores danzaban libremente como bailarinas japonesas sobre una pequeña selva de hojas trenzadas. Todo el cuadro irradiaba luz de un modo casi febril.

—¿Cómo hace eso?

No respondió de inmediato, sus ojos estaban clavados en el cuadro. Arrojó unas migajas de pan a una rata que andaba husmeando, se limpió el sudor y se inclinó hacia un costado como un muñeco de trapo.

—¿Hacer qué?

—Esos colores.

Volvió a tardar un rato en responder.

—Siembro, amigo. Me gusta sembrar colores.

—Ya veo. ¿Pero cómo hace para lograr tal intensidad?

Cada vez tardaba en responder. Los movimientos de su paleta eran mucho más importantes que mis preguntas.

—Ah, sí. Trato de lograr oposición complementaria. Mis colores crecen como las plantas. Tienen sus propias flamas de luz.

Tenía razón. Aquellas hojas verdes en realidad parecían flamas emergiendo de la tierra. Todo el colorido parecía independiente de la expresión plástica. No había atenuaciones. Eso era brutal: nunca en mi vida contemplé algo tan atrevido, tan sincero. Colores complementarios como el verde, el violeta y el naranja, unidos sin tonos intermedios, cada uno palpitando en sí mismo y a la vez integrado al resto de la composición. *Este hombre*, me dije, *debe poseer conocimientos profundos de cromatismo.*

—¿Dónde aprendió, monsieur...?

—Vincent. La gente de Arlés me decía *Fou Roux*, ¡canallas! ¿Por qué quiere saber? ¿Acaso es usted pintor?

—Digamos que sí. Pero aquí no me permiten pintar. Mi nombre es Gobert.

Era él, sí, no había duda, el mismo holandés loco del que tuve noticias en París. En esos momentos recordé que hacía unos meses, en el Café de la Nouvelle Athènes, Monet y algunos de sus allegados comentaron que el pobre Van Gogh andaba al garete, sin saber por dónde continuar su vida; los muy idiotas llegaron a decir que valía más la oreja de Vincent que sus cuadros. Por supuesto me propuse no comentarle jamás nada sobre esas habladurías.

Repentinamente se levantó y empezó a atar el caballete. Su mirada era cruda, tal vez debido al vértigo que lo quemaba por dentro.

—Aprendí leyendo al teórico Blanc, también estudiando algunos cuadros de Millet y Delacroix.

Vaya. Eso me sorprendió.

—¿Por qué se marcha tan pronto?

—Tengo ganas de salir a mirar los cipreses que hay en los alrededores. Más tarde quiero hacerme una pipa y tomar café. Aquí la gente es más educada que en Arlés. Hasta puedo holgazanear un poco.

—¿Lo veré otra vez por aquí, monsieur Vincent?

—No me gusta mucho hablar con la gente, ¿sabe? Prefiero salir desde muy temprano a rumiar mis cuadros por los alrededores del hospital. Soy una cabra. Sí, eso es lo que soy.

Y se fue.

Permanecí todavía un rato en cuclillas, mirando a la rata comer sus migajas. Esa tarde fue la primera vez que me sentí realmente animado desde mi llegada al hospital siquiátrico. Empecé a notar un alivio incipiente contra las desazones que me provocó la misteriosa fotografía que aún guardaba debajo del colchón. Algo instintivo, pueril, cercano a un punto de quiebre, se me había atravesado y todo a partir del encuentro inesperado con el pintor Vincent, porque en estricto sentido, minutos antes yo andaba como un perro apaleado buscando una simple rendija por donde escapar. Sin embargo, ese encuentro con un pintor en pleno frenesí de color me devolvió cierta dignidad perdida, me permitió ensanchar un poco mis dominios sin una nota de caridad. Entonces, algo más despejado y con un sentimiento de liberación, regresé al dormitorio a sentarme alrededor de la estufa apagada junto a dos compañeros, uno de ellos era Florent. Al mover la silla se escurrió un gato por debajo de la estufa. Tenía muchos deseos de hablar con alguien, así que le dije a Florent:

—No importa si no me contestas, amigo, pero déjame anunciarte una verdad de piedra: la pintura es una pasión desaforada. Sí, eso es.

Para sorpresa mía, Florent me sonrió y movió su cabeza afirmativamente.

XXIX

Tal vez nuestra mirada se ha vuelto menos pretenciosa. Sin embargo seguimos aquí, de cerca, sin perder absolutamente nada. Sabemos que el regreso de George Eastman a Estados Unidos ha estado salpicado de agitación, sobre todo al despedirse de Josephine Dickman, tan cercana y distante en aquella pasión de encuentros fugaces. Pobre George, no imaginaba que esa relación estaría teñida en adelante por un velo de inocencia perpetua, aunque ahí mismo se le vino encima la revelación de que nunca podría acceder a algo más pues estaba consagrado a trabajar en cuerpo y alma en la expansión de su industria, a cuidar la vejez de su madre y ni aun la viudez de Josephine significaría una dorada oportunidad para el amor sensual. Fuimos testigos de los esfuerzos que hizo George gritando adiós a todo pulmón para que su voz no fuera sofocada por los silbatazos del tren anunciando la partida inminente. Sin mucho tacto, dejó salir al hombre de negocios que traía amarrado.

Maria Kilbourn lo apresura. Nosotros también nos damos prisa. Tratamos de mirar a una cierta distancia, pero sin intervenir en la naturaleza de los acontecimientos. Pronto nos enteramos de algo complicado: la siguiente agitación sobreviene momentos antes de abordar el vapor rumbo a Nueva York. Hay un ambiente de fiesta a lo largo del muelle; las barandas de eslora del vapor *La Bourgogne* están cubiertas con guirnaldas auspiciadas por la Compagnie Générale Transatlantique. Un grupo de cadetes arroja desde cubierta besos al aire, listones multicolores y puños de confeti. Junto al muelle hay música de trombones, muchachas con sombrillas de colores, farolas de papel y un pequeño espectáculo de saltimbanquis deambulando entre la multitud desordenada. Nos desplazamos un poco por encima de la multitud. Ahora nuestra mirada es abarcadora: muy cerca del tráfago propio de los estibadores llegan en lujosos landós tirados por dos caballos algunos miembros distinguidos de familias aristocráticas. Los cocheros, uniformados con trajes de librea y chistera, descienden para abrir las puertas de sus amos. Caballeros de frac y damas ataviadas con vestidos de la última moda parisina se pavonean entre una fila interminable de emigrantes mal comidos y mal dormidos, todos a la espera de acomodo en las galeras bajas, muy cerca de las calderas de vapor.

Ahora nos desplazamos un poco hacia una parte menos aglomerada. Nuestra mirada capta el estado nervioso de George. Claro, no es para menos: desde el momento mismo en que se metió en fila para realizar los tránsitos de abordaje tuvo malos presentimientos. Una salazón picante se le filtró hasta las encías cuando empezó a oír los rechinidos del enorme casco, balanceándose apenas como ballena estacionada. Otras veces había superado con estoicismo los temores de alta mar, pero esta vez se siente profundamente débil, vulnerable, ajeno a todo ese alboroto de fiesta. Hasta las fragancias de los costosos perfumes que se levantan con las ventiscas del mar le producen trastornos de náusea. Muy cerca de donde se encuentra vemos a un fotógrafo haciendo negocio de recuerdos con su cámara enorme montada sobre un trípode. Lejos de sentir curiosidad, George trata de evitar la fotografía colocándose atrás de un piquete de zuavos argelinos. Esa escena es graciosa; lo que no puede evitar es el brusco movimiento de una gordísima mujer que se asusta al escuchar el estruendo de un cohete pirotécnico lanzado desde la proa. Es increíble pero casi aplasta a George contra un poste repleto de cuerdas. Nos gustaría ayudarlo pero eso es imposible.

Ahora nos desplazamos hacia abajo, casi a ras de piso. Nos escurrimos entre la gente. El incidente no hubiera pasado a mayores de no ser porque los anteojos de George se cayeron y alguien los aplastó con la suela del zapato. Hay algo patético en todo lo que está ocurriendo. En cuanto se levanta se da cuenta de que una patilla está rota y los cristales se han desmontado del marco de oro. La mujer se disculpa. «No tiene importancia», dice George, pero es evidente que se ha metido en una espiral de invalidez y desconcierto. Necesita ser guiado por su madre; así aborda el *La Bourgogne*. Una mano le sirve para detenerse los anteojos fracturados y la otra para aferrarse al barandal de la plancha. Nosotros vamos detrás, miramos a todas partes. Sin duda es un buque magnífico. George parece un polizón desorientado en medio del barullo. Maria es amablemente conducida a su camarote; ahí va deprisa, esquivando pasajeros entre las bordas del barco. George sube unas escalerillas en forma de caracol, parece sofocado; al llegar a su camarote abre la puerta con cierta premura y se encierra. Alcanzamos a colarnos como una ráfaga de viento justo antes de que cierre la puerta. Inmediatamente, como si todo fuera parte de una trama escurridiza, se afloja la corbata, echa un vistazo al puerto a través de la claraboya y se tira en la cama tratando de saber cuál sería la manera más honorable de no perder la cordura.

Bastó, sin embargo, una comunicación explicando lo sucedido para que en cosa de dos días el capitán en persona fuera hasta el camarote de George Eastman a devolverle sus anteojos en una bolsa de gamuza roja, ya perfectamente montados y con la patilla reparada por un orfebre. «Si me permite subsanar mejor el incidente, señor Eastman, esta noche yo invito una copa de champán.» El capitán Hains es un hombre corpulento entrado en años. Tiene los cabellos blancos y revueltos como la espuma del mar. Invariablemente lleva puesto su uniforme militar de grandes solapas con condecoraciones que datan desde los años de Napoleón III. Usa el bigote grueso, extendido hacia una barba de grandes chaparreras. Todo eso, en conjunto, le da un aspecto legendario, de viejo lobo incapaz de hacer concesiones a los terrores del mar.

Ahora salimos del camarote de Eastman. El mar está completamente en calma, parece un desierto negro. La brisa produce un silbido muy agradable. Durante unos minutos se muestra reticente a bajar al salón restaurante en busca del capitán Hains, sin duda le parece un despropósito acudir a una invitación de descargo, pero tampoco desea pasar los días de travesía sumergido en marasmos solitarios; sale pues del camarote. Ya se ha puesto el sol. Por supuesto vamos detrás. Por unos instantes levantamos el vuelo de la mirada: nos complace tener una perspectiva de todo el barco en medio de la noche. Vaya, la vista es magnífica. Desde lo alto presenciamos el momento exacto en que se encienden las luces de los pasillos. Igual que nosotros, George aún se maravilla ante los prodigios de la energía eléctrica. Sin duda podría pasarse horas hablando con el señor Edison del futuro de esta moderna maravilla.

Ahí va caminando junto a las barandas de cubierta, dejándose envolver por la frescura de las ventiscas incesantes y por la extraña sensación de irse desplazando sobre la inmensidad oscura del océano. Piensa varias veces en la fragilidad del ser humano, en lo efímero de su presencia, como un grano de arena en una playa. Durante unos instantes se detiene a contemplar la incipiente estela de agua espumosa que va dejando el rastro del barco. No hay nadie cerca de él. Todo mundo debe estar encerrado en sus camarotes, alistándose para disfrutar la cena. Sería tan fácil en ese momento subirse a la baranda y arrojarse al mar, apenas cosa de un esfuerzo mínimo. Nadie notaría nada. Después de todo, las aguas del océano devoran cualquier cosa sin venganzas, sin aspavientos. Sería un simple percance en el mundo, algo parecido a una jugarreta: ante el mar no significaba nada su emporio. Se detiene. Con ambas manos sujeta el borde de la baranda, cierra los ojos y respira profundamente el olor del mar. «Todavía no», dice a media voz. «Mi trabajo aún no está terminado.» Sigue andando. Nosotros también nos sentimos aliviados.

Un oficial de guantes blancos lo conduce hasta el salón de primera clase. Nuestra curiosidad se aviva. Nada más abrir la puerta de cristal biselado escuchamos un terso compás de violines. Del techo cuelga un enorme candil Recamier de quinientas luces; parece una cascada de gotas de lluvia suspendidas en el aire. Cada rincón está decorado con maderas preciosas, jarrones de ágata, mascarones de alabastro y toda clase de objetos suntuosos distribuidos alrededor del salón con excelente gusto. Los pasajeros del *La Bourgogne* encuentran en el navío una extensión de las comodidades a que están acostumbrados en Europa y Norteamérica.

Nuestra mirada deambula sobre el enorme salón cubierto con tapices de Damasco. Alrededor se ven sedas y vitrinas de caobas finas repletas de cristales. En la parte alta pueden apreciarse cabezas disecadas de león, tigre y elefante, piezas de caza mayor o «trofeos del destino», como suele llamarles el propio capitán Hains. El paisaje de mesas con manteles de lino y candelabros de plata se completa con una fuente giratoria de tres pisos, repleta con viandas estilo imperio; quisiéramos probar un poco de cada platillo, pero nos abstenemos, claro. Hay patés de ganso, *tagliatelles* trufados con langosta y salsa *velouté*, castañas cristalizadas, espárragos a la holandesa, filetes de cordero borgoñés, crema de piñones, jamones de Bayona, bocadillos con mermelada de castañas. Todo se ve exquisito. Por supuesto, no faltan meseros olorosos a lavanda, cada uno plantado en su sitio a la espera de satisfacer la más mínima demanda. Predomina un ambiente de formalidad acartonada, propio de gente rica acostumbrada a las exhibiciones de tacto púdico pero sin renunciar jamás a los placeres del paladar y el ocio.

Nuestra mirada capta la presencia del capitán Hains. Lleva puesto el uniforme de servicio: levita de una sola pieza con charreteras, gorro azul y un sable atravesado que le da un cierto aire de corsario despistado. A George le sorprende comprobar que en realidad es un hombre menos corpulento de lo que supuso cuando lo vio por primera vez al abrir la puerta del camarote; esa apariencia contrasta con el aura de grandeza conseguida en imponentes malecones del planeta. Al cabo de unos cuantos minutos de prolegómenos corteses, ya los vemos platicando animadamente como si fueran dos viejos amigos encontrados en la banca de un parque. No puede haber mejor compañía para George con su gusto por los viajes, la música y su recién adquirida afición por los vinos y los lujos de la vida, y cada uno parece tener conocimiento del otro de un modo fragmentario, a resultas de anécdotas periodísticas y conocidos comunes. El capitán Hains había imaginado que el dueño de la compañía fotográfica más grande del mundo debía ser un tipo de supremas arrogancias, uno de esos nuevos explotadores de obreros acostumbrados a jactarse de sus fortunas sin el menor escrúpulo, y apenado se encarga de hacerle saber que tal suposición se originó allí mismo en el barco.

—Un fotógrafo profesional, que hacía tomas del mar con una cámara Ernemann de madera, me dijo con cierto desprecio que en su opinión las cámaras baratas que se venden en Estados Unidos solo pueden fabricarse bajo esquemas de explotación capitalista.

George hace un gesto de extrañeza irónica.

—Una vil fabulación, capitán. Desde ahora mismo lo invito a conocer la nueva planta que estamos construyendo en Rochester, yo mismo seré su guía. Ya verá usted cómo nos hemos adelantado muchos años a las condiciones de trabajo convencionales. Nuestros empleados no son tratados como servidumbre abyecta. Tampoco los consideramos criaturas miserables, carentes de inteligencia. Jamás nos verá encerrados en torres de marfil. Hablamos con ellos, nos interesamos en sus propuestas. Además estamos proyectando beneficios sin precedente para reconocer la labor y lealtad de cada uno en particular. ¿Alguna vez ha escuchado algo sobre dividendos? Me temo que no, mi estimado capitán, porque tal cosa no existe aún. Supe de algunos banqueros en Londres dispuestos a garantizar beneficios semejantes pero son deseos muy aislados, quimeras. Nosotros lo vamos a lograr en unos cuantos años, ya verá. Vamos a otorgar reparticiones monetarias anuales de manera proporcional. También estoy pensando en un sistema ingenioso para que los trabajadores puedan participar en las acciones de la compañía. Desde el año pasado empezamos a pagar indemnizaciones a nuestros obreros por enfermedades en los ojos, la piel y los dientes. La industria química tiene sus riesgos y debemos asumirlos. Dígame si todo esto le parece explotación obrera, capitán.

Como si escuchara una versión ilusoria del futuro, Hains frunce el cejo y se acaricia la barba tratando de salir del atolladero. Nosotros nos desplazamos un poco hacia una mesa contigua. Afortunadamente ya vemos que se acerca el mesero, quien coloca dos copas en forma de tulipán y sirve un champán espumoso.

—¡Ah, mi favorito! Color oro viejo. Mire el cordón de la espuma, monsieur Eastman. Es cremoso pero nada burdo. Lo mejor de Pinot Noir.

El capitán levanta su copa y mira el líquido a contraluz.

—¡Magnífico! Salud por sus éxitos, amigo. Permítame llenar su copa. Es usted un hombre triunfador, no hay duda. Aunque, respetuosamente, por supuesto, me atrevo a decirle que sus ideales vuelan demasiado alto. A largo plazo, cómo decirle, resultarían inconvenientes para las fuerzas de cualquier imperio. ¿No se ha preguntado por qué han fracasado todos los intentos por acabar con la infelicidad humana? Ninguna negación de las jerarquías sociales más tradicionales puede tener porvenir. Es ilusionismo en estado puro. Y no piense usted que solo concibo una sociedad dividida en ricos y menesterosos, nada de eso: defiendo el derecho al trabajo digno, lo que hará que las masas nunca deseen sublevarse. Ese principio es fundamento pragmático, base de cualquier progreso.

El capitán abre desmesuradamente los ojos y de vez en cuando aprieta los puños, como si un tribunal invisible lo sometiera a un duelo de opiniones. De pronto se remonta a los tiempos en que su padre trabajara en barcos de esclavos.

—¿Qué hubiera sido de todos esos países miserables del África y del Caribe sin la fuerza del látigo? Jamás habrían sido redimidos.

Hace una pausa para dar un trago a su copa de champán.

—No hay manera de controlar peonadas en las minas, en los bosques de ébano, incluso en las grandes fábricas, sin estrictas medidas de control, separación y disciplina, pues nadie en sus cabales llega a esos lugares por su propia voluntad.

El capitán Hains, ya un poco achispado, acerca su rostro sobre la mesa y voltea a los lados, como para cerciorarse de que no va a ser escuchado.

—En las calderas de este mismo barco (un lugar infernal, créame), docenas de carboneros sudorosos, escocidos por dentro sin tregua ninguna, deben soportar embates de gases ardientes; son nuestros héroes y nuestros esclavos. Pues bien, monsieur Eastman, a todos ellos los hemos rescatado del fango inmundo en que vivían antes de llegar a las bodegas del *La Bourgogne*. Mineros, talabarteros, estibadores acusados de hurto; algunos incluso llegaron aquí siendo convictos en fuga. Gente aturdida, sometida desde siempre a los rigores del olvido feroz. ¿Qué hacer con ellos? ¿Cómo tratarlos? Si les diéramos libertades y les pagáramos compensaciones como usted propone, simplemente correríamos el riesgo de quedar varados a media mar. Esos viciosos se emborracharían y se entregarían a los placeres de la degradación moral más abyecta. Sin embargo son seres humanos, con ambiciones, tal vez sueños, y viajando de un lado a otro del océano, quizás algún día sus hijos hereden el mundo.

El capitán resopla apaciguándose los bigotes y da el último trago a su copa de champán.

Casi es medianoche. George está cansado, un poco mareado. Se disculpa con el capitán y regresa a su camarote. El cielo está picoteado de estrellas. Al abrir la puerta de su camarote descubre un sobre deslizado sobre la alfombra. Lo abre. Adentro hay una fotografía.

XXX

Hace un mes desde mi llegada al asilo; durante ese tiempo viví atrapado en un marasmo de angustias, frustraciones y resentimientos. Mi cabeza fue dragada por ese pálpito constante de no saber en qué momento yo también me volvería un lunático de ideas onduladas. La fotografía del vestíbulo aún me provocaba enojos y preocupaciones; sin embargo, poco a poco me fui tranquilizando a medida que dejé de pensar en ella. Mi estado de ánimo se hizo más estable, sin demasiadas resacas. Tal vez fui haciéndome a la idea de que la vida en el hospital no era tan desagradable como yo pretendía. Le perdí el asco a las cucarachas que a veces deambulaban sobre los platos con garbanzos. También me tomé con más calma los delirios nocturnos de Florent y los intentos suicidas de Raymond, el sifilítico. Esos episodios ya no me atormentaban, simplemente seguía las indicaciones de Casiro. Sujetábamos bien a Florent o le pedíamos con calma a Raymond que nos diera el cuchillo. Enseguida me volvía a dormir. Por las mañanas dejé de inquietarme al ver a mis compañeros sentados durante horas y horas alrededor de la estufa apagada. Comprendí que tal vez ese era un modo bastante digno de continuar la vida en un manicomio; a ratos yo también llevaba una silla para sentarme sin decir nada. No era capaz de soportar mucho tiempo sumergido en aquellos marasmos de silencio, pero al menos lograba compartir una parte de mí sin ironía. También dejé de fastidiar a mis compañeros cuando se ponían a jugar a las bolas y empecé a frecuentar las tinajas de baño dos veces por semana, yo mismo cortaba leña para calentar el agua. Nunca antes había disfrutado tanto la sensación de zambullirme hasta el cuello. Aunque las carnes se me ponían flácidas, me pareció que esa era una forma excelente de encontrar alivio a viejas dolencias.

Todos esos cambios empezaron a ocurrir desde que entablé una cierta amistad con Vincent. No fue cosa fácil, había en él una hosquedad hermética, propia de un ser atormentado. Seguramente había llevado una vida contrariada tratando de medrar con las migajas de los malditos marchantes, vaya si yo lo entendía bien. Cuántos pintores han secado sus días a causa de esas alimañas venenosas. Algunos han terminado mendigando en prostíbulos y consumidos en remolinos de locura, allí están Méyron, Marchal, Jundt, el pobre Monticelli; nosotros mismos podríamos acabar así. Bah, qué más da. Tiene razón Vincent: lo mismo daría morir de sífilis o de tisis. De todos modos, cuando estiremos la pata seremos los únicos en lamentarlo. Aquí por lo menos se respiran aires de amistad verdadera. Aunque casi nadie se dice nada, hay un flujo de comprensión muy intenso entre todos. Por ejemplo, si alguien presenta espasmos epilépticos o entra en crisis delirante, siempre habrá otro dispuesto a intervenir para que no ocurra una desgracia mayor. Cada lunático está acostumbrado a compartir sus pequeñas riquezas de un modo muy particular, puede ser un puñado de garbanzos, unas calabazas, un trozo de papel o cualquier objeto. Un día, mientras comíamos silenciosos en el comedor, vi a Raymond echarse una cuchara al bolsillo. Pensé que era para hacer daño a alguien, pero estaba equivocado. En la noche vi cómo obsequiaba esa cuchara a Florent: era un regalo por haberse tranquilizado pronto en el último delirio que había tenido.

Vincent ya no regresó al jardín central. Durante varios días lo anduve buscando inútilmente. ¿Por qué demonios se escondía sin dejar el menor rastro? No podía estar huyendo de mi presencia de un modo tan displicente, pues estaba seguro de no haberlo ofendido en absoluto. Llegué a pensar que tal vez lo tenían bajo un régimen especial, sin demasiadas libertades para entrar en contacto con otros internos. Al paso de los días aumentó mi ansiedad. Necesitaba volver a mirar esa mezcla incendiaria de colores que vi en aquellos lirios arremolinados. Me di vueltas a los retretes, al patio donde están las tinajas de baño; cautelosamente me asomé por encima de la barda que nos separaba del otro pabellón. Nada. Parecía que la tierra se lo había tragado. Eso me afectó. Durante varios días anduve metido en un silencio espeso. Fue toda una semana de merodear como una sabandija hasta que de pronto, casi por accidente, lo encontré en el huerto de coles. Vincent estaba en cuclillas rascando la tierra con las manos. Al principio no quise hablarle porque era evidente que no aceptaba con facilidad la compañía de otras personas. Lo saludé pero no me respondió; entonces, sin decirle nada, yo también me puse a remover la tierra.

—Es para las hermanas, ¿sabe? Les ayudo a recoger coles y ellas me dejan andar libremente por el asilo, buscando motivos para pintar.

—Hace días que no lo he visto por el jardín.

Vincent resopló limpiándose el sudor con las manos terrosas. Toda su cara parecía encogerse con el sol.

—Se me terminaron los colores, pero ya escribí a mi hermano que vive en París. En cosa de unos días volveré a pintar. Si no lo hago pronto, empezaré a escuchar sonidos incoherentes dentro de mí. Por cierto, usted me dijo en el jardín que también era pintor, ¿es verdad eso?

—Sí, es verdad.

Fue a partir de ese momento que Vincent comenzó realmente a reparar en mi presencia. Se rascó la cabeza y cerró los ojos como si tratara de recordar algo especialmente importante.

—De verdad no tengo la menor idea de sus cuadros. Eso me avergüenza un poco.

—No tiene importancia. Casi nadie conoce mis pinturas, solo las he compartido con algunos círculos de amigos. Además, yo tampoco sabía gran cosa de sus lienzos, así que estamos emparejados.

Por primera vez noté un esbozo de sonrisa en su rostro.

—¿Por qué ha llegado a este lugar? No muestra alguna manía evidente.

—Me declararon perturbado tras un intento de homicidio.

Vincent siguió removiendo la tierra. Cortaba los tallos, removía las hojas del caparazón y colocaba las coles limpias debajo de un árbol. Siempre tardaba un buen rato en responder. Me di cuenta de que disfrutaba haciendo esa labor.

—Ah, eso. No debe preocuparse, Gobert. Por aquí todo el mundo ha pasado por algo parecido. Yo mismo sufro ataques de ansiedad. Peyron afirma que en mi caso hay un desajuste mental que me provoca severas crisis en periodos de tres meses. Me ha dicho que tal vez el ajenjo y el tabaco me estén afectando, pero eso es ridículo. Hay quienes dicen que es el mistral de la región, otros lo atribuyen a un polvillo arcilloso que se levanta con el viento y al combinarse con este sol de plomo se echa a perder en las entrañas de la gente. No se puede saber. Hasta las hermanas de vez en cuando padecen cierto grado de histerismo, sobre todo cuando se va acercando el invierno, ya verá.

Vincent se incorporó. Entre los dos terminamos por desbrozar buen número de coles.

—Si no tiene inconveniente, me gustaría mostrarle unos dibujos. También tengo algunos cuadros listos para enviar a París.

Acepté de buena gana. Al día siguiente fuimos a la cabaña de Peyron a solicitarle permiso para que yo pudiera acceder al pabellón de tercera clase, donde estaba la habitación de Vincent. Mi temor más grande era que Peyron le hiciera saber en detalle los motivos por los cuales me habían encarcelado en primer lugar; pensaba que tal vez nuestra incipiente amistad podía verse truncada si Vincent se daba cuenta de las acusaciones que pesaban en mi contra. Sin embargo, las cosas fueron menos complicadas de lo esperado. A Peyron no pareció importarle gran cosa si yo miraba o no los cuadros de Vincent. «Si eso le hace bien, no veo mayor inconveniente; pero recuerde, Gobert, que lo tenemos bien vigilado.»

El cuarto de Vincent estaba en el segundo piso. Había muchas habitaciones vacías, aquello tenía un aire de abandono espectral. Las piedras absorbían cada palabra como si estuvieran muertas de sed. Peyron le había concedido un cuarto extra para que le sirviera de estudio. A pesar del aspecto derruido, me pareció un lugar bastante adecuado para dejar escapar los gusanos de la imaginación. Sentí envidia, claro está, porque yo no podía disfrutar de esos privilegios. Las paredes estaban recubiertas de un papel gris verdoso; había dos cortinas de color verde agua con rosas muy tenues, casi transparentes. Vincent dijo que debían pertenecer a un hombre rico de esos que terminan por arruinarse y deschavetarse. También tenía un sillón destartalado y manchado por todos lados de manotazos en azul, rojo, blanco, crema, verde botella, pardo, violeta: un verdadero objeto de carnaval. No pude resistir las ganas de quitarme la camisa y tumbarme un rato sobre ese mueble, mi piel necesitaba absorber colores frescos. Aquello fue balsámico, de verdad. Supongo que algo parecido deben sentir las tortugas cuando su piel entra en contacto con la tierra húmeda después de pasar largos días a la intemperie. Así me ocurrió: todo mi cuerpo se fue enterrando en aquel mueble manchado de pintura hasta que me quedé dormido. Debió ser uno de los sueños más breves de mi vida; sin embargo, bastó para encontrar alivio a viejos dolores. Aún tengo una vaga sensación de que en esos momentos todo mi cuerpo se inundó de experiencias interiores absolutamente desconocidas. Ni siquiera soy capaz de mencionarlas, solo puedo decir que ese mueble destartalado me absorbió como un huevo cósmico.

Sentí el mango de un pincel en el pecho. Era Vincent despertándome: «Venga. Quiero mostrarle unos dibujos». Pasamos a su habitación. La ventana estaba atravesada por gruesas barras de hierro; una lástima, porque la vista quedaba truncada. Debajo de la cama tenía un montón de papeles amontonados.

—Mire, ayer terminé esta mariposa nocturna. Es muy grande; siempre me han parecido animales extraños. Los orientales las llaman *cabezas de muerto*, la vi en una colección. Yo más bien las relaciono con los misterios del destino. Pueden estar ahí, posadas en un mismo rincón durante días, aparentemente sin hacer nada, pero los ojos de sus alas nos vigilan, nos acechan. La gente de Arlés asegura que al dibujarlas espantamos los malos presagios.

También me mostró un cuadro en preparación.

—Me falta poco para terminarlo, nada más espero el envío de los colores. Mi hermano Theo hace todo lo que puede; sin su ayuda yo sería un vagabundo embriagado y cubierto de vómito en cualquier taberna de París.

La tela era una vista de la campiña desde su habitación. Inmediatamente descubrí una ironía: a pesar de los barrotes atravesados en la ventana, los cuales daban un aspecto de prisión, Vincent había logrado una escena llena de libertad. En primer plano se veía un campo de trigo tronchado después de una tormenta; al fondo, el muro esquinado que marca los límites del asilo. Detrás, un paisaje de colinas con sus cabañas dispersas y un racimo de cipreses ondulados hacia el cielo. En la parte alta de la tela, una gran nube blanca y gris absorbida por el azul. Todo se movía, palpitando sin cesar, era imposible no escuchar el sonido del viento crepitando sobre el musgo verdoso del campo. Hasta la gran nube del cielo me pareció una flama errante a punto de abandonar los límites del cuadro.

—¿Cómo hace para darle tanta vida al movimiento, a los cambios de luz?

—Bueno, este paisaje es muy simple, hay cosas tomadas de Ruysdael, aunque los cambios de luz de aquel venerable holandés eran apacibles. Yo no puedo hacer eso, necesito expresar de un modo ferviente los contrastes de luz, pero también los murmullos del viento y la textura de la naturaleza. Mi ojo es enérgico, Gobert, no importa si a Gauguin eso le parece tumultuoso y sin mucho sentido.

Entonces volvió a agacharse y sacó debajo de la cama un cuadro que tenía envuelto en un paño rojo. Lo que vi me dejó perplejo: aquello era sin duda una alucinación de colores.

—¿Qué le parece? Es un cielo estrellado.

Tardé un rato en reaccionar. Nunca antes vi una representación de la noche así, tan convulsa, casi brutal. Del cielo emergen estrellas incandescentes, como bolas de fuego arremolinadas y sin embargo, abajo, el pueblo de Saint-Rémy permanece dormido, apaciblemente iluminado, casi protegido bajo un manto mágico de luces. ¿Cómo podía ser posible aquello? Además, la experiencia sobrecogedora de la noche parecía acentuarse aún más debido a las pinceladas serpenteantes que contrastaban con las ondulaciones verticales de los dos cipreses recortados en primer plano, hacia la izquierda del cuadro.

—Es usted un artista muy peculiar, señor Vincent. Le confieso que nunca imaginé que alguien pudiera representar una noche así, de ese modo.

—La noche siempre me ha intrigado. He pasado largos años de mi vida observando cada repliegue nocturno, aunque a veces no tengo una idea clara sobre cómo hago mis cuadros. Me fío más de los espectros retorcidos filtrados en mis ojos, que en la veracidad estática del mundo exterior. Mire, para hacer esta tela me serví de dos pequeñas candelas atadas a mi sombrero. Me gustaba incorporar las pequeñas luces brillantes de las flamas con el horizonte ondulado del cielo. Quisiera ser capaz de capturar esa ternura plástica en los colores como hacía Rembrandt. ¿Ha visto alguna vez los *Peregrinos de Emaús*? Nada se compara a esa simpatía espiritual que impregna la figura de Cristo partiendo el pan. Esa infinitud humana parece haber descendido sobre los personajes de un modo absolutamente natural, ¿y sabe por qué? La luz, Gobert. Es ahí donde se alcanza la plenitud. Yo soy incapaz de lograr esa clase de ternura porque en mis cuadros todo es imperioso y hasta cierto punto desgarrado.

También me mostró unos dibujos esbozados. Recuerdo uno en especial, era un campo de trigo con un pequeño segador solitario bajo un sol enorme.

—Cuando este dibujo pase a la tela, todo el paisaje será amarillo. Tal vez el muro tendrá otro color, no sé, debo pensarlo un poco. Las colinas del fondo serán violáceas definitivamente. Quiero hacer un contraste portentoso con el cielo blanco y azul, pero si no lo termino pronto no me importa. Quisiera empezar un retrato.

Entonces vi la oportunidad de preguntarle sobre algo que me inquietaba.

—Vincent, ¿qué opina de los retratos fotográficos?

Como era su costumbre, tardó un rato en contestar. Sacó un carboncillo y empezó a dar trazos tenues sobre el paisaje del segador.

—Detesto las fotografías. Me parecen suplantaciones abusivas, sobre todo cuando se trata de personas conocidas por mí. Los retratos en papel se marchitan pronto porque pretenden tragarse todo de una sola vez. Remiten a un simple *touché*. Además, hay tanta realidad ahí que las personas fotografiadas parecen seres registrados y arrojados al pozo de una aventura fugaz. Al paso del tiempo esas personas terminarán siendo muertos regresados en el papel. En cambio, la mano de un pintor consumado no permitirá jamás que se filtre una pincelada de caridad y mucho menos de frivolidad en su cuadro. Un pintor no puede robar la esencia de nadie, como tratan de hacer vulgarmente muchos fotógrafos en nuestros días.

Al escuchar esas palabras me sentí arrebatado por un entusiasmo infantil. Era como si un rayo me hubiera sacudido, mi dignidad pisoteada recibía un poco de agua limpia y Vincent traía el jabón en su boca. Sabía decir las cosas sin falsos visajes ni poses de rebeldía pasajera. Tal vez ese era el mejor momento para explicarle todo lo que me había ocurrido. «Señor Vincent, está usted hablando en su propia habitación con un homicida fallido por causa de las fotografías.» Eso debí haberle dicho, sí, claro. Pero en vez de eso le pedí que aguardara unos momentos antes de mostrarme *El médico rural* de Balzac y dos dibujos grandes a la pluma de caña. Metí las manos al bolsillo de mi camisola y saqué el sobre con la fotografía que me habían tomado en el vestíbulo de la entrada.

—Por favor, eche un vistazo a esta fotografía y deme su opinión.

Tomó el papel y empezó a mirarlo como si tuviera en las manos un extraño animal. Durante un buen rato no dijo nada. Pensé que era otra de sus pausas prolongadas, pero esta vez no era eso. Colocó la fotografía junto a los barrotes de la ventana, como si tratara de mirar a contraluz; yo estaba ansioso por escuchar su veredicto.

—Esta fotografía es muy extraña para mí, señor Gobert. Se me presenta como un instante saturado de puntos que no alcanzo a descifrar. Ese martillo levantado me inquieta, no puedo dejar de mirarlo. Al mismo tiempo, la cadena que lo une al guardia me parece aterradora, y desconozco qué lo pudo llevar a semejante condición. No se preocupe, tampoco importa demasiado: en este lugar, de algún modo la justicia nos ha devorado todos a pedazos; a eso se debe, en parte, la naturaleza de nuestra miseria. Somos endebles como tiras de cartón. En todo caso me perturba más la mirada de usted: es punzante y tampoco puedo dejar de cuestionarla. ¿Qué mira, Gobert?

—No lo sé, Vincent. Ni siquiera tengo la menor idea respecto al autor de esta fotografía. Es un misterio para mí, o mejor dicho, una suma de misterios ligados a una serie de desgracias anteriores. No se imagina cuánto he padecido a causa de las malditas fotografías, yo también las detesto. Pero a diferencia de usted, mi odio es una capa de sarro adherida al interior de mi piel. Ya no es posible removerlo fácilmente porque ha terminado por arruinarme la vida. Me ha devorado las entrañas al punto de convertirme en un animal salvaje. Si alguna vez ha visto el comportamiento de una fiera enjaulada podrá comprenderme. Llegué al extremo de atentar contra la vida de un hombre muy famoso, pero no se asuste, el daño que pude haber hecho ya ocurrió. Fue una locura brutal, una descarga infame contra uno de los mayores instigadores fotográficos hasta hoy conocidos. Aunque a decir verdad, todavía conservo un pedazo de orgullo carcomido cuando pienso en esa triste osadía; bueno, ahora eso no tiene mayor relevancia. Necesito su ayuda, Vincent. Alguien me hizo esta fotografía y se atrevió a meterla debajo del colchón donde duermo. ¿Se da cuenta? Estamos hablando de un acto premeditado. Sin duda ese maldito ladrón conoce detalles de mi pasado. Por lo menos quiero saber quién es para interrogarlo sobre sus pretensiones. Tal vez usted pueda ayudarme a encontrarlo. No le pido nada especial, solo algún detalle, cualquier dato. Sé de su gran habilidad para escudriñar en los rincones más escondidos del asilo. Si descubre por ahí a una persona con un artefacto fotográfico, estoy seguro de que no podrá ser indiferente.

Mi petición lo desconcertó; de pronto se puso inquieto, parecía un gato acorralado y todo porque estúpidamente yo le había revelado demasiadas cosas. Escupió tres o cuatro veces seguidas a través de la ventana, después tomó un carboncillo y se puso a oscurecer unas hojas debajo de la mariposa nocturna pero no tardó en dejar el dibujo. Sacó otro: un estudio de cipreses macizos con zarzas y malezas.

—Voy a empastar hoy mismo, aunque me faltan materiales. Necesito varios tonos de verde, quiero lograr un matiz botella de consistencia firme, sin fisuras; no debo permitir que se filtre ese efecto reblandecido, no va con este trabajo. Ahora déjeme solo. Si tengo noticias sobre ese misterioso fotógrafo se lo haré saber. ¿Por qué no habría de hacerlo?

—Está bien —le dije y salí de la habitación.

Esa noche no podía dormir. Afuera del dormitorio un par de gatos chillaban de un modo terrorífico. Casiro se acercó hasta mi cama: escuetamente me dio a entender que algunos internos lloraban porque creían que el diablo deseaba meterse al dormitorio. Traté de tranquilizarlo diciéndole que se debía al celo: «Nada más quieren aparearse, es todo». Me pidió entonces ayuda para explicarles: acepté con cierta resignación. No logramos gran cosa. Florent y otros dos estaban engarruñados en sus camas, llorando desconsolados. «No es el diablo», les dijimos Casiro y yo, pero ellos movían negativamente la cabeza sin dejar de llorar. Aquello terminó cuando salí del dormitorio y les arrojé piedras a los gatos. Después regresé a mi cama, pero todavía seguí un buen rato con los ojos abiertos. Una idea me rondaba en la cabeza: *Vincent sabe algo. De no ser así, no tendría motivos para inquietarse.*

Al día siguiente traté de encontrármelo, pero no lo conseguí. Peyron me dijo que lo habían hallado tirado en su habitación, musitando versículos de la Biblia.

XXXI

George Eastman sacó la fotografía del sobre y se puso a mirarla sentado al borde de la cama. Nosotros somos testigos. Nuestra mirada se retrae como impulsada por un resorte invisible, acoplándose siempre a los vaivenes del paquebote. Miramos a través de la claraboya y notamos que afuera el mar está algo picado, parece una de esas mañanas estrambóticas y nubosas tan frecuentes en estas latitudes del Atlántico. Quisiéramos escondernos totalmente, pero el espacio de la habitación es reducido. Nos colocamos justo enfrente del señor Eastman. Desde ahí percibimos el estupor que se va dibujando en su rostro a medida que los ojos del inventor escudriñan con obstinación la superficie de ese objeto, ciertamente misterioso. De golpe constatamos una vieja sospecha: la imagen de una fotografía siempre es invisible. No es esa imagen lo que se mira. Es otra cosa.

Sin duda está muy inquieto. Se levanta de la cama. Da unos pasos, vuelve a sentarse. Quisiera encontrarse en otro lugar, lejos de allí, en cualquier sitio donde sea posible tomar distancia y reírse de esa incomprensible fantasía. Nos movemos un poco hacia la derecha. Vemos el rostro pálido, semejante al de una persona recién condenada. ¿Pero qué diablos hay en esa fotografía? Los movimientos algo agitados de la mano derecha y también los vaivenes del barco nos impiden mirar de un modo franco, sin embargo es suficiente. Alcanzamos a ver la imagen. George Eastman está recargado sobre una de las barandas de cubierta. En su rostro se adivina un cierto rictus de estupor, pues una vez más su imagen ha sido capturada por la lente de una cámara sin consentimiento alguno. Es por eso que mira hacia el ojo del instrumento de un modo acusador, con cierta irritación; de hecho parece que está a punto de mover el brazo y extender la palma de la mano, tal vez para tapar el objetivo. Eso lo deducimos porque se nota claramente esa tensión del brazo, como si fuera la cuerda de un arco a punto de lanzar una flecha. Pero ese no es el detalle más inquietante de la fotografía. Junto a George, específicamente del lado izquierdo, hay otra persona. Es un hombre adulto, recargado también sobre la misma baranda. Tiene el brazo derecho un poco extendido. ¿Qué lleva en la mano? Es un cuchillo pequeño, parecido a los estiletes que usan los cocineros italianos cuando desean sacar rodajas finas de tomate. Sin más, en ese momento, en ese lugar, no se trata de un objeto cualquiera. Nuestra mirada se posa en él y de inmediato sentimos un estremecimiento, un salto al vacío. La sola presencia de un cuchillo ahí prefigura ya una herida. Incluso si toda la composición fuera un artilugio premeditado, ese cuchillo no lo es: parece un objeto dotado de vida propia, como un secreto absoluto a punto de ser revelado. Además, hay otro detalle que nos llama poderosamente la atención: ese hombre solo lleva puesto un zapato. ¿Por qué? ¿Acaso arrojó uno de ellos al mar? ¿Lo perdió en alguna escalerilla de cubierta? ¿Estará ebrio? No sabemos. El hecho es que ese detalle nos hace pensar que se trata de alguien que ha llegado allí de un modo nada común. Ahora bien, ¿quién es entonces esa persona? ¿Por qué está ahí? ¿Cuáles son sus verdaderas intenciones? Quisiéramos regresar a cubierta, justo al momento previo en que esa escena fue captada. Sin embargo eso no es posible, pues el tiempo transcurrido es un escollo insalvable. De cualquier manera nos damos cuenta de un hecho más perturbador: George Eastman sospecha que el hombre a su lado es René Gobert, ni más ni menos. Varias veces ha pronunciado ese nombre con el mismo convencimiento de un creyente religioso. Nosotros tratamos de ser escépticos, pero un impulso interior nos conduce hacia esa misma deducción. Con todo, nos resistimos a creer porque tenemos la certeza de que René Gobert está en otro lugar. El mismo señor Eastman fue informado puntualmente, dos días antes de abordar el *La Bourgogne*, sobre el paradero preciso del hombre que trató de matarlo. «Ahora mismo purga castigo en una prisión conocida como La Roquette. Es probable que lo envíen a un manicomio perdido al sur de Francia», fueron las palabras exactas del oficial destacado en El Havre.

    ¿Cómo actuar ante una situación al parecer inexplicable? George arroja la fotografía sobre una pequeña mesita a un lado de la cama.

La luz cenital del camarote se enciende pero solo dura unos cuantos segundos, enseguida se apaga. El efecto producido le hace pensar en un destello fotográfico.

Lo vemos salir del camarote. Nosotros, claro, lo seguimos detrás, sin despegarnos demasiado. Ahí va, se dirige hacia la cubierta del barco. No tiene dificultad para dar con el punto exacto de la baranda donde fue captado en la fotografía. También reconocemos el lugar, no hay duda. Varios pasajeros andan por allí tomando el sol y respirando a bocanadas el aire fresco del océano. Dos mujeres en pleno cotilleo saborean bocadillos con crema de cangrejo y leche de almendras. Las mantillas con flecos de plata les revolotean sobre los hombros. Junto a ellas, un viejo aristócrata mofletudo de carnes rosadas no para de reír con estrépito; se le inflan los carrillos y deja ver unos dientes cacarizos manchados de café. Lleva entre las manos una pequeña charola de plata con pequeñas gelatinas que tiemblan a cada vaivén del paquebote. George se recarga en la baranda mirando discretamente a todas partes en busca tal vez de un indicio, un rastro, una huella, pero no hay nada: es como tratar de encontrar un objeto extraviado cerca de un precipicio. La sensación de impotencia se hace evidente en su rostro. Ni siquiera tiene el buen ánimo de aceptar una gelatina que le ofrece una de las mujeres que acompañan al viejo aristócrata. Vaya despropósito, si se trata de una mujer preciosa, sobre el pelo rubio lleva una pañoleta de blonda sujeta por detrás en forma de trenza. Todo en ella exhala un aire de vivacidad e inteligencia muy atractivo, pero George se comporta como un muchacho torpe, incapaz de sobreponerse al bochorno de un mal sueño.

—Gracias, de verdad, son ustedes muy amables. Me excuso. Allá veo un asoleadero desocupado. Voy a descansar un poco.

Mientras va tendiéndose a lo largo del camastro, observa el vuelo de unos pájaros chillones sobre la inmensidad del océano. Ya no hay vuelta atrás, lo sabe. El monstruo fotográfico ha sido liberado, tal vez para siempre. Poco a poco irán escaseando los mundos vírgenes, preservados de la mirada, porque se convertirán en miniaturas fragmentadas por toda clase de ojos lujuriosos, voraces y ávidos de tragarse cualquier cosa, desde lo más sublime hasta lo más abyecto. Recuerda entonces un racimo de fotografías que le obsequió un periodista griego que trabajó en el *Rochester Volksblatt*. Eran imágenes del Pehtang, en China: en ellas aparecían miles de personas luchando con desesperación contra los inmensos lodazales formados tras varios días de tormentas torrenciales a lo largo y ancho de la ciudad. Desde entonces no ha podido olvidar una que mostraba a un anciano semidesnudo tratando de hacer que su hijo pequeño soltara la cola de una vaca hinchada, patas arriba sobre los ríos de lodo; especialmente, el rostro asustado de aquel anciano lo seguía punzando porque miraba hacia la cámara. Muchas veces a lo largo de los años, George se preguntó si ese anciano llegó a saber quién había disparado el obturador de aquella cámara: tal vez fue uno de esos periodistas intrépidos, acostumbrados a vivir al filo de la navaja con tal de obtener una imagen impactante. O tal vez otro de esos viajeros indecorosos que últimamente pululan por las ciudades miserables como aves carroñeras. O tal vez el mismo ladrón de imágenes que no lo deja en paz y que aún lo persigue en medio del mar. Tal vez... tal vez.

Nosotros, mientras tanto, levantamos nuestra mirada. Nos quedamos suspendidos como un eco sobre el océano. A cierta distancia aparecen ya otros buques merodeando el puerto de Nueva York. *La Bourgogne* abre un silbato y lanza estrías de vapor anunciando el arribo. Los pasajeros emergen de sus letargos, levantándose de las poltronas de mimbre; todos buscan un buen sitio junto a las barandas de cubierta. Nuestra mirada poco a poco se va dejando absorber por un viento fresco, oloroso a entrañas de caldera. Tenemos ganas de despedirnos pero no es posible. Aquí ya hemos visto lo necesario; dejaremos al empresario. Una urgente necesidad nos dice que debemos volar como pájaros errantes en busca de otras vidas. Ni siquiera nos quedamos a presenciar las maniobras de acercamiento al puerto, simplemente nos dejamos llevar por una bandada de gaviotas, inmensa y alargada, que nos adentra hasta un acantilado rocoso donde ya no alcanzamos a percibir rastro alguno de fermentos humanos. Allí nuestra mirada desea permanecer algunos días, varada, indefensa, ligera, nada más contemplando las aguas del mar.

XXXII

La siguiente fotografía apareció donde menos lo esperaba. Tenía tres semanas sin tomar un baño, andaba pestilente. Un sarpullido escoriado comenzaba a irritarme día y noche en la parte baja de las ingles. Todo el tiempo andaba rascándome, no había otra manera de calmar la terrible ansiedad que me provocaba el escozor. Fui entonces a los baños que están junto a las porquerizas. Una de las hermanas me dio un manojo de hojas de romero, laurel y eucalipto. Para mi buena suerte, no había nadie metido en las tinajas, a pesar de que a esas horas todavía podía apreciarse el sol por encima de las colinas. Tampoco fue difícil calentar el agua porque aún había montones de leña acomodados junto a la hornacina de ladrillo. Cuando todo estuvo listo me desnudé y puse mis ropas sobre una piedra, muy cerca de unos pozuelos repletos de pienso para los cerdos. Me sumergí en el agua y me dejé languidecer por los aromas sedativos de las plantas. Debí quedarme algo dormido. Cuando abrí los ojos, ya tenía arrugadas las palmas de las manos; salí del agua y me envolví en un jergón. Me dispuse a vestirme, pero cuando levanté mis ropas de la piedra, apareció un sobre con un punto de lacre en la solapa. Rápidamente me vestí, mirando a todas partes, estaba seguro de que alguien andaba por ahí espiándome. Eché un vistazo a los alrededores, pero no encontré nada. Todo estaba en calma. Ni siquiera los cerdos de las porquerizas mostraban algún signo de inquietud.

Abrí entonces el sobre. Adentro había otra fotografía de tamaño mediano: éramos Vincent y yo desbrozando coles. El fotógrafo se había colocado detrás de nosotros y disparó escondido como una rata de campo; básicamente se miraban nuestros espinazos doblados. El rostro de Vincent no se percibía porque estaba agachado mirando el amasijo de hojas terrosas que había en sus manos, en cambio, recuerdo que mi cabeza hacía un leve movimiento giratorio hacia mi lado derecho, tratando de observar algo. Debí percibir un sonido extraño porque en mis ojos podía adivinarse ese desplante de turbación, como si un animal estuviera a punto de atacarme por detrás. Era la cámara, siempre la maldita cámara: ese perro feroz que andaba persiguiéndome por todas partes. Pero esta ocasión había algo más, un detalle.

Recuerdo que fui a sentarme sobre la piedra, junto a las tinajas de baño, allí me puse a ver con detenimiento la fotografía. Entonces distinguí del lado derecho una especie de sombra recortada, ¿qué era eso? Moví el papel varias veces a contraluz hasta que poco a poco se me fue revelando la silueta de una figura humana. Alguien estaba allí sentado, también sobre una piedra. Ni el rostro ni el objeto que tenía entre las manos se alcanzaban a distinguir con claridad, parecía que el óxido del tiempo los había difuminado. Me levanté de la piedra y fui a buscar el sitio exacto donde Vincent y yo habíamos estado desbrozando coles.

Al llegar, al momento traté de encuadrar el lugar reproducido en la fotografía. Me puse a mirar alternadamente el sitio de coles y la imagen impresa en el papel. Durante un buen rato estuve pensando que tal vez la figura del hombre se había formado a consecuencia de un simple efecto de luces contorneadas bajo las sombras de los sauces, pero muy pronto esa conclusión se desvaneció por completo. Busqué otras explicaciones sin mejor suerte. Ni siquiera tenía sentido recurrir a la vieja estratagema de fantasmas insepultos que deambularan a la deriva entre los huertos del viejo monasterio: esas historias siempre me parecieron leyendas absurdas. Nada de eso revelaba lo que mis ojos registraban; llegué a dudar de mi propia cordura. *Me estoy volviendo loco de verdad*, pensé, hasta que de pronto una especie de alucinación interior fulminó mi entendimiento, pues advertí que la verdadera identidad de esa silueta borrosa era George Eastman, sentado sobre una piedra con una cámara fotográfica entre las manos. No podía ser nadie más, incluso pude distinguir el doblez de la correa sujetadora. Por la forma de los brazos me pareció que se movían hacia abajo, es decir, unos segundos antes habían servido de apoyo a la cámara después de disparar el obturador. Y aunque la fotografía había sido tomada detrás de nosotros, la imagen también captó el momento en que Eastman acababa de hacernos una fotografía desde otro ángulo.

Eso quería decir que Vincent y yo fuimos atacados dos veces desde lugares distintos, pero eso no podía ser verdad: George Eastman no pudo haber entrado de incógnito al asilo, así nada más...

Rabia, frustración. Sin darme cuenta me había transformado en un perro encadenado. El amo andaba por ahí buscándome, acechando entre las canteras picadas de las columnatas. De seguro buscaba un buen momento para molerme a palos, o tal vez el señor Eastman deseaba de una vez por todas soltarme un disparo en la cabeza. Imaginé el revuelo de monjas al escuchar la detonación. Mi cuerpo amanecería picoteado por los cuervos en el campo de coles. Por ahí andaría un lunático embozado con su piel apolillada, y al verme tirado con los labios violáceos, haría una mueca de susto y seguiría su camino sin dar aviso a nadie. Dos, tres días después, mi cuerpo amanecería hinchado como una criatura monstruosa. Hasta entonces alguna hermana de San José de Aubenas, guiada por el hedor, habría de encontrarme.

El miedo corroe los intestinos con su sal ardiente. Durante varios días viví desesperado, sofocado por una angustia indescriptible. La hermana Dechanel me recomendó agua de Seltz por las noches, eso calmó un poco mis inflamaciones estomacales. Estaba seguro de que en cualquier momento, a cualquier hora del día, mi vientre terminaría abierto como una concha desangrada. Nunca antes había sentido un miedo tan voraz. Era como si cada órgano de mi cuerpo hubiera sido pellizcado por la punta de un clavo ardiente. Traté de hablar con Peyron, lo busqué en su consultorio sin éxito. Dorine, otra de las hermanas, me dijo que andaba en Arlés. No sé exactamente cómo explicarlo, pero cuando me dio esa información, sospeché de ella. Me hizo varias preguntas de un modo precipitado, sin dejar de mirar hacia todos lados. Yo le notaba cierta ansiedad, como si estuviera masticando endrinas amargas. Claramente buscaba no ser escuchada, pero no le di oportunidad de sacarme prenda tan fácil. A todo respondí con monosílabos escurridizos. Aquello fue muy extraño, pues por lo común las hermanas son herméticas; algunas incluso viven sumergidas en sus votos de silencio. La propia Dorine casi no hablaba con ninguno de los internos. Era una mujer hosca, velluda, sin senos, parecía una verruga abandonada en los campos de Saint-Rémy. Los locos preferían no toparse con ella. Una vez Florent estuvo llorando toda la noche porque antes de irse a dormir Dorine le contó escenas terribles del infierno. Casiro me ha dicho que no solo es nefanda contando historias, también le gusta perturbar a los lunáticos con la vista, sobre todo en verano, cuando las tardes se impregnan de un sopor espeso y caliente. Se las arregla para merodear cerca de las tinajas de baño. No le interesa trasladarse a un lugar en específico, solo desea mirar de soslayo los cuerpos desnudos de los más jóvenes.

Esas conductas un tanto licenciosas aumentaron mi desconfianza, ¿o debía ser al revés? Precisamente esos jueguitos libertinos podían ser evidencia de honradez y franqueza a toda prueba. Pasé toda una tarde cavilando si debía presentarme con ella y mostrarle la fotografía. Por fin me decidí. La busqué temprano, después de laudes, en los corrales de cabras. Ese lugar se encuentra en la parte más septentrional del monasterio. Dorine ordeñaba con un faldón de cuero y las mangas recogidas arriba de los codos. Antes de llamar su atención observé cómo apretaba las ubres de una cabra; a primera vista se notaba que esa mujer era capaz de romper huesos con un simple apretón de manos. Al principio no pareció importarle mi presencia, me ignoraba como si yo fuera otro animal del corral, pero cuando saqué la fotografía y se la puse a un palmo de la nariz, dejó de ordeñar, escupió al suelo y me miró con algo de rabia.

—¿De dónde ha sacado eso?

No le respondí inmediatamente porque un gusano de color azul mordisqueaba una pata de la cabra.

—Alguien la puso debajo de mis ropas mientras me bañaba en una tinaja de las porquerizas.

—¿Y por qué viene conmigo?

—Tal vez usted sepa algo. Es la segunda vez que alguien me hace una fotografía sin dar la cara.

Dorine volvió a ordeñar sin decir nada, pero noté que jalaba precipitadamente las ubres. Después de un rato dejó de hacerlo, se limpió el sudor de la frente, vació la leche en otro cántaro, se secó las manos en el cuero y por fin me hizo una señal para que la siguiera. Hacía poco rato se había desatado una recia ventisca; eso dificultaba cada movimiento y nos obligaba a levantar la voz para escucharnos mutuamente. Entramos a un pequeño cobertizo, allí se podía hablar en voz baja. Se aseguró de que nadie estuviera merodeando. A cierta distancia estaba un mozo de cuadra tratando de apilar heno sobre una carreta.

—Olvide estas fotografías. Es peligroso.

—¿Por qué? Dígame.

—Hay alguien poseído, atemorizado, triste. Vive al acecho de remordimientos atroces. Todo su ser está impregnado de patetismo.

Dorine tenía los labios resecos mientras hablaba. Estoy seguro de que se sentía profundamente amenazada.

—Ha fornicado con el diablo y solo puede salvarse si atrapa la mortalidad de otra persona. Esas fotografías son signos expiatorios, debe ocultarlas: en ellas hay pábulo de herejía. Váyase ahora y no vuelva a dirigirme la palabra nunca más.

Dorine regresó con sus cabras dejándome en la más terrible incertidumbre. Si algo demoniaco estaba involucrado en aquellos sucesos fotográficos, era evidente que mi persona era utilizada como un eslabón en una larguísima serie de causas y efectos.

Pasé en el dormitorio toda la mañana, sentado frente a la estufa. De vez en cuando se sentaban a mi lado algunos lunáticos, claro, sin decir nada en absoluto, únicamente se limitaban a rascarse la cabeza. Uno de ellos traía una pañoleta rematada en el cabello, jugueteaba con una bola de masa ebria de levadura que seguro había robado de la cocina. Me ofreció un trozo. Soplé en su cara, le ofrecí una caja vacía de fósforos y me puse a masticar la masa amarillenta mientras imaginaba toda clase de calamidades a punto de caer como una tromba sobre mi cabeza.

Hervidero de nervios. Ansiedad. No podía olvidar las advertencias de Dorine. Todo mi cuerpo se volvió un saco palpitante. Durante dos días comí grandes cantidades de garbanzo, necesitaba provocarme la pesadez de un pez preñado; solo así lograría corroer un poco ese miedo quemante hasta los huesos. Podía ser atacado en cualquier momento. Mi ropa, mi apariencia, todo mi ser se volvió un asco. Ni yo mismo soportaba el hedor de mis flatulencias. Casiro me despertó una noche pidiéndome ayuda para controlar a Florent, pero no le hice caso porque tenía el vientre inflamado como una vejiga podrida y el miedo me impedía salir de la cama. Una noche, casi no pude pegar el ojo hasta bien entrada la madrugada. Hubo un momento en que sentí algo frío en el gaznate: quizás era la hoja de un cuchillo porque al abrir los ojos sudaba y vi una especie de sombra escurriéndose entre las patas de las camas. En cuanto amaneció, salí del dormitorio a respirar aire fresco. Fui al comedor a buscar algo para masticar. El cocinero me dio un pedazo de hogaza sin gorgojos; me entretuve con él un rato, di unos tragos a una vasija con leche de cabra y salí decidido a encontrar a Vincent. A esas alturas no podía confiar mis temores y sospechas a nadie más. Tal vez era el único ser verdaderamente cuerdo en todo el asilo.

No estaba en el huerto de coles. Tampoco lo encontré en las tinajas de las porquerizas ni en la capilla. No entiendo por qué fui a buscarlo allí, si Vincent no es alguien precisamente devoto. Anduve indagando en varios lugares hasta que una hermana me dijo que lo había visto salir muy temprano con sus aparejos de pintar. Vaya, al fin había recibido sus colores. Decidí entonces esperarlo en el pabellón de tercera clase. Por supuesto, mantuve mis sentidos bien alertas: estaba cierto de que en cualquier momento podía recibir una cuchillada en la parte alta de la espalda. «Todo se revierte», decía Séneca. Recordé con gran amargura mis peores días en los calabozos de La Roquette.

Por dentro gemía. Los minutos transcurrían cargados de incertidumbre. Varias veces vi ratones y conejos precipitándose hacia sus madrigueras. Una serpiente negra se enroscó en una rama y luego se deslizó hasta un trasto con leche. Yo sabía que algunas hermanas las alimentaban para mantenerlas vivas contra los ratones; le acerqué el trasto pero la serpiente prefirió hundirse en un pequeño fangal rodeado por cardos. Una ventisca sesgada barría el musgo, las plantas y los follajes de los árboles. A ratos me reía de mis propias calamidades hasta que por fin, ya casi entrada la noche, vi acercarse la figura penumbrosa de un hombre encorvado. Era Vincent, traía dos cuadros atados al caballete sobre la espalda. Me los mostró sin saludarme. En uno había dos enormes cipreses que se erguían oscuros bajo un cielo arremolinado. El otro era un campo de olivos; me impresionó muchísimo. De nuevo se aparecía ante mis ojos una explosión de tonalidades amarillas, verdes y anaranjadas. Un solazo alto, jaspeado de nervaduras flameantes, se miraba infinitamente deslumbrante y sin embargo no parecía cruel en absoluto. Los árboles, abajo, con sus troncos retorcidos parecidos a brazos de bailarinas milenarias que danzaran con sus melenas verdes, agradecían toda esa luz derramada desde lo alto. Si alguna vez llego a expiar mis culpas y logro salir con vida de este manicomio, lo primero que haré será echarme a caminar con absoluta libertad por esos terrazos sembrados de olivos. Tal vez andaré desnudo, a tientas, dando gritos bajo las hojas verdes. También sacaré la lengua y daré lamidas al sol amarillo que pintó Vincent.

Subimos a su estudio. Pensé que a esas horas ya estaría exhausto, pues había pintado todo el día bajo los rayos del sol a las afueras del manicomio. Por el contrario, se veía eufórico, lleno de una vitalidad que por un instante me hizo pensar en lo ridículo de mi situación.

—Verá usted, René, el otoño provenzal está resultando magnífico. Afuera he podido encontrar un despliegue de colores maravillosos. Mi trabajo progresa y por primera vez empiezo a sentir que comprendo la naturaleza de Saint-Rémy. Puedo conversar con los labradores sin el menor atisbo de hosquedad, porque me siento un trabajador como ellos. Todavía hace unas semanas tenía bastantes dudas. La cabeza me palpitaba, los ojos me ardían, el sol rabioso junto con este viento de los mil demonios me parecían castigos de Cristo. Pero ahora veo claramente que esas dificultades en realidad son motivos excepcionales de los que puedo valerme en un sentido estético. Digamos que me siento feliz con esos verdes quebrados, esos rojos y amarillos ferruginosos de ocre. Ya ni el mistral me fastidia tanto, será porque pienso mucho más en los remolinos inagotables que fluyen desde mi paleta. Solo ruego cada noche que por lo menos transcurra un año sin que pierda la razón aquí en Saint-Paul; eso será suficiente para enviar un número respetable de cuadros a París. Por cierto, René, quiero compartirle una magnífica noticia.

Yo estaba callado como un perro guardián. Me sentía desconcertado, pero sobre todo no deseaba echar agua fría a la emoción de Vincent.

—Mire este sobre, Peyron me lo entregó ayer en su despacho. Adentro hay un cheque extendido a mi nombre por cuatrocientos francos. ¿Se imagina? He vendido un cuadro. ¡Por fin! Mi hermano Theo vendió *El viñedo rojo* a la pintora belga Anne Boch. Me asegura que pronto mis cuadros se apreciarán en toda Europa. Bah, lo conozco, dice eso de manera exagerada, pero se lo agradezco. Además me mandó una caja rebosante con tubos de colores, ahora voy a poder terminar estas copias de Millet y Delacroix que tengo por aquí. Es una tarea que me consume muchas energías, ¿sabe?

Mientras más hablaba, yo iba percibiendo los grandes esfuerzos que hacía por dejar salir ese aleteo interior, como el de las mariposas parduscas y polvorientas que un buen día se despegan del techo y se estrellan contra el cristal de una ventana. Todo su ser estaba absorbido por un frenesí jubiloso, cargado de estupor y miradas exaltadas. A veces adoptaba una cierta actitud animalesca. Yo sabía la razón: desde hacía muchos años, el pobre Vincent había sido fulminado por el misterioso frenesí de la pintura. Es un deseo adictivo cuyo veneno se inocula al principio sin el menor atisbo de dolor. Sin embargo, una vez atrapado en las glándulas linfáticas del cuerpo, no hay manera de escapar a los terribles efectos enervantes. Sobrevienen ataques de insomnio, mal carácter, aturdimiento, raptos de lujuria descarnada, propensión a la embriaguez, delirios y, en muchos casos, hasta rebatos de locura. Yo mismo he padecido los estragos de esa enfermedad, pues aún paso mis días atrapado en los márgenes de una agitación retorcida como nido de serpientes.

Ese mismo delirio percibí esa noche en el rostro de Vincent. Los demonios de la pintura lo habían carcomido. Se le notaba hasta en los olores penetrantes que despedía todo su cuerpo. Eran aromas intensos a fijadores, barnices, empastes, aceites y lacas, día tras día liberados por los fermentos de sudor derretido bajo el sol caliginoso. En esos momentos lo veía como un pájaro grande trepado sobre una buena rama, listo para empezar a volar. Por si fuera poco, me dijo que su hermano Theo le estaba proponiendo trasladarse a Auvers-sur-Oise, al parecer allí vivía un doctor amabilísimo de apellido Gachet, dispuesto a cuidarlo sin dispendios económicos pues admiraba sus cuadros y aseguraba que podía ofrecer el tratamiento más adecuado a sus recaídas.

Cuando supe todo eso me invadió una profunda desazón. Fue un latigazo inesperado. Si Vincent se iba, ¿cómo iba a quedarme solo en aquel lugar de lunáticos? Mi vida, ya de por sí enfangada, se podría convertir en el resumidero de una cloaca inmunda. ¿Acaso debía permitirlo? ¿Estaba yo para soportar más abandonos? No, señores. Era urgente hacer algo. Además de hablarle sobre las advertencias que me hizo la hermana Dorine, debía encontrar una manera de persuadirlo para que no abandonara Saint-Paul. Nadie sabía cuánta envidia me provocaba la suerte de ese hombre miserable. Él podía pintar, expresarse libremente como un pájaro sin que nadie lo molestara. Tenía un estudio para él solo. Podía, si así lo deseaba, largarse al campo. Me dijo incluso que mientras hablaba con los labradores, fumaba tabaco y se bebía unos buenos tragos de ajenjo. Yo, en cambio, seguía siendo un vil prisionero atado al tronco gigantesco de mi propia fatalidad. Ni siquiera tenía derecho a tomar un pincel o un simple carboncillo. Mis dotes artísticas se veían aplastadas, confiscadas, extraídas de mi propia voluntad. Eso me desquiciaba más que la propia convivencia estrecha con enfermos mentales.

Finalmente abrí la boca.

—Vincent, de verdad lo felicito por las buenas noticias que le ha enviado su hermano; en especial la venta de un cuadro suyo me parece una grata noticia. Seguro es el principio de algo más grande, lo presiento. Pero ahora escúcheme, necesito su ayuda. Esta vez se trata de un asunto verdaderamente apremiante que nos incumbe a los dos.

Vincent se sentó en el suelo, debajo de la ventana; me pareció que tenía las pupilas dilatadas. En todo caso era evidente que estaba algo sorprendido.

—Dígame.

—Alguien atacó de nuevo. Sí, otra fotografía, amigo. Pero esta vez no solo se trata de mí, sino de usted también. Quienquiera que haya sido nos tomó una fotografía de manera oculta.

—Explíquese.

—No sé si haya mucho que explicar, Vincent. El hecho es que alguien de manera cobarde nos ha espiado. No conforme con eso, se atrevió a tomarnos una fotografía de espaldas mientras desbrozábamos coles, ¿se acuerda? Tal vez le parezca un hecho insignificante, de la menor importancia, un simple caso de morbosidad voyeurista. Ojalá fuera solo eso, estimado amigo; en ese caso no debería preocuparme gran cosa. Después de todo, nosotros los pintores vivimos precisamente de asomarnos con permiso o sin él a las vidas de otras personas y a otros lugares con tal de reproducir estados interiores y plasmarlos en una tela. Pero esas incursiones son inofensivas, no provocan mayor zozobra en el ánimo de la gente porque están confinadas estrictamente al universo de lo estético. De hecho, también llegué a pensar que se trataba de un simple juego de técnica fotográfica. *Alguien desea captar un momento de un modo espontáneo, sin alteración alguna*; eso fue lo que me dije. Sin embargo, hay algo en esa fotografía que me hizo cambiar de opinión por completo. Vea usted mismo.

Cuando le extendí el sobre, Vincent carraspeó la garganta y me dijo que le gustaría tomar un poco de alcohol.

—Ciertamente somos nosotros. Parecemos animales a punto de tragar un racimo de tubérculos.

—Observe con atención la esquina derecha de la fotografía, ¿no descubre algo?

—Ah, sí, es cierto, parece la figura de un hombre sentado sobre una piedra. ¿Qué es lo que tiene entre las manos? ¿Nos está mirando?

—Escúcheme, Vincent: esa figura de aspecto fantasmal es un hombre de carne y hueso. Yo lo conozco, se llama George Eastman. Es un estadounidense muy famoso. Lo que lleva entre sus manos es una máquina de hacer fotografías, y no solo nos está mirando, además acaba de tomarnos una de ellas.

Vincent apretaba los ojos, confundido, pero al mismo tiempo guardaba silencio en espera de escuchar más detalles.

—Ahora debo confesarle algo. Alguna vez traté de asesinar a ese hombre, en buena medida ese acto me arrastró hasta este lugar. A su debido tiempo le contaré pormenores de los motivos que me llevaron a cometer ese delito. Por ahora…

Vincent se llevó el dedo a la boca, interrumpiéndome. Se puso en pie y empezó a dar vueltas en la habitación.

—Señor René, me siento cansado. No veo la necesidad de escuchar más sobre esta fotografía. Creo haberle dicho que las imágenes impresas en papel no me interesan.

—Entiendo, Vincent. Pero dese cuenta de lo que ocurre. Hace días hablé con la hermana Dorine, le mostré la fotografía y me dijo que tuviera cuidado, que podía tratarse de algo peligroso. ¿Lo ve? Usted y yo podemos estar en grave peligro. No se trata de un simple lunático acostumbrado a desvariar frente a una estufa apagada. Estamos hablando de un hombre muy poderoso dispuesto a cobrar venganza, tal vez de un modo completamente despiadado y cruel. Debemos tomar alguna clase de providencia. Tal vez usted mismo debería cuidarse las espaldas, sobre todo cuando sale del asilo. Hágase de una pistola, o cuando menos guárdese un cuchillo entre las ropas. ¡Hágalo, por favor!

Su mirada me puso la carne de gallina. La cicatriz de la oreja cercenada se le puso enrojecida; tenía los ojos insoportablemente grandes. Sujetó un pequeño candelabro y apretó los puños de un modo bastante amenazador. Tomé la fotografía, la metí al sobre y retrocedí con cautela hasta salir de la habitación. «Piénselo, Vincent», fue lo último que dije antes de bajar las escaleras y emprender el regreso hacia el pabellón de los internos peligrosos.

Mientras caminaba deprisa tropecé con varios matojos de hierba y estuve a punto de hundir los pies en un fango de estiércol. En un momento dado me saqué las manos de los bolsillos y sentí algo afilado: traía un par de pinceles atados con un cordoncillo. Eran de Vincent; nunca supe en qué momento los tomé. En otras circunstancias hubiera regresado inmediatamente, pero la verdad sea dicha, en esos momentos no sentí deseo alguno de devolver esos pinceles a su dueño. Aún hoy los tengo conmigo. ¿Por qué iba a reintegrarlos? Vincent me había despreciado, me había juzgado mal. Apreté las manos mientras olisqueaba el aroma profundo de la noche. Las briznas de hierba parecían inclinarse a mi paso. Entonces, como si hubiera tragado una bola de aire caliente, sentí una tensión de consistencia vítrea en toda la piel; los dientes me castañeteaban y mis dedos crujían al menor movimiento. Así, tiritando de frío, desencajado, exhausto, embarrado de lodo, llegué al dormitorio y me metí a la cama sin quitarme los zapatos. Sentía los intestinos calientes, respiraba con dificultad. Todo eso me ocurrió en cosa de minutos y aunque entonces no lo sabía, en realidad mi cuerpo estaba a punto de romperse porque una vez más el monstruo licantrópico del odio me había encajado sus fauces en algún lugar del alma, ya de por sí fermentada y casi a punto de echarse a perder.

XXXIII

Al regresar a Rochester volvió a sus labores de un modo frenético; a pesar de todo, George Eastman estaba tan efusivo como un general que dirige sus tropas al frente en un asalto final. Sin embargo, ya entrada la noche, cuando la agitación de un día particularmente notable se había diluido, tuvo lugar un suceso que lo plantó en seco y le hizo ver que todos esos triunfos de la ciencia y el dinero no eran más que ilusiones candorosas montadas sobre la furia de insospechados oleajes.

Hacía un rato de que se marcharon casi todos los trabajadores de la planta, solo permanecían en sus puestos de mando los operarios más indispensables. Un silencio de ecos disonantes inundaba la atmósfera. George Eastman tosió mientras se acomodaba el saco de vestir, el sombrero de fieltro y sus guantes de cuero. Debajo de la tremenda exaltación de un nuevo logro en material de película fílmica, se sentía terriblemente agotado, como si lo hubieran molido a palos en las piernas. «Después de todo este trance de locos, el cuerpo se me debe estar aflojando.» Abrió la puerta del laboratorio y de golpe se encontró con una figura espigada de cabellos largos y mirada fulminante. Del susto, experimentó una terrible punzada en la espalda; estuvo a punto de gritar, pero no lo hizo porque en un instante se dio cuenta de que a esas horas a nadie le vendría bien escuchar un grito perdido en el mismo lugar donde minutos antes se oían risotadas y algarabías de fiesta. El hombre no se movió. Parecía un pordiosero triste, una especie de Lázaro recién resucitado. Traía un sayal rojizo picoteado, con restos de plumas. Dos tiras de cuero verde le colgaban por ambos costados. Hizo un movimiento lento con las manos, pero no fue para agredir a George, sino para ajustarse un alambre de cuatro púas ajustado a su cintura.

—Me aprieto el cilicio de caridad por usted.

Esas fueron sus primeras palabras, empalmadas en una voz cavernosa, acostumbrada a decir las cosas al corazón, sin atajos. George reparó en los gorgojos negros y brillantes que andaban libremente sobre la túnica del aparecido.

—¿Quién es usted?

El hombre miró con fijeza a George Eastman sin pestañear, hasta que un amago de sonrisa cruzó su cara.

—Mi nombre no tiene importancia. Vivo en las calles dando consejos a las gentes para salvar sus almas.

George Eastman tuvo el presentimiento de que aquel hombre andrajoso era uno de tantos mendigos embaucadores que vagaban por las noches buscando alcohol o comida en los médanos del río Genesee, muy cerca del cementerio Mount Hope. Lo invitó a sentarse, le acercó un vaso de jugo de naranja; trajo un plato con abundantes sobrantes de comida. Le ofreció un trago de whisky escocés. Pero a todo se negó de un modo natural, sin señales de arrogancia. El hombre levantó el brazo derecho y cayó al suelo un remolino de polvo.

—Eres un hombre muy rico, pero también muy infeliz. Tus años futuros serán de fogatas encendidas. Nunca niegues almohada y abrigo a otros necesitados.

Enseguida se abrió el sayal y mostró el alambre encajado que rodeaba su cintura. Eastman alcanzó a ver costras amoratadas sobre la piel.

—Mi dolor agrada al Señor. Tú, en cambio, vives atado a fundamentos empíricos de un materialismo atroz y disolvente. Debes orar.

Por algún motivo impredecible, George Eastman relacionó aquellas palabras y la figura espigada de aquel hombre con historias de hordas abolicionistas que su madre le contaba. De una de ellas recordaba referencias a un hombre de 1862 con trazas de profeta mendicante, cuya labor era reclutar prosélitos de guerra contra los confederados del sur valiéndose nada más de consejos, oraciones, movimientos contorsionantes y un alambre de púas atado a la cintura.

—Me voy. Debo seguir peregrinando entre la pestilencia y la mortandad. Pero antes te entrego esto.

El hombre metió su mano al sayal, entre los bordes de la cintura; sacó un sobre manchado de sangre seca, lo colocó parsimoniosamente en el suelo y con movimientos imperturbables se alejó. George se apresuró a seguirlo entre los pasillos desiertos, pero no era cosa fácil porque aquel personaje daba trancos de avestruz. Tal vez sería un espejismo, o cierta alucinación provocada por los efectos del cansancio, el caso es que jamás habría de olvidar cómo las luces cenitales parecían más débiles de lo acostumbrado y parpadeaban al paso de aquel individuo fibroso y pestilente como palo de cardo. Al llegar a la puerta principal, un guardia trató de cerrar el paso al hombre alto, pero George le hizo una señal para que lo dejara salir sin contratiempos. Ya en la calle, lo vieron subirse a un carromato atestado con pedazos de cuero, bidones de cobre, talegas de trigo crudo, ropas amontonadas y canastos para guardar serpientes. Nada más emprender el trote del caballo, George y el guardia se percataron de que una nubecilla de moscas y un hedor a sepultura habían quedado flotando en el aire.

De inmediato regresó a buscar el sobre. Ahí estaba en el suelo, amarillento y con una mancha de sangre en la solapa, como si hubiera sido abandonado desde mucho tiempo atrás. Adentro contenía otro legajo de fotografías de tamaño mediano. Lo que vio allí lo dejó pasmado: «¡No puede ser... Esto no ha sucedido nunca!» George se tumbó en la silla con patas de león. Fue colocando cada una de las cinco fotografías en línea recta sobre una plancha de zinc: era fácil advertir que se trataba de una misma escena secuenciada desde diferentes perspectivas. Dos hombres en cuclillas arrancaban cortezas de col sobre una parcela terrosa. Detrás se alcanzaban a ver las columnatas dobles de una construcción, al parecer muy antigua. En la primera fotografía no se apreciaban los rostros porque la toma estaba hecha por detrás, pero en las siguientes imágenes había un cambio de ángulo que permitía apreciar con claridad la identidad de ambos personajes. George descubrió que a uno de los dos desbrozadores le hacía falta el lóbulo de la oreja izquierda; enseguida plantó la mirada en la otra cara y de inmediato sintió un remolino amargo en la boca del estómago. Ahí estaba una vez más, como aparición del demonio, el mismo hombre que alguna vez trató de matarlo en París. René Gobert escrutaba con ojos amenazantes al fotógrafo que acababa de apretar el botón del obturador. Y como si no hubiera ya una buena dosis de ruindad en esa revelación, descubrió en otra fotografía de la serie que la mirada de René Gobert estaba clavada... («¡Oh, no!», exclamó)...

en el propio George, unos segundos después de haber tomado la fotografía. *Esto es muy extraño. Yo jamás he estado en ese lugar.*

Con todo, las evidencias decían otra cosa. En la cuarta y quinta fotografías se veía nítidamente a un hombre de apariencia ciudadana sentado sobre una piedra con una pequeña cámara fotográfica en las manos. Por más que trataba de negarlo con la memoria, no podía refutar el veredicto de sus propios ojos: ese hombre era él mismo. No tuvo dificultad tampoco en reconocer la cámara Kodak número uno en cada detalle de fabricación, incluidas las pláticas que en su momento sostuvo con el ebanista Frank Brownell para especificarle las proporciones del artefacto así como las minucias finales del obturador, el botón disparador, el puntero sobresaliente en la parte superior; por cierto, muy parecido a las pequeñas manivelas de cuerda que llevaban las cajitas de música vienesas. Incluso recordó la decisión final de incluir lentes Bausch & Lomb y hasta el tipo de cuero duro seleccionado para recubrir toda la carcasa de esas cámaras. También, aunque en esos momentos fuera algo inoportuno y casi ridículo, se acordó del momento en que, tras discutir acaloradamente con un conjunto de técnicos y promotores, de pronto se puso en pie y tras dar un puñetazo al escritorio, dijo: «¡Señores, no más! El precio final de la primera cámara Kodak será de veinticinco dólares; ni uno más, ni uno menos». Todo eso volvía a su mente con lucidez, pero no fue suficiente para convencerse a sí mismo de haber tomado esas fotografías. Además, se preguntaba quién lo había fotografiado a él. Parecía que no tenía manera de saberlo, pues cuando volvió a mirar detalladamente las cinco impresiones, no descubrió rastro alguno del intruso. *Vaya,* se dijo, *el único que puede saber es ese maldito de Gobert.*

Después de varios meses creyó haber olvidado el asunto. Entró el año de 1890 sin demasiados aspavientos. Una mañana, mientras removía documentos en su escritorio, volvió a encontrarse con las cinco fotografías. Esta vez no pudo hacer nada para espantarse una desazón perturbadora. Durante varios días anduvo aturdido, desconcertado, sacando rémoras inservibles en el jardín de su residencia. Esos paliativos contra la ansiedad lograban tranquilizarlo durante unas cuantas horas, pero una vez pasado el periodo de calma, sus ánimos volvían a disolverse. Cuando lo interrogaban sobre asuntos mayores relacionados con la película flexible recién perfeccionada, se dedicaba a dar circunloquios, o bien respondía con vaguedades desenfocadas. Hasta sus colaboradores más cercanos fueron testigos de una repentina transformación: se le veía distraído, solitario, vacilante, como sumergido en pláticas nocturnas con alguna beata o un predicador. A veces despachaba asuntos de un modo tajante, sin ofrecer concesiones aun a distinguidos proveedores que habían viajado desde otros estados. Actuaba como si la eficiencia fuera un insulto. Sobre su escritorio se fueron acumulando alteros de documentos aplazados, todos sin revisar y sin rúbrica de aprobación. Era como un ferrocarril que mete freno en pleno ascenso de montaña.

Poco a poco empezó a salir del marasmo. Se destrabaron documentos, se resolvieron pagos atrasados y dio manga ancha al buró de abogados que luchaban a brazo partido contra los reclamos de proveedores. Sin embargo, pese a las mejorías del malestar anímico, prevalecía una nube de zozobra que no le permitía actuar desde el fondo de sus convicciones.

Una tarde de mediados de febrero, mientras caminaba con su madre sobre la avenida Charlotte, levantó la cabeza para mirar el cielo encapotado. Una ráfaga de vientos cruzados le arrebató el sombrero, que por suerte quedó atorado en una lámina de Coca-Cola colocada junto a un buzón de correos. Entonces tomó una decisión.

—¡Debo volver a Europa!

Maria Kilbourn tuvo que acercar el oído porque el sonido de los ventarrones no la dejaba oír con claridad.

—¿Para qué? Si allá tienes representantes que pueden arreglarte cualquier problema.

George no respondió de inmediato. Condujo a su madre hasta el soportal de una tienda de sombreros; en cuanto entraron, disminuyó la estridencia del viento.

—Madre, esta vez no podrás acompañarme. Debo arreglar un asunto apremiante. Si no lo hago pronto, siento que voy a volverme loco.

—¿Pero cuál es el problema, hijo?

—No sé si realmente sea un problema, pero se trata de cinco fotografías, solo cinco fotografías. ¿Puedes creerlo?

XXXIV

Cuando el doctor Peyron me dijo con aire circunspecto que yo era en definitiva un lunático perturbado, sentí un alivio caído del cielo: eso abría la esperanza de postergar indefinidamente mi regreso a la prisión de La Roquette. Además, ya no deseaba abandonar el manicomio de Saint-Rémy. Desde hacía tiempo, mi alma mortal había encontrado refugio y un cierto sosiego en este lugar. Ya nada me asustaba ni me indignaba. Suciedad, abandono, humedad, incluso las cucarachas veteadas que se paseaban sin pudor sobre la mesa entre los platos con alubias. Casi todo pasaba de largo frente a mis propios ojos de un modo imperturbable. Poco me importaba si durante varios días o semanas yo era tratado como un bulto idiota sentado frente a la estufa apagada del dormitorio. A veces Casiro me hablaba un poco, sus palabras eran parcas, nudosas, tardaba un buen rato siguiendo la hebra de su conversación. Al final me advertía sobre un nuevo ataque de Florent: «Esta noche hay que abrir bien el ojo». Era todo; escupía en el suelo, se levantaba de la silla y se iba sin dejar de mirar la estufa apagada. Por su parte, las hermanas de San José de Aubenas terminaron por tratarme como un percance lánguido en la rutina triste de sus vidas. A medida que se alejaba el otoño iban desvaneciéndose en las cuevas de su tiempo interior. Bastaron unas cuantas semanas de lluvia y vientos helados para que se volvieran viejas; a veces pasaban encorvadas con sus campanillas de anunciación como si fueran brumas de otra época. Sus cuerpos despedían tufos a incienso, aceites de cocina y sudor amargo. Muchas veces he llegado a preguntarme si nosotros necesitamos ayuda de ellas, o ellas de nosotros. He aprendido a leer en silencio historias ocultas bajo los signos de mortificación escritos en sus rostros. Esa palidez agrietada en los semblantes no es una simple señal de abstinencia cristiana sino más bien el reflejo crudo del hambre. Yo mismo las he visto disputarse mendrugos de pan debajo de un almendro; también las he visto en el comedor meterse pedazos de hogaza debajo de los faldones. Claro, no es culpa de ellas, tienen hambre y no son felices. Aun en sus ratos más atareados se les nota esa congoja involuntaria, ese asedio fantasmal que flota por encima de sus cofias; seguramente vivir tantos años entre lunáticos ha terminado por estropear la temperancia de sus conciencias. No han sido pocas las veces que he encontrado a más de una hermana hablando a solas de un modo fugado, sin fronteras con la realidad. Hace días, nada menos, me levanté a medianoche y salí a los jardines con la intención de orinar. En eso escuché unos ruidos reiterados; me acerqué y descubrí que una hermana predicaba a unas piedras apiladas al pie de un almendro.

Pero no quiero detenerme a contar minucias propias del encierro. Ha llegado el momento de referir ciertos hechos extraordinarios y definitivos en mi vida, los cuales ahora mismo son los culpables de que yo esté condenado a pasar el resto de mis días envilecido y degradado como una bestia salvaje. Varias veces me prometí no hablar: sin embargo, como les sucede a los necesitados de amor y a los menesterosos, pronto descubrí que jamás encontraría un poco de alivio si no era capaz de hurgarme las entrañas y dejar que los acontecimientos hablen por sí mismos.

Había estado esperando durante toda la tarde el regreso de Vincent, desde hacía dos semanas no sabía nada de él. Esa misma mañana Peyron me dijo que andaba en Arlés, tratando de recuperar sus cuadros. «Pero esta misma noche debe regresar al asilo. Así convinimos», dijo Peyron, aunque ciertamente sus palabras no sonaban muy convincentes, pues ya sabíamos que de Vincent podía esperarse cualquier cosa. A mí no me importaba encontrarlo cansado, tenía que hablar con él a como diera lugar. De hecho me puse a pensar que el pobre vivía todo el tiempo agotado. Sus obsesivas reproducciones de Millet y las constantes salidas al campo lo habían convertido en una bestia de trabajo. Pintaba día y noche, casi sin descanso, huertos, paisajes lluviosos, campos de trigo enmarañados, sembradores que arrojaban semillas, segadores encorvados, vistas del campo antes y después de una tormenta, así como acercamientos a cipreses retorcidos. La última vez que hablé con él me había dicho que gastaba un tercio del aire en respirar, otro tercio en darse aliento para pintar y uno más para espantarse las crisis de ansiedad. También me dijo que esperaba algún día tener suficiente dinero para viajar a Asís, nada más a copiar la obra de Giotto. Lo cierto es que nunca he podido entender de dónde demonios saca tantas energías.

Esa tarde yo había robado dátiles a un cocinero de pelos crespos. Fue un golpe de suerte: el pobre muchacho andaba distraído en la cocina, tratando de agarrar a una gallina por el pescuezo. Me asomé y vi que junto a las hornacinas había una montañita de dátiles enmielados. Deprisa tomé dos puños, me los metí en los bolsillos y salí. Anduve toda la tarde vagando hasta que encontré un buen lugar junto a los arriates de lilas; ahí me senté a esperar a Vincent. Ya entrada la noche me puse a escupir los huesitos de los dátiles, intentando meterlos a una canaleta de agua. Eran los últimos días de octubre. Hacía un viento helado, las plantas estaban erizadas. Llegó un momento en que empecé a sentir los huesos entumidos; me pareció entonces una absoluta idiotez seguir allí sentado, esperando la llegada de un hombre tan hosco y escurridizo como Vincent.

En eso escuché unos ruidos salteados entre los arbustos. Era un perro enano, fibroso, de patas corvas; se veía hambriento. Al momento me movió la cola y empezó a lamerme desesperadamente la mano. Le di unos dátiles y se los tragó con todo y hueso: luego empezó a chillar con el rabo doblado. No sé cómo ni por qué exactamente, el caso es que lo seguí. Se metió entre meandros de plantas enredadas, parecía dar vueltas sin destino fijo. Aquello era ridículo. ¿Qué hacía yo detrás de un perro que deambulaba de manera zigzagueante en medio de la noche? Atravesamos una acequia. Llegamos a un pequeño escampado, casi en los límites del huerto; había varios atados de trigo y un par de rastrillos abandonados. También había alforjas, correas, un azadón y una enorme faca encajada en un tronco partido. El perro olfateó las patas de un mulo adormilado y volvió a chillar. Me llamó la atención que el mulo todavía siguiera atado a la carreta. Miré a todos lados, algo no andaba bien; aquello parecía el escenario de un abandono repentino. Caminé unos pasos hacia un foco de luz, era una lamparilla de queroseno enganchada a la punta de una trampa para conejos. La descolgué, a fin de iluminar mis pasos. A un lado estaban los corrales de cabras. El perrillo fibroso seguía chillando. Vi que se metió debajo de una portezuela de maderas podridas, y aunque la tranca estaba echada noté que dos cabras rumiaban rastrojo afuera del corral.

Mis ánimos empezaban a embotarse. Ahora sé que en ese momento debí regresar a dormir como un bendito, pero la maldita curiosidad me hizo seguir adelante. Las cabras se inquietaban al paso de la flama cintilante, por todas partes había rastrojo desparramado. En uno de los muros vi un altarcillo con velas derretidas y exvotos de santos. A medida que andaba, la peste a estiércol se iba haciendo más densa y abigarrada. Tenía la boca reseca y sentía unas ganas terribles de orinar. No aguanté más, me abrí las verijas del pantalón y dejé escapar un chorro pesado y caliente. En ese momento vi de reojo un cuerpo tendido en el suelo. Era Dorine: estaba tiesa, tumefacta. Tenía las uñas ennegrecidas, los ojos abiertos con las pupilas diáfanas y una lengua como de vaca amordazada entre los dientes. Había moscas por todas partes, trastos aventados, un canasto con pienso embrocado; aun así logré sobreponerme al asco y tapándome la boca me acerqué a mirar su rostro. Aunque ya reseca, se notaba que le había escurrido una cantidad abundante de argamasa verde entre las comisuras. Pobre mujer, debió luchar como una leona contra su propia muerte. Sin duda había sido mordida por una serpiente venenosa.

El perro fibroso no dejaba de chillar. Puse leche de cabra en un cuenco y se la di, eso lo tranquilizó. Antes de abandonar aquella escena de muerte, oriné la mano izquierda de Dorine. Quería dejarle algo de mí; una rúbrica natural. Todo lo hice sin ofensa y con el mayor sigilo. Además, así lograba espantarme un pálpito aciago: aquella muerte debía tener alguna relación con la fotografía que yo mismo le había mostrado en ese lugar.

Esa misma noche, ya casi de madrugada, empezó a llover de un modo apacible. Sin embargo, unas horas más tarde aquello se volvió una lluvia borrascosa que provocó impotencia y terror entre los internos. El dormitorio parecía y era una madriguera de locos asustados. Cada vez que sonaba un trueno en las alturas, algunos se cubrían los oídos con las manos y empezaban a llorar despavoridos. Otros se levantaban deprisa, iban a la estufa, daban unas vueltas rumiando vocablos piadosos y rápidamente volvían a meterse a la cama. Un viento enloquecido empezó a destrabar postigos. Pronto escuchamos azotes de ventanas por todas partes. Además, el silbido aullante de los árboles contribuyó a propagar todos esos miedos incontrolables. Yo no sabía qué hacer, adentro del dormitorio el ambiente se volvió absolutamente desquiciante. No había manera de callarlos. Estaban muy perturbados y en esos momentos no se podía hacer gran cosa salvo gritarles o de plano soltarles un golpe en la cara, como se hace con las bestias enfurecidas. Tampoco tenía caso salir del dormitorio, afuera volaban ramas de árboles y cuencos de hojalata por todas partes. Pensé varias veces en la ira de Dios, en los arrebatos finales del mundo. Fue entonces cuando vi pasar a dos monjas empapadas: llevaban apretados en los brazos un cirio y una cruz bordada con abalorios. Pese a las ráfagas de vientos cruzados y el aguacero, me envolví en un jergón y salí tras ellas, manteniéndome siempre a distancia entre linderos, árboles y pastos crecidos, de todos modos la bruma de la lluvia me protegía. ¿Por qué hacía eso?, me pregunté varias veces. ¿Por qué estaba actuando como si fuera un ave de rapiña dispuesta a saltar sobre mi presa? Tal vez porque en esos momentos solo podía guiarme por la fuerza de un instinto feroz y nada más.

No tardamos en llegar a los corrales de cabras. A cierta distancia reconocí a Peyron dando órdenes a los jardineros. También había un corrillo de monjas con rosarios y velas escurridas. Permanecí quieto detrás de un enorme ciprés. Una de las monjas lloraba desconsolada; vi a dos jardineros que sacaban el cadáver de Dorine. Jadeaban, se daban órdenes a gritos entrecortados porque aquel cuerpo enorme y pesado se les resbalaba. A punto estuvieron de soltar a la pobre monja, pues además del peso los jardineros luchaban contra la lluvia, las ráfagas de viento y el lodo espeso hasta los tobillos. Aun así lograron cargar el cuerpo en vilo, envuelto en una sábana y amarrado con tiras de cuero. Cada jardinero soportaba uno de los extremos. En un instante pude ver el brazo izquierdo colgando y recordé que apenas un rato antes yo mismo había orinado sobre la mano de esa pobre mujer. Subieron el bulto a una carreta de rastrojo, uno de los jardineros lo cubrió con paja; al final puso el rastrillo, el azadón, trastos viejos y la faca grande encima de todo. Peyron y las monjas montaron en un carruaje y enfilaron deprisa rumbo al campo, fuera del asilo; evidentemente se trataba de borrar toda evidencia. Un trueno solitario cimbró la tierra y yo sentí que aquel aguacero era el presagio de un gran desastre.

A pesar de la lluvia y el viento helado que me calaba hasta los huesos, permanecí un rato sin moverme, agazapado. Sabía que nadie debía verme por allí, pues inmediatamente me convertiría en blanco de sospechas, así que debí soportar la humillación de escurrirme saltando entre piedras y matorrales hasta un pequeño promontorio resguardado bajo el follaje de un sauce enorme. Estaba muy cerca del consultorio del doctor Peyron: allí por lo menos la lluvia me daba un poco de tregua. Cerré los ojos, tratando de bajarme el sofocón. Todo mi cuerpo estaba embaldosado, cuajado de sentimientos rencorosos, mezquinos, sin el menor deseo de implorar justicia. Me sentí el ser más vulnerable del mundo. Después de pasar un tiempo incontable suspendido en una época de purgas solitarias, todo aquello me parecía vertiginoso. Dorine había muerto envenenada y seguro estaba de que la causa principal no había sido un acto de herejía ni contubernios carnales contra Cristo, no; se trataba de algo más simple, desvinculado por completo de su celo misionero. Tenía la certeza de que Dorine guardaba secretos vinculados al origen perverso de las fotografías, por eso se mostró temerosa y reticente cuando le mostré la última impresión, donde Vincent y yo desbrozábamos coles.

Viento helado, agua y lodo estaban triturando mis huesos, era hora de regresar al dormitorio, pero en un instante algo llamó mi atención. Una portezuela pequeña, seguramente destinada al trasiego de jardineros, estaba sin candado. No lo podía creer: esa puerta atravesaba el muro perimetral que dividía los contornos del campo y los del asilo. Estaba abierta, como un regalo del cielo. Durante todos esos meses de encierro, muchas veces esperé una oportunidad como esa y ahora se me presentaba de un modo simple, sin trabucos, sin guardias, sin perros cancerberos. Podía escapar de una vez, todo era cuestión de levantarme, cruzar unas charcas enlodadas y atravesar esa portezuela de maderas podridas. Cualquier campesino al verme pensaría que yo era un simple mendigo extraviado entre los médanos del campo. *¡Vamos, levántate y lárgate de una vez!* No había nadie a mi alrededor. Era mi gran oportunidad.

Sin embargo no me fui. Simplemente no tuve cojones. De pronto me vi deambulando en el campo lodoso, sin comida ni techo donde guarecerme; todo eso me desanimó. Fue un golpe de oquedad terrible, pues en un instante comprendí que al paso del tiempo me había convertido en un ser débil, pusilánime, sin ambiciones ni rutas trazadas a futuro. En pocas palabras, ya no era capaz de valerme por mí mismo. Tiritando de frío empecé a estornudar. Un alacrán salió debajo de una piedra, lo vi subir y bajar por una de mis sandalias. Pudo picarme pero no lo hizo, tal vez porque andaba a la deriva, huyendo también del agua. Por primera vez en muchos años tuve impulsos de orar. Me arrodillé bajo el sauce y dejé fluir una letanía al Bendito. Sentía los ojos ardientes y al frotarlos vi entre los dedos unas legañas verdosas que me producían comezón: ese fue el principio de una ceguera paulatina que fue aumentando sin retorno hasta crearme serias dificultades para distinguir con claridad los semblantes de las personas.

Vincent. Necesitaba verlo, contarle todo; tal vez él también estaba en peligro. Me levanté y me fui sin mirar ni una sola vez la portezuela abierta. La lluvia se transformó en una llovizna tersa. Cuando llegué al pabellón de tercera me topé con un perturbado irascible: el hombre despotricaba contra los castigos inverosímiles del cielo. Traté de subir las escaleras pero me cerró el paso; quise apartarlo de un manotazo pero me escupió. Una cicatriz cruzada en la cara revelaba su pasado turbulento. Me dijo que él era revolucionario y que se estaba organizando un nuevo movimiento de *communards*. Me pidió un pedazo de pan, no le hice caso. Por fin logré hacerlo a un lado y subí deprisa al segundo piso. La puerta del dormitorio de Vincent estaba trancada. Después de varios golpes me abrió: estaba envuelto en un jergón hasta la cabeza. Tenía los ojos hinchados y el semblante abotagado, la boca le apestaba a fierro podrido. Trató de echarme, pero luché como una fiera anegada y hambrienta. Lo empujé con la fuerza suficiente para meterme a su habitación. Había dibujos regados en el piso; caminé de puntas para no pisarlos y me tiré al pie de la cama.

—No estoy para idioteces. ¡Escúchame, Vincent! Estamos en peligro. La monja Dorine ha muerto. Creo que la mordió una víbora, pero estoy cierto de que su muerte está relacionada con la última fotografía que te mostré. No tengo duda.

Le conté todo. Mientras hablaba, Vincent iba recogiendo con cuidado sus dibujos esparcidos en el suelo; constantemente se rascaba la cabeza. No sé si en realidad me estaba escuchando. De pronto me pareció un hombre serio, tenaz, metódico, muy adaptado a cualquier clase de adversidad. Vi sus manos curtidas, emplastadas de pintura reseca. Parecía un peregrino acostumbrado a cortar árboles de colores.

Cuando terminé de hablar, me preguntó si quería beber un trago de ajenjo.

—Lo he conseguido en el campo, René. Es de lo mejor. Ni siquiera hay algo parecido en Arlés. Desde hace tiempo trabé amistad con un campesino pendenciero: compra y vende hierbas prohibidas en su acémila de carga. No tengo dinero para pagarle, pero me ha dicho que si le hago un retrato quedamos saldados.

—Vincent, debemos escapar de esta pocilga. Podemos llegar primero a Arlés, después ya veremos. Formaremos una comunidad de pintores libres. Tú mismo me has dicho que ese ha sido uno de tus sueños planeados junto al libertino ese de Gauguin.

Vincent se rascó la cabeza. Me dijo que necesitaba salir un momento a orinar en el jardín. Cuando regresó se puso en cuclillas y me miró fijamente.

—La muerte de Dorine es una cosa muy triste. Un par de veces hablé sobre asuntos del espíritu con ella, se mortificaba por cualquier cosa; tenía miedo hasta de los sermones infernales del padre Pity. Mentaba poco a Dios. A pesar de eso hacía lo posible por mantener viva la salvación de su alma. Tal vez esta noche haga un dibujo de ella dando alimento a las cabras, es la última imagen que tengo de la hermana. Pero no quiero escaparme contigo, René. Tengo otros planes. Hace días recibí una carta de Theo. Me dijo que vio a Pissarro: hablaron sobre mis crisis de ansiedad. Los dos están convencidos de que me vendría bien trasladarme a otro lugar menos lúgubre. Pissarro no puede recibirme en su casa porque su mujer lleva los pantalones y eso tarde o temprano será motivo de rijosidades, ja... vaya cosa. Pero Theo vuelve a mencionar a un tal Gachet. Lo describe como un tipo bonachón, simpático y de modales fáciles. Además de pintar en sus ratos libres, conoce a todos los impresionistas. Me dice que admira mis cuadros y está dispuesto a recibirme en su casa, vive en Auvers. Como ves, hay planes en puerta. Peyron me da buenos ánimos. Se muestra complacido con mi conducta y ve mejorías en mis crisis. Básicamente le preocupan mis salidas al campo, donde es difícil encontrar ayuda en caso de un ataque, pero tú sabes, son los riesgos de pintar.

Entonces, como era su costumbre, Vincent dejó de hablar. Fue al estudio contiguo y me trajo un cuadro que en ese momento me pareció espantoso: era un árbol de moras inspirado en Monticelli. Yo solo vi un reguero de colores apeñuscados, las ramas retorcidas parecían flamas erizadas después del azote de un rayo sobre la copa del árbol. Me trajo un jergón limpio y unas ropas secas. Cuando terminé de cambiarme, todo mi cuerpo estaba invadido por un tremendo remolino de sopor. «Déjame dormir un poco aquí en el suelo, Vincent. Tú sigue pintando», fue lo que dije. Tal vez abrí la boca pensando en ese árbol de moras. Las hojas quemadas de amarillo sobre mi piel también deseaban desprenderse arrastradas por el viento.

XXXV

Cuando el tren lanzó un silbatazo de vapor y empezó a detenerse en la estación de Tarascón, George Eastman sintió el primer ramalazo de terror en la boca del estómago. Había logrado cruzar el Atlántico ocupándose en cuestiones de negocios con el firme propósito de sacar el bulto a cualquier reportero. Permaneció casi un mes en Londres batallando con Walker hasta dejar puestas las bases para la planta local, con lo que terminarían las exportaciones, antes de viajar a París para otra ronda de negociaciones. Sin embargo, a nadie comentó su secreto propósito cuando anunció que se tomaría «un fin de semana para recorrer los alrededores y tal vez tomar algunas fotografías», lo cual, siendo George Eastman, parecía por completo justificado.

Nunca imaginó que siendo un hombre práctico, acostumbrado a vivir sin alertas, aquello podía transformarse en una incursión temeraria. Al abordar el ferrocarril en París se hizo el escurridizo, como si fuera un misántropo en plena rebelión consigo mismo; disciplinadamente fue evitando cualquier encuentro con quien pudiera reconocerlo. En cuanto pudo se cambió de ropas: abandonó su traje de caballero inglés y se puso una indumentaria de viajero, así podía asegurarse una confusa apariencia de clase menos dominante. De fondo lo inspiraba el deseo ferviente de llegar en solitario hasta el monasterio de Saint-Rémy. Recorrió incontables kilómetros, *¿y todo para qué?*, se preguntaba mientras miraba por la ventanilla. *Para encontrarme, sí, con el mismo hombre que alguna vez trató de matarme. Debo estar completamente loco.*

Esas últimas palabras las dijo en voz alta, provocando miradas acuciosas entre algunos pasajeros que se apretujaban a su alrededor. En alguna parada prolongada, mientras hacía pruebas con el nuevo rollo flexible, le salieron al paso dos hombres jóvenes de aspecto andrajoso y uno de ellos le arrebató la cámara. Primero se mofaron del artilugio, después lo examinaron con las narices y la lengua como si fuera una caja de otro mundo, y terminaron por empujar a Eastman a la vera del camino para luego estrellar la cámara contra unas piedras: la pisotearon y se alejaron tambaleándose en su borrachera. George, tendido sobre el terraplén, escupió grumos de palabras furiosas. En su anonimato, no quiso recurrir a nadie. De inmediato se dio a la tarea de recoger los pedazos esparcidos de su equipo; lo hizo de hinojos, mirando a ras del suelo de un modo convulso, frenético. Desde una casa iluminada con velas de sebo, los miembros de una pequeña familia de campesinos miraban entre las rasgaduras de una cortinilla aquella escena extraña, sin sospechar que era el dueño de un emporio el que recogía los mendrugos de su propia cámara.

En cuanto salió de la estación de tren, George Eastman se sintió deslumbrado por el sol de Tarascón. Nunca antes había percibido colores tan intensos remarcados en los árboles y en las fachadas de las casas. *¡Cuánta luz hay aquí!*, pensó. A ratos soplaban vientos cabreados mezclados con briznas de agua helada que se encajaban en la cara como puntas de alfileres; eran efluvios del Ródano. Sus vapores flotantes provenían de un lecho torrencial, curvado al pie de una colina. Desde ahí se deslizaba hasta desembocar en el Mediterráneo. Bordeaban el río diques pedregosos, huertos, valles y extensos olivares. Una cierta agitación nostálgica invadía la atmósfera. George apretó los ojos y se llevó una mano a la frente para darse un poco de sombra. Una enorme parvada de cuervos pasó volando justo por encima de donde se encontraba: fue una irrupción efímera de graznidos ensordecedores. Parecía increíble que el cielo fuera de un azul tan profundo y despejado; si acaso, unas cuantas nubes deambulaban como esbozos aligerados de sentimentalismo.

Tomó un coche. Hasta el sonido de la fusta le pareció parte de un dolor atenuado en el ánimo de los tarasconenses. La gente parecía indiferente a cualquier novedad, sin embargo esa parquedad le agradó. Atravesaron las solitarias y estrechas callejuelas medievales hasta una casa de huéspedes, donde George dio un nombre falso y depositó su maleta. Pidió que le subieran algo de comer a la habitación y durmió un par de horas. Después, un empleado salió a buscarle un coche. George dijo al cochero que deseaba ir a Saint-Rémy. No pretendía pasar mucho tiempo allí, así que dejó la maleta de zinc con sus enseres personales y solo llevó una valija de cuero cruzada al hombro, parecía un cartero provinciano. Al pasar por una pequeña plaza notó a un zuavo ya mayor que fumaba plácidamente un puro frente a la mesa de un café. Una ráfaga de envidia cruzó su mente. Por un momento pensó que le hubiera gustado llevar una vida como la de aquel hombre, de seguro llena de asombros y relatos fantásticos.

El carruaje atravesó la ciudad y después se internó un par de kilómetros en las sierras. En todo momento se apretaba la valija de cuero contra el pecho; un asalto a esas alturas sería terrible. Cuando llegó al pie del antiguo monasterio, permaneció un rato admirando el Mausoleo de los Julios y el arco triunfal. Por alguna extraña razón sentía un apremio inquietante, en cosa de segundos la boca se le resecó. Pero al mismo tiempo no deseaba demorarse más, así que se remojó un poco la cara en la fuente al pie de la entrada y acto seguido hizo sonar una campana oxidada.

Un hombre flaco, de barba montaraz y manos nudosas, vino cojeando hasta la reja de la entrada.

—Quiero ver al doctor Peyron.

Sin responder, el hombre abrió la reja y lo condujo por un largo pasillo precipitado hasta un patio con arcos sostenidos por columnatas dobles. Por todas partes había flores de colores intensos: crisantemos, dalias, plumbagos; aunque, de un vistazo, George descubrió algunos puntos donde había pedazos de tierra escoriados como úlceras sin sanar. Pero eso no le restaba ni un ápice a la belleza de todo el conjunto arquitectónico. Sintió un pálpito de rabia. Sin duda, el hombre que trató de matarlo vivía en algún rincón de aquella augusta solemnidad. ¿Cómo era posible?

Pero no debía dejarse llevar por las apariencias. Aquel era un recinto de lunáticos. Lo sabía bien, así que la vida no debía ser cosa fácil. Cualquier persona que cohabitara con dementes podía contraer múltiples y raras enfermedades. «Gobert será para siempre un fugitivo del mundo», masculló entre dientes mientras caminaba detrás del jardinero.

Peyron no estaba en su consultorio. El jardinero le dijo que tal vez debía aguardar un momento.

—Anda revisando muelas, allá.

El jardinero se fue sin decir nada más. George se metió al consultorio, decidido a esperar. Adentro reinaba un desorden de frascos, libros y papeles polvorientos; al parecer, Peyron estaba montando un pequeño laboratorio. Sobre una mesa había embudos, redomas, filtros, un destilador con su manguera de caucho y un pequeño alambique para destilar aceites esenciales. No pudo evitar un estremecimiento de respeto ante aquella evidencia de trabajo azaroso y precario. Fue una de esas ocasiones en que sintió vergüenza de su propia riqueza. Ya vería la manera de enviar un donativo para que continuara con sus proyectos, cualesquiera que fueran.

El doctor Peyron llegó con varias mariposas de colores atrapadas en una red elaborada por él mismo con palo de bambú. Se quitó el sombrero, removió unas hojas de albahaca y por fin saludó a George con disimulado recelo. Antes de invitarlo a sentarse, tomó un frasco de vidrio con su dentadura sumergida en un líquido verdoso y lo acomodó en un estante arrinconado.

—Y bien, caballero, dígame, ¿en qué puedo servirle?

George no cometió el error de soltar su nombre antes de medir el terreno. Primero se disculpó a causa de su francés rudimentario. Enseguida se presentó como un pariente olvidado por los progenitores de René Gobert; dijo que era una pieza mal encajada por el lado paterno.

—Quiero hablar a solas con él.

Peyron hizo un gesto de suspicacia.

—Bueno, René Gobert no es un paciente común. En realidad está aquí bajo régimen de prisionero.

George miró al suelo, dejándose llevar por un calosfrío de fuerzas adversas.

—Nuestra familia posee unos huertos cerca de Dijon, ¿sabe? Casi todos los viejos propietarios han muerto y ahora se han desatado litigios con un fervor religioso. Aunque siendo muy joven emigré a Estados Unidos, he rumiado los beneficios que me conceden las leyes francesas. René puede ayudarme a reconstruir algunos hechos, estoy seguro.

Fue suficiente. Peyron se mostró condescendiente, sin replicar mayor cosa. Los pacientes del asilo casi no recibían visitas, así que no veía motivo para impedir el paso a un extranjero de buenas maneras. Además, tenía cierta prisa de quedarse a solas en su despacho, pues no deseaba perder el hilo de sus cálculos químicos.

—Venga, acompáñeme.

Salieron del despacho. De un silbido, Peyron llamó a un jardinero de aspecto holgazán que andaba acomodando nidos de pájaros.

—Tenemos una pequeña terraza junto al juego de bolas. A veces va por ahí algún paciente lánguido, pero casi no se usa. Disculpe, aún no me ha dicho su nombre.

—Ah, sí... Douglas.

—Bien, monsieur Douglas, el jardinero lo acompañará a la terraza. Enseguida notificaremos a René Gobert. No tardará en llegar por allí.

De emprendedor acaudalado, George Eastman había pasado a ser un pequeño embaucador. Mientras caminaba detrás del jardinero escuchó el canto de un mirlo. Dos hermanas de San José de Aubenas pasaron de largo completamente absortas en el susurro del *Angele Dei*. Un muchacho escuálido venía mascando semillas de calabaza, escupía los trocitos de cáscara y después trataba de aplastarlos con la suela del zapato. Se acercó atraído por la valija de cuero; tomó la mano derecha de George y le depositó un puñado de semillas en la palma. George hizo un movimiento brusco tratando de proteger sus pertenencias.

—¡Largo de aquí! —gritó el jardinero.

El pobre muchacho se metió las manos a los bolsillos, se rascó la cabeza y siguió avanzando como sonámbulo. Caminaba arqueado sin ser jorobado. Antes de alejarse levantó la cabeza y miró a George desde una inmensa desolación.

Del otro lado había más pacientes, algunos ya ancianos. Estaban sentados sobre unos troncos enormes. Cualquiera podía advertir que llevaban horas ahí sin decirse una sola palabra. Era un marasmo circular impregnado por un universo de pesadumbre.

George permaneció abstraído un rato, contemplando a los otros que también lo contemplaban a él. Se limpió el sudor de la frente con la palma de la mano; a ratos sentía que estaba a punto de perder el control de los nervios. Finalmente llegaron a la terraza. «Aquí es», dijo el jardinero y se fue.

Una vez más se supo condenado a esperar. Permaneció sentado, inmóvil, tratando de sobreponerse a la ansiedad que le provocaba cada minuto transcurrido. En aquel momento se olvidó por completo de su emporio naciente. Toda su vida le pareció una pesadilla fabulosa, un espectáculo de parias montado sobre un charco pestilente de celuloides derretidos. Estaba ahí abandonado al apetito voraz de un tiempo estéril, sin la más mínima posibilidad de escapar.

Por fin, después de una hora se acercó un hombre andrajoso de barbas crecidas. René Gobert reconoció de inmediato al inventor, sentado en una silla de esparto. *Viene a matarme*, pensó. En ese momento recordó un remoto prodigio en su vida. Tenía cuatro años cuando una calurosa tarde de agosto su padre lo llevó a una taberna de borrachos pacíficos cuyo único entretenimiento era sentarse a beber hasta quedarse dormidos; ahí vio a un hombre que hacía dibujos sobre un papel. Eran bocetos de animales del bosque, trazados con la punta negra de un punzón. Ese espectáculo asombroso permaneció guardado en su memoria para siempre. Había mirado con la profunda intensidad de un niño aquellas criaturas impulsadas por un dinamismo interior; cada conejo, cada pato, cada pájaro y ratón flotaban misteriosamente sobre la superficie del papel extendido; era como estar frente a una neblina de la que manaran todas las bestias.

—Tome asiento, señor Gobert.

René permaneció un rato inmóvil, tratando de sobreponerse a lo perturbador del encuentro.

—Necesito que vea estas fotografías.

George sacó el sobre de la valija y fue poniendo una a una las cinco impresiones sobre la mesita circular.

René Gobert sintió que su barriga empezaba a llenarse de ruidos. Le aturdía comprobar que ya no sentía odio hacia el hombre sentado frente a él. Tal vez las circunstancias adversas habían terminado por desarmar las piezas del rencor; ahora todo se concretaba a una circunstancia vaga y remota. Cuando tomó con sus dedos callosos cada una de las fotografías y empezó a examinarlas, percibió una alteración de la realidad, como si fuera víctima de un raro sortilegio. En efecto, ahí estaban él y Vincent captados en cuclillas mientras desbrozaban coles. Lo más extraño era la escenificación fotográfica de ese contacto visual entre él y George. Parecía un acto de prestidigitación mágica. Sucedía y no sucedía al mismo tiempo.

—Explíqueme usted.

—¿No se da cuenta? Es la primera vez en mi vida que piso este lugar, y sin embargo ahí aparezco yo, en la cuarta y quinta fotografías, como autor material de esas imágenes.

George hizo un movimiento con el cuello, parecía un tic nervioso. Miró hacia ambos lados y acercó un poco el rostro hacia Gobert.

—He viajado miles de kilómetros para llegar hasta aquí: no me iré sin resolver este maldito misterio. Dígame, ¿qué hay detrás de estas fotografías? ¿Cómo llegaron hasta mi oficina en Estados Unidos? Además, hay algo que solo usted puede saber.

George tomó las fotografías uno, dos y tres.

—¿Quién hizo esto?

René no contestó. En vez de eso, metió la mano al bolsillo de su camisola y sacó otro sobre; parecía un papel acuático, sobreviviente de alguna travesía milenaria. George tomó el sobre, mordido por una curiosidad virulenta. Adentro había otra fotografía de tamaño mediano. La misma escena: dos hombres quitando brozas a las coles. El mismo encuadre, la misma toma detrás de los cuerpos. Era evidente que se trataba de otra pieza de la serie.

—Mire bien la esquina derecha.

Se refería a una especie de sombra recortada sobre una piedra. Al principio creyó que se trataba de una simple muesca de óxido, pero su experiencia le indicaba otra cosa. No parecía una colmatación común de sedimentos cristalinos, tampoco se veía como una simple languidez de la emulsión; se puso entonces a mover a contraluz el papel. Lo hizo varias veces, de un modo esquemático, hasta que se fue revelando la verdadera identidad de la silueta borrosa. Era él mismo, George Eastman en persona, no había duda.

Fue un golpe intolerable de perplejidad. Se llevó las manos a la cabeza; en cosa de segundos un sudor helado le puso el rostro con aspecto lúgubre. Tampoco pudo contener una exhalación cargada de maldiciones. Aquello, sin duda, evidenciaba que una parte de su memoria había estado navegando entre cenizas de fogones apagados.

—Debo estar volviéndome loco.

—Sí. En este lugar todos estamos locos.

Gobert pronunció esas palabras a media voz pero con la fuerza de una hostilidad implacable.

—Tal vez el destino macabro está cebándose sobre nosotros. Ah, pero en el fondo me alegro, ¿sabe? Porque usted merece castigo, merece ser odiado por tantos pintores degradados al nivel de mercachifles. ¿Está preocupado? ¿Ha perdido el sueño y el apetito? Vaya, eso es patético. A otro idiota con esas engañifas, porque en realidad estamos hablando de simples minucias que le han manchado la solapa a un hombre rico. Todo mundo sabe que usted se ha vuelto millonario con sus rollos y sus maquinitas de circo.

George estaba indignado. Hizo un intento brusco por levantarse de la silla, pero René le tomó el brazo.

—Siéntese, aún no he terminado. Ese atuendo de pobres le sienta ridículo. Estoy seguro de que vive en la más abyecta opulencia. Yo, en cambio, he sido decapitado todas las noches. Mi cabeza rueda hasta una jaula que se hunde en los pantanos de la miseria humana. Acá no se trata de simples distracciones, aflicciones del alma, o de unas cuantas noches de insomnio. No, monsieur Eastman, acá los riñones, las tripas y el estómago se retuercen de verdad. Acá el miedo provoca una soledad espantosa. Del mar, de las montañas y los bosques, solo tenemos noticias cuando un demente vomita descripciones en medio de un ataque epiléptico. No creo que usted sea capaz de vivir un solo día tragando caldos de alubias podridas y hablando sin hablar con personas sumergidas día y noche en remolinos de locura silenciosa.

René Gobert hizo una pausa y señaló con el dedo la impresión que él mismo había traído.

—Esta fotografía ya dejó una muerta.

Contó sin escondrijos lo que sabía sobre la muerte de Dorine. Fue un relato breve, plagado de perturbadores detalles, vueltas enfáticas y descripciones minuciosas del rostro azulado, de los ojos torcidos, del momento exacto en que percibió un aura helada saliendo desde las entrañas corroídas de la monja. Finalmente apretó los dientes y dijo en tono enfático:

—Aunque usted no tuvo nada que ver con la mordedura de víbora que la mató, una parte de su perversa ambición terminó por matarla como a un perro.

George estaba por completo desorientado. Todo parecía tan confuso, tan engañoso y al mismo tiempo tan claro. Había llegado a los límites del absurdo. Causas y efectos se entreveraban como tallos de nenúfares podridos sobre la superficie de un pantano. Sentía una vergüenza espesa, cristalizada en una sensación de inexplicable nostalgia por el regazo de Josephine Dickman; ella le hubiera podido aclarar las cosas en términos más simples. Con cierta torpeza recogió las cinco fotografías y las metió de nuevo al sobre. No se despidió. No dijo nada, simplemente se levantó de la mesa y se alejó. Mientras caminaba rumbo a la salida del asilo volvió a toparse con el lunático arqueado. Sin saber por qué, sacó una de las fotografías y la puso en la mano de aquel muchacho.

Antes de regresar a París, mientras andaba con su maleta hacia la estación del tren pues renunció a tomar un coche, volvió a encontrarse al mismo zuavo, en el mismo asiento de aquel café, como si a pesar de las horas transcurridas la escena estuviera condenada a fijarse en su memoria. Comprendió que toda su vida había dado vueltas en círculo de un modo inútil. Rendido, entró y pidió un tazón de café sin azúcar. Cuando estaba a punto de dar el primer sorbo, se escuchó un disparo afuera. La gente dejó de beber y de cantar; precipitadamente salieron a ver qué sucedía. Alguien acababa de pegarse un tiro de pistola en el pecho. George no se alteró demasiado. Terminó su café, dejó unas monedas y salió a la calle; el muerto era el zuavo de la entrada. Mientras se abría paso entre el racimo de curiosos, alguien lo escuchó decir de un modo tajante *Someday I will do the same*, pero no lo comprendió porque no sabía inglés.

XXXVI

Elodie Cortiset se había enamorado perdidamente del fotógrafo Gustav Nelander desde la primera vez que posó para él en la playa de Dieppe. Fue un arrebato cargado de energía febril en aquella mañana fresca, plagada de cormoranes que bajaban a cazar cangrejos entre las piedras. Ella estaba mojándose los pies a la orilla del mar cuando un hombre de saco y corbata se acercó y empezó a fotografiarla con una pequeña cámara portátil que llevaba colgada sobre el pecho. No hubo necesidad de pedir permiso. Al momento Cortiset empezó a posar con absoluta naturalidad y soltura: movía los brazos, alzaba a las volandas su vestido, fingiendo escrúpulos para no mojarse. Soltaba risitas inundadas de luz mientras se quitaba un guante de gamuza para morderlo con aires de amazona, o bien se tomaba los cabellos y se quitaba el sombrero de florituras dando a entender que los caprichos de la vida deberían tomarse muy en cuenta. Al mismo tiempo, Gustav iba apretando el obturador de su cámara mientras rodeaba el cuerpo de Cortiset sin perder ningún detalle de aquellos movimientos gráciles y libres, sin escollos pudibundos. En un momento dado, casi de modo instintivo preguntó: «¿A qué se dedica una dama tan hermosa como usted?».

Y ella, sin dejar de sonreír, iluminada por una emoción repentina, dijo con aplomo: «Soy puta».

Gustav, amable y ceremonioso, continuó haciendo tomas hasta que un furibundo René Gobert irrumpió en escena con grandes aspavientos de manos. Fue un instante álgido, un vómito de celos rabiosos. Soltó un puñetazo en la cara de Gustav sin dejar de proferir palabras soeces. Estuvo a punto de arrebatar la cámara al fotógrafo: «¡Si vuelve a tomar una sola fotografía de esta mujer, lo mato, ¿me oye...?! Los odio, fotógrafos inmundos... mercenarios, vividores, sátrapas del arte... ¿Qué se creen? ¡Fuera... largo de mi vista!» Sin entender del todo, Gustav esquivó los manotazos jadeantes de aquel hombre trastornado. Se alejó de allí sin dramatismos, resguardando bajo el brazo lo que más apreciaba en el mundo: su cámara.

Lo que nunca supo René Gobert fue que esa misma noche Cortiset recibió una nota confidencial en la casa de huéspedes donde ambos se alojaban; el mozo del mostrador se la entregó en propia mano. Era un sobre diminuto con una hoja de orquídea doblada en el interior. Adentro venía la dirección de un estudio fotográfico en París y una nota que al momento de leerla produjo en su ánimo el efecto de un brebaje alucinógeno.

La estaré esperando cada día.
GUSTAV NELANDER

Por las mañanas, Elodie Cortiset se ganaba la vida aplicando tintes en una talabartería clandestina. Obtenía unos cuantos francos, suficientes para aplacarse las hambres y soportar mejor los rescoldos de ácidos y los vapores pestilentes de los cueros. Vivía con su hermano en una casa de paredes tiznadas. El joven André, de catorce años, había logrado que lo aceptaran como aprendiz en un taller de dibujo, aunque su verdadera afición era la pendencia en tabernas. Precisamente André fue quien introdujo a Cortiset en el mundillo de borrachos, jugadores y gente de mal vivir allá en los tugurios de la rue Norvins. Aprendió a jugar cartas, a beber vino, a soportar tufaradas aguardentosas de borrachos aficionados a proferir toda clase de groserías antes de acabar vomitados, orinados y dormidos en cualquier callejón de Montmartre. Ahí tomó conciencia de las mentiras incluidas en las monsergas de amor cuando una vez sintió las manazas de un tonelero apretando sus senos por encima del corpiño. Fue la primera vez que soltó una bofetada con el rencor virulento de una leona, lo que le produjo una alegría desbocada. Se ganó el aplauso unánime de otros borrachos encerrados en la covacha sórdida, pero no logró deshacerse de las miradas lascivas sobre sus pechos y caderas, así como tampoco consiguió más tarde espantar de su cabeza la náusea de sentirse ultrajada entre los muslos cuando un hombre apestoso a tabaco y alcohol fornicó deprisa sobre su vientre antes de quedarse dormido como un animal congestionado.

Una vez perdida la virginidad, solo tenía las lágrimas de sus ojos y una agonía abrasadora que le quemaba el estómago. Pasó toda la semana aplicándose compresas tibias entre las piernas. Su espíritu trastocado la metió en un ámbito de nubarrones oscuros y sensaciones de pesadez, mareos, sed, hinchazones inexplicables; no había manera de airear la opresión de sentirse prisionera dentro de su propio cuerpo. Entonces, a medida que se sucedían borracheras y violaciones nocturnas, aprendió a valorar un tesoro guardado en las entrañas más profundas de su ser: la libertad.

El estudio fotográfico de Gustav Nelander estaba ubicado en una callejuela oscura. Era un local encajado entre una maraña de comercios con letreros en varios idiomas. Desde 1887 se había ganado un cierto prestigio como retratista de gustos extravagantes: inventaba tramoyas exóticas y falsos paisajes que podía modificar al gusto de sus clientes. Valiéndose de dos hermanos chinos, diseñó un ingenioso sistema de cuerdas y poleas que permitían desplazar volcanes, selvas, ríos o batallones enteros en plena estampida. Sobre una mesa de labor con ruedas embaladas montó una pintura enorme de un rinoceronte: el cliente, vestido con pantalón granza, quepí, botas y portafusil, podía ser retratado como el cazador errante que mata a la gran bestia selvática con un rayo. A su local acudían personas acaudaladas, marineros, corredores de banco y aventureros de toda suerte. A las mujeres les preparaba escenarios idílicos: una barcarola navegando sobre un lago colmado de nenúfares y cisnes para deslizarse en ella hasta el fin del mundo bajo una sombrilla floreada, aunque su éxito más sonado fue la escenografía que reproducía la escena del doble asesinato en la rue Morgue. *A votre santé, monsieur Poe!*, exclamó junto a sus ayudantes chinos cuando se inauguró el espectáculo de barrio. Ahí estaba el aposento, en el cuarto piso, sumergido en el desorden brutal con los cuatro napoleones tirados, el aro de topacio, las cucharas de plata y los sacos repletos de francos. De un lado, el monigote que representaba el cadáver degollado de madame L'Espanaye; del otro, el cadáver de la hija encajado en el orificio al pie de la chimenea. Los clientes se acercaban entre risitas morbosas y se dejaban envolver por una atmósfera lúgubre de violines y trompetas que salían de un fonógrafo escondido.

Súbitamente emergía, detrás de un balcón, el siniestro orangután con la navaja de barbero en la mano. El espanto estaba garantizado.

Pero esos *tableaux vivants* constituían solo una parte de los quehaceres desorbitados que acostumbraba Gustav Nelander. Su verdadera pasión no estaba en el falso escenario de su estudio, sino en un pequeño laboratorio escondido en el sótano. Era una buhardilla pestilente y repleta de inscripciones crípticas en las cuatro paredes. Ahí experimentaba con decantaciones de colodión, nitratos de plata, copias a la sal y otros procedimientos que le servían para construir imágenes sorprendentes a partir de alteraciones y superposiciones. El sacudimiento sísmico de un caballo en pleno relincho, asustado por el llanto de un bebé. Un carromato con desperdicios de granja impulsado por dos damiselas de corte. Una mano envuelta por la concha de un caracol solitario en medio del mar. El torso desnudo de una mujer atrapado en una hoja de lechuga. Un elefante deambulando apaciblemente sobre las dársenas, en el puerto de Cannes. Por allá, Napoleón III saluda efusivamente a un indio kikapú.

Cuando Elodie Cortiset entró al estudio por primera vez, Gustav Nelander la recibió con un ramo de azucenas en la mano, se quitó el sombrero y la invitó a pasar sin dejar de hablar sobre los motivos que lo habían llevado a emprender una gira fotográfica por la región de Normandía. Esa misma noche descubrió un hecho enteramente nuevo para ella: el sexo podía hacerse con amor. Y aunque Nelander se condujo conforme a un plan de seducción trazado sin dejar nada al azar, todo ocurrió como si los aderezos de ambos se hubieran enredado por casualidad, pero de modo definitivo cual una nave que encallara en la escollera. Primero vistió a Cortiset como una dama de corte, con diadema de falsos diamantes y un vestido de polisón; después la perfumó y la sentó sobre un cuerno de luna que navegó sin cesar en medio de las estrellas. Le hizo una fotografía que logró sobrevivir a los cambios del mundo: abrió las ventanas del dormitorio para que se filtrara un resplandor de colores anaranjados, y luego la desnudó hasta dejarla únicamente con dos ligas de caucho en las piernas. Ambos se lamieron sudores sin tregua toda la noche, como si las lenguas fueran papel secante. Por una vez en su vida, Cortiset abrió las piernas sin repugnancia, dejándose llevar por el embrujo de una inconcebible conciencia del placer que le dejó un sabor granuloso y dulce en la boca.

Al cabo de unas semanas hizo de aquel estudio su segunda casa. Nacía en ella una fehaciente ilusión de complicidad, como si de pronto se le hubieran venido encima los deseos de encontrar un lugar seguro donde echar raíces hasta llegar a la vejez. Fue así como se volvió amante y cómplice de Gustav Nelander. Aprendió todo cuanto pudo sobre las diversas formas de posar entre polvorines de guerra, nadando en pantanos selváticos, montada sobre una goleta de contrabandistas o bien suspendida en los aires como un céfiro de primavera. No se limitó, sin embargo, a vivir como una planta decorativa. Sus buenas artes de administradora hicieron florecer el negocio de albúminas por encargo. En pocos días aprendió a preparar los baños con nitrato de plata. Hablaba con los clientes, sugiriéndoles poses novedosas y entusiasmándolos con la idea de fotografiar a cada miembro de la familia por separado: «Así la inmortalidad se hace más palpable», les decía. También ayudaba en el traslado de tramoyas y en los diseños decorativos de los nuevos montajes, incluso se daba tiempo para ayudar al chino Suyin en su negocio de globulitos homeopáticos: a cambio de un franco atendía enfermos sin esperanzas que se hacían examinar en un cuartito trasero repleto de frasquitos alineados.

Pero el gran éxito llegó cuando le mostró a Gustav la fotografía de un espíritu: se la había robado a un borrachín mientras lo ayudaba a desabotonarse el chaleco en el cuarto trasero de una taberna. En la imagen se veía a un hombre de aspecto campesino sentado con una navaja de afeitar en la mano, el rostro de frente con el cuello estirado y la barbilla levantada, como si la cámara fuera un espejo. Detrás se apreciaba un rostro tenue, surgido desde un abismo de brumas. «El cliente me dijo que es el rostro de su esposa, muerta dos años atrás.» Gustav Nelander observó detenidamente la fotografía. Aunque le brillaron los ojos y se relamió el bigote de punteras engomadas, su dictamen fue tajante: «Esto es una pifia». Puso la impresión en un estante, se alejó unos pasos y se volvió a decirle a Cortiset: «La técnica es bastante burda pero no importa, me servirá para forrarnos de dinero».

En cosa de días empezó a aprender todo cuanto estaba a su alcance sobre procedimientos de fotomontaje. Leyó al dedillo los libros de Georgiana Houghton sobre el arte de captar espíritus con el bálsamo de una cámara. Mejoró sustancialmente sus propias técnicas pictorialistas, valiéndose de lápices, pinceles, engastadores y barnices esfumantes. Poco a poco adquirió notable destreza en las artes de la doble exposición: combinaba dos negativos en una sola copia. Uno tras otro lograba positivarlos en registros exactos sobre una misma hoja de papel. Después recortaba con cuidado la figura espectral y la colocaba sobre el fondo sublimado. Por último retocaba todas las líneas discordantes y recubría la imagen total con un barniz de plata cuya fórmula exacta se llevó a la tumba sin compartirla con nadie.

Bastaron unos cuantos incautos para correr la voz del fenómeno espectral. Gustav y Cortiset lograron colarse a varias sesiones espiritistas. Llegaban temprano, antes que cualquier invitado; colocaban el trípode y la enorme cámara de placa en un rincón de la sala. Esperaban siempre un momento climático para hacer ignición con el polvo de magnesio. Cortiset aprendió a determinar el mejor momento, cuando percibía en el guía médium esa respiración farragosa propia del contacto. Después, Gustav y Cortiset recogían discretamente los aparejos fotográficos y se retiraban del lugar. A los pocos días, el cliente recibía una imagen envuelta en un sobre confidencial: adentro iba una fotografía espectral de primerísima calidad. Junto a la mesa de los médiums aparecía una sombra ondulada. Podía ser una criatura suspendida en el aire con el rostro lívido, envuelto en una mantilla. Podía ser la tía que regresa desde el inframundo, sosteniendo una cruz en la mano. Podía ser el cuerpo entero de una doncella fallecida en tiempos de peste. Podía ser un pariente desaparecido en la guerra. Lo maravilloso era que todos y cada uno de aquellos seres convocados emergían desde un fondo brumoso, imposible de explicar con los simples instrumentos de la razón.

A muchos clientes no les importaba reconocer el engaño. Fascinados compartían las fotografías en reuniones hogareñas, donde se comentaban anécdotas del aparecido. Otros clientes más pasmados empezaban dudando, pero al cabo de un rato terminaban por reconocer los signos indubitables del más allá: ese rostro lívido, esos labios plegados hacia adentro. No había dudas, el ser querido se hacía presente. Una vez, Suyin llegó hasta la puerta de una mujer entrada en años; era una viuda cuyo marido había fallecido años atrás de un ictus cerebral. Cuando abrió el sobre con la fotografía hermética, hizo un gesto de espanto y los ojos se le pusieron vidriosos: «Oh, Dios. Tu alma contrita debe sufrir porque nadie responde a tus preguntas».

Pero el éxito de los espectros estuvo a punto de arruinar a Gustav Nelander. Empezó a descuidar el negocio de las tramoyas móviles. Algunos clientes se impacientaban porque nadie los atendía como era debido. El dueño pasaba mañanas o tardes enteras encerrado en su laboratorio con sus fantasmitas de ojos febriles. Suyin y su hermano Piang tampoco daban la cara, terminaron por recluirse en el cuartito trasero, donde les iba mejor con su negocio de globulitos homeopáticos.

Gustav era tan obsesivo que no se levantaba del escritorio hasta conseguir la textura perfecta de un cabello suelto, un rostro obnubilado o unas manos temblorosas en busca de sosiego espiritual. Una vez permaneció toda la noche aferrado a la silla de trabajo porque no lograba dar con el tono de apestado en la piel de un adolescente que flotaba por los aires en una salita de conciertos.

Afortunadamente Cortiset nunca dejó su propio negocio de meretriz en los antros de Montmartre: eso le daba para vivir sin necesidad de acudir a las dádivas de Gustav. Una mañana lo encontró despatarrado en el laboratorio, junto a una escena inconclusa de ángeles bajando del paraíso. Lo despertó con un chorro de agua fría en la cara. «Despierta, Gustav. No podemos seguir así. O dejas de encerrarte con tus muertos, o yo regreso por donde vine.»

Cuando la fiebre de los espectros pasó, las cosas regresaron a su cauce. Nelander volvió a revivir el negocio de las fotografías tramoyadas, pero ahora con algunas novedades. Ingeniosamente, los hermanos chinos lograron diluir la visión de todos los cordeles que sostenían a los clientes, quienes experimentaban sensaciones de levitación. Por si fuera poco, incorporaron juegos de sombras proyectadas sobre un bosquecillo primaveral, siempre al compás de una música oriental que manaba desde el fonógrafo oculto. Esos adelantos llegaron a provocar pequeños tumultos a la entrada del estudio, pues personas de toda condición social estaban dispuestas a pagar unos cuantos francos con tal de experimentar una fuga fársica de las miserias diarias.

Una tarde, Gustav Nelander descubrió entre las cosas de Cortiset un cuadro donde ella, desnuda, era el motivo principal. La técnica era sin duda obra de un perturbado, aunque rayaba en lo magistral en la vehemencia de su propósito, con todos aquellos colores en un efecto avasallante; le recordó a los llamados impresionistas, pero esto iba más allá, y sin embargo fallaba en su propósito por alcanzar la exactitud de una fotografía, como tantas que él mismo hiciera de Cortiset.

Ella andaba en la parte alta de una tramoya. Gustav giró una manivela; enseguida empezó a descender la pequeña plataforma de tablones que la mantenía suspendida. En cuanto estuvo en el piso, Gustav le puso el cuadro en las manos.

—Encontré esto entre tus cosas.

Cortiset escrutó la mirada expectante de Gustav, pero antes de cualquier reproche lo tomó de la mano y lo llevó al cuartito de revelado.

—¿Recuerdas al hombre enfurecido en Dieppe, cuando me conociste al tomarme unas fotografías?

—¿René Gobert?

—El mismo. Cuando pintó esto yo me sentía muy ofuscada porque acababa de notificarle que estaba embarazada de él y su reacción fue sarcástica y fría, sin pizca de atención. Yo perdí a esa criatura. René es en realidad un pobre hombre, el más extravagante de los artistas atormentados. Una vez me dijo que tramaba deshacerse de un invasor universal, o algo parecido; después oí rumores entre sus escasos conocidos de que en un arrebato de locura intentó atacar a monsieur Eastman aunque las autoridades sofocaron el asunto, pues no querían revuelos en la Exposición Universal. Por esos días, el dueño de L'Etoile me entregó el cuadro. Desde entonces lo guardo sin saber exactamente por qué. Tal vez en el fondo me siento algo culpable.

—¿Y tú por qué?

—Celos: a eso se reduce todo. Los hombres son tan arrogantes. Si nos descuidamos, nos convierten en una de sus propiedades. Muchas veces posé para él. Sus cuadros me parecían extravagantes. A veces iba a su estudio por simple curiosidad, y también por hambre. Me daba de comer, me proveía cierto dinero y claro, admito que también me sentí halagada con sus arrebatos de pasión hacia mi cuerpo. Sin embargo, cuando acepté posar para algunos fotógrafos por el rumbo de Bicêtre, se volvió loco. De por sí ya detestaba la fotografía, en general, pero después de saber que yo posaba desnuda frente a una cámara, no lo pudo soportar. De todos los retratos que pudo haberme hecho, este fue el último y al que llamaba su obra maestra.

Gustav Nelander la miró en silencio y la abrazó.

—Nadie volverá a hacerte daño, yo me encargaré. Ahora también debo confesarte algo —susurró al oído de Cortiset—: Yo sabía todo.

Y entonces fue Gustav quien la tomó de la mano para sacarla del estupor. Regresaron al estudio. Con ayuda de Suyin subieron al andamio de una luna sonriente y sin más preámbulos Gustav empezó a contar cómo nunca olvidó el incidente en la playa de Dieppe, aquellos reclamos furibundos, los manoteos embravecidos, el puñetazo que aquel tipo le había dado en la cara. A su regreso a París, durante varios días trajo la mente estragada porque encargarse de aquel demente le parecía algo de la mayor importancia. No solo era alguien en la vida de su amada, sino que sabía que debía averiguar quién era y ponerlo en su sitio. Su misión le provocó un hervidero de ideas inquietantes, aunque en un abrir y cerrar de ojos las mismas se transformaban en simples quimeras de la más confusa apariencia.

Se dedicó a seguirlo con toda guisa de disfraces, y fue así como supo que algo tramaba contra monsieur Eastman. Ahora tenía claro que el destino de ambos estaba vinculado, y que él mismo debía ser parte de lo que veía como un nudo de fuerzas de la naturaleza. Enterarse de los detalles del atentado a escasas horas de haber tenido lugar lo decidió a ponerse en marcha.

El plan que urdió no lo concibió como un simple desquite del hígado, sino como una oportunidad de oro para demostrar que sus fotografías espectrales habían superado los límites de la percepción humana. Esa noche no pegó el ojo. Al día siguiente ya estaba decidido. Empezó una labor frenética desvelándose hasta altas horas de la madrugada, siempre actuando en el más absoluto secreto. Recabó velozmente toda clase de informaciones, anotando puntualmente nombres, fechas, lugares, circunstancias, opiniones. Fue una labor de hormiga que requirió de toda su inteligencia y sus artes de convencimiento.

Cada fotografía montada fue concebida como una pieza de relojería, aunque dejó que intervinieran las leyes del azar y la incertidumbre. Piang y Suyin lo vieron sumergirse en el vértigo de aquella obsesión descabellada. Emergía del estudio azorado, trémulo y ojeroso; algunas veces se topaba con obstáculos que parecían insuperables, como la obtención de unas simples imágenes de George Eastman. ¿Dónde conseguirlas? A ratos se desanimaba, pensando abandonar toda esa locura, pero siempre volvía con nuevos bríos. Por fin, después de varias peripecias en distintos lugares, acudió al Pabellón Fotográfico de la Exposición: allí consiguió, no sin escamoteos, cuatro fotografías de Eastman deambulando junto a otros jueces de un concurso fotográfico en la Escuela Médica de la Sorbona. Con esos materiales de base debía construir el engaño. Sería la culminación de todas sus tramoyas móviles: una serie de fotografías concebidas como aparatos fugitivos del tiempo. Nunca antes había vislumbrado o planeado una empresa de tal envergadura. La parte siguiente del proceso consistió en conseguir barnices, emplastes, gominas y otros materiales esfumantes de primerísima calidad; por supuesto se gastó una pequeña fortuna.

A partir de entonces empezó a jugar sus verdaderas cartas. Sabía que no había margen de error, por eso cada movimiento debía hacerse de un modo cronométrico. Gustav Nelander solo concebía un trabajo perfecto. La esperanza de esa sola posibilidad lo hacía estremecer. *Voy a conseguir fotografías tan reales que nadie pondrá en duda su veracidad. George Eastman y René Gobert serán mis conejillos de Indias. Los engañaré hasta que el pellejo de la imaginación les estalle y se les vuelva reseco.* Ese principio de férrea voluntad fue decisivo, pues una vez empozado el gusano del frenesí, las ideas en la cabeza de Nelander habían adquirido la fuerza de un viento demoledor. Tuvo que hacer frente a complejas tareas, como encontrar fotografías de lugares y designar espías; incluso tuvo que darse tiempo para sobornar a las personas adecuadas, quienes habrían de colocar las impresiones terminadas en los lugares y en los momentos precisos. Una vez organizada toda la operación, Gustav emprendió su trabajo de laboratorio. Valiéndose de pequeños monóculos graduados, bisturís de cirujano y sobre todo, utilizando sus propias manos de genio, fue recortando rostros y acomodándolos a distintos cuerpos trasplantados. Donde había líneas encontradas, aplicó líquidos gradualizantes hasta lograr la más transparente autenticidad. Lo mismo hacía diluyendo la expresión de un rostro para marcar ligeramente la intriga de un gesto nuevo, de un movimiento, o bien para modificar la mirada de un personaje hacia el punto exacto que él tenía designado.

Aquello iba mucho más allá de una labor de retoques y alteraciones. Pronto descubrió que aun las concepciones del montaje fotográfico de sus contemporáneos se habían convertido en juegos obsoletos de otro tiempo. Cada trastocamiento adquiría vida propia, dando lugar a una realidad distinta. Nelander entendió que estaba creando un nuevo conjunto de seres vivos, manipulados por su voluntad e ingenio a la manera de las leyes que rigen a las plantas y a las estrellas. Día y noche revisaba acuciosamente cada paso de su estrategia; el momento cumbre era realizar sus intervenciones con pinceles de seda y pastas inglesas para manipular texturas y tonos de luz. Cada centímetro de papel era recubierto por una neblina con sales de plata y vapores mercuriales. Al final de todo el proceso, a pesar de la importancia de los tiempos, se daba espacio para aguardar. Permanecía silencioso frente a cada fotografía, tratando de entender la misteriosa naturaleza de ese mundo paralelo al que se asomaba. Si acaso no se sentía plenamente satisfecho con algún detalle, pedía una segunda opinión al chino Suyin: aquel ojo clínico, silente y reservado como el de un cazador, se limitaba a mover afirmativamente la cabeza cuando los resultados eran extraordinarios.

Así logró luminosidades completamente uniformes, rostros intrigados y miradas fulminantes como si un poder inhumano hubiera intervenido. Un ojo atento descubriría también en aquellas composiciones fotográficas una serie de ritmos, ecos y sombras que abrían las esclusas a una rara fuerza visual que lograba producir el mismo efecto de un encantamiento poético. Por eso durante ese tiempo casi no habló con nadie. El negocio de las tramoyas se vino abajo. Nelander se metió en su propia operación mágica otorgando, sin saberlo, un nuevo ritmo al cosmos.

A pesar de ser artífice de su propia epopeya, Nelander era incapaz de explicarse todo lo que ocurría dentro y fuera de sus fotografías, como si hubiera en alguna parte una secreción fuera de control. Por ejemplo, en las imágenes de base captadas por la monja Dorine en el asilo de Saint-Paul-de-Mausole, nunca pudo explicarse del todo la razón de colocar en primer plano a René Gobert delante del herrero. Tampoco supo en qué momento decidió mostrar a ese mismo herrero con el brazo levantado, a punto de soltar el martillazo liberador que partiría las cadenas que unían a Gobert y al guardia Brias. Le asombraba también el cauce veleidoso de las consecuencias. Cada fotografía generó asombro, incredulidad, incluso pavor ante las evidencias gráficas de hechos que desafiaban el sentido de la realidad. Mucho menos pudo controlar el destino de los participantes y los actos posteriores a la recepción de cada obra. Tardaría muchos años en saber que Dorine había muerto. El trabajo más difícil y azaroso llegó con la cuarta fotografía, fue una empresa plagada de escollos. Desde un principio no encontraba la manera de conseguir una imagen de base captada en algún lugar al interior del vapor *La Bourgogne*; en otras circunstancias hubiera bastado con una simple solicitud de imágenes a cualquier periodista francés, pero la sola idea de hacerse notar le pareció un riesgo inaceptable. Presentándose como un simple coleccionista fotográfico, acudió personalmente a las oficinas de la Compagnie Générale Transtlantique, pero aquello fue decepcionante: solo obtuvo una fotografía tomada a cierta distancia donde se apreciaba en perspectiva diagonal una vista borrosa del paquebote atracado en Londres. Nelander necesitaba una toma que permitiera mostrar a George Eastman en alta mar de un modo bien definido y que al mismo tiempo revelara un aura envolvente de intimidad.

Pasó varios días trabajando en una especie de teorema compositivo. Por fin, después de darle muchas vueltas al asunto, dejó que lo inminente decidiera: si George Eastman debía aparecer apoyado sobre una baranda del barco mirando al mar, él mismo debía ir a Londres en busca de *La Bourgogne* para conseguir la fotografía de base. Con lo necesario para montar un laboratorio portátil, Nelander trabajaría sin tregua en la composición de una escena que debía prefigurar la intención de una venganza. Afortunadamente, antes de zarpar a Londres ya había recibido un envío de la monja Dorine desde el asilo de Saint-Paul-de-Mausole: tres fotografías de cuerpo entero de René Gobert, de manera que no tuvo problemas para colocarlo junto a Eastman. Pero Gobert no debía parecer un simple espectro arribado: se requería de un signo, un punto donde confluyeran los caminos de ambos. Lo estableció al colocar un pequeño cuchillo en la mano derecha de René Gobert. El efecto fue demoledor, propio de ese salto al vacío que anuncia *un hecho terrible por suceder*.

A su regreso, Nelander concibió las últimas piezas del proyecto como la prueba máxima de su talento; sería el culmen de una saga de engaños indescifrables. Durante varios días se encerró en la madriguera del cuartito de revelado, completamente indiferente al negocio de las tramoyas móviles. Comía lo mínimo, soportando moscas voraces en un ambiente sofocado por la falta de ventilación. Suyin le dio globulitos homeopáticos para espantarse las horas de sueño. A esas alturas, ya había recibido desde Saint-Rémy un sobre abultado con imágenes correspondientes a una misma escena, captada desde diferentes ángulos: dos hombres aparecían en cuclillas desbrozando coles. La monja Dorine escribió en una nota escueta lo siguiente: «El encargo está cumplido. El hombre que aparece con René Gobert es un pintor solitario que se encuentra aquí en calidad de paciente».

De la serie recibida, que llamó simplemente *Desbrozadores de coles*, Nelander logró una obra maestra del arte espectral. George Eastman, extraído del mundo, aparecía al fondo de la imagen, cargado de fuerzas sobrenaturales con una cámara entre las manos. Como un mito de sí mismo, la figura del inventor fotográfico aparecía afuera y adentro; esencialmente era una representación etérea de lo que está y no está al mismo tiempo. Tal vez Nelander, como los poetas sagrados, había conseguido en aquella fotografía la recreación de un ser en plena transmutación.

Cuando estuvo lista, la mandó a Saint-Paul-de-Mausole metida en un sobre confidencial dirigido a la monja Dorine. Luego apartó cinco fotografías de la misma serie y las trabajó como un acto de revelación suspendida, a la manera de su viejo sistema de tramoyas móviles. Él mismo, con su arte para disfrazarse, fue el encargado de entregarlas. Si el trazado de sus planes se cumplía, George Eastman tendría que descubrir de manera inobjetable que uno de los dos desbrozadores era René Gobert, el mismo hombre que alguna vez intentó matarlo, pero eso no era todo: el triunfo máximo de su talento llegaría solo si lograba desatar fuerzas incontrolables, viscerales, en el ánimo del en apariencia imperturbable monsieur Eastman. Fuerzas como el odio, la venganza o el perdón absoluto debían hacerse palpables, materializarse como aquellos espectros que conocía. Y así ocurrió, ahora lo sabemos.

Cuando Gustav Nelander terminó de narrar su propia versión de los hechos, eran ya casi las siete de la tarde. Elodie Cortiset se sentía aturdida; casi no tenía ánimos para articular palabras. Desde lo alto de un Perseo de cartón se descolgó una paloma gris, provocando que el cuerno de una luna se moviera ligeramente. Salieron a la calle sin decir nada y se fueron caminando hasta una plazoleta crepuscular. Unos niños correteaban al lado de un par de ancianos que se dirigían rumbo al despacho homeopático de los hermanos chinos. Un viento delgado, tibio, cargado con el peso abrumador del pasado, se hizo presente. Sin necesidad de expresarlo, Nelander y Cortiset advertían en secreto que el mundo de ambos había cambiado para siempre. Fueron a sentarse sobre una banca esquinada. En ese momento, Gustav sacó una fotografía que traía guardada en un bolsillo de su bata. Se la puso en las manos a Cortiset y ambos la contemplaron, envueltos en el instante prodigioso de ver nacer a una criatura mítica. En la imagen estaban los dos, sentados uno junto al otro en esa misma plazoleta, con el mismo vestuario y con la misma fotografía en las manos. Ambos aparecían retratados de frente, sin enigmas, sin desciframientos difíciles, porque el autor estaba haciendo la fotografía en ese mismo instante frente a ellos.

Agradecimientos

Mi más sincero agradecimiento a Grupo Planeta y a Sanborns por abrirme generosamente sus puertas editoriales. También a Carmina Rufrancos y a Gabriel Sandoval por su inestimable apoyo. Finalmente expreso mi gratitud a Martha Castro por el rigor y profesionalismo con que limpió de escombros esta novela.

Nota bibliográfica

Este libro no hubiera podido escribirse sin el precedente de otros libros. Mencionaré aquellos que fueron indispensables en la ruta de la trama histórica:

Sobre George Eastman: *George Eastman. Founder of Kodak and the photography Business* de Carl Ackerman, *George Eastman a Biography* de Elizabeth Brayer y *Kodak and the Lens of Nostalgia* de Nancy Martha West.

Teoría fotográfica: *La certeza vulnerable*, edición de David Pérez David, *La cámara lúcida* de Roland Barthes y *Sobre la fotografía* de Susan Sontag.

La ambientación de París en 1889: *Prisions de Paris et les prisonniers* de Adolphe Guillot, *Guide a L'Exposition Universelle, Paris sa vie et ses plaisirs. Par un parisien du pré aux clercs, Gustave Courbet de* Henry Ideville y *Photographie A L'Exposition Universelle de 1889* de H. Fourtier.

Las escenas de Saint Rémy: *Van Gogh, teórico del color* de Georges Roque, *Anhelo de vivir* de Irving Stone, *L'Art Moderne* de J.K. Huysmans y de Vincent van Gogh, *Cartas desde la locura* y *The letters*, consultadas en el sitio del Museo Van Gogh: http://vangoghletters.org/vg/by_period.html.